莫言文集

SHI SAN BU

十三步

莫言

著　作家出版社

文集序言

莫言

　　一九八一年十月、在"莲池"双月刊第五期上发表处女作短篇小说《春夜雨霏霏》，至今已是三十年。发表处女作后不久我的女儿出生，今秋，女儿的女儿也出世了。尽管往事历历如在眼前，但外孙女粉红的笑脸告诉我，三十年，对一个人来说，是相当漫长的一段时光。

　　我一直羞于编文集，因为编文集，就如同回头检点走过的道路。走十里八里，可以昂着头儿，保持良好的姿态，做到一步也不歪斜，但走三百里，就往往是铁打的汉子，也难确保没有一个歪脚印。写几年文章，可以抖擞着精神，保证篇篇都是精品，但写三十年，就难免泥沙俱下、良莠不齐了。因此，编选这种总结性的文集，最大的羞愧就是面对着那些当初草率付梓、如今不堪入目的文章。当然也可以将这类文章剔除出去，但既是阶段性的全集，剔出去又名实不副；当然也可以将不满意的文章大加删改，但如此又有不忠实自己的写作历史之樂。因此，三十年中發表的文字、凡能蒐集到的，還是統、編進來；除了技術方面的錯誤、其餘的盡量保持原貌。以前改動過的，以最後一次定稿為準。

通讀舊稿，感慨良多。一萬多個日、夜、凝固在其中，每一部作品、都有自己的故事，每一行文字、都能引發美好或痛苦的記憶。實事求是地說、我為年輕時的探索熱情和挑戰傳統的勇氣而自豪，同時也為因用力過猛所造成的偏差而遺憾。我本來是能夠也應該寫得更多更好一些的，但我虛擲了許多大好時光，浪費了許多才華，現在後悔也晚矣。

当然也可以說現在覺悟也不晚，畢竟我還能寫。我知道已經寫了一些什麼，因此也就大概地知道還有可能寫些什麼。

我用臺灣一位老作家送我的自来水筆寫了上述這些字，筆好，書寫便成为一件樂事，接下来的小説，也用这枝筆寫。

二○一一年十二月十四日

十三步/**目录**

不仅活人使我们受苦，而且死人也使我们受苦。死人抓住活人！

——马克思《资本论》第一卷　序言

第一部

一

　　马克思也不是上帝！你坐在笼子里的一根黄色横杆上，耷拉着两条瘦长的腿，低垂着两条枯萎的长臂——模糊的烟雾里时隐时现着你的赤裸的身体和赤裸的脸，铁条的暗影像网一样罩着你的身体，使你看上去像一只虽然饥饿疲惫但依然精神矍铄的老鹰——毫无顾忌地对我们说：马克思已经使我们吃了不少苦！

　　他的话大逆不道，使我们感到恐怖。他抬了一下脖子，便有一道明亮的光影横在喉结上，使我们怀疑他要在光明的利刃上把脑袋蹭下来——真理就像我一样，赤条条一丝不挂。俗话说，"说实话，害自家"，"实话好说，实话难听"。不批判马克思我们都要饿死！不批判马克思我们就不是马克思主义者！——我们对你的胡言乱语不感兴趣，你看不到我们在笼子外已经呵欠连天了吗？一簇簇紫竹的硬叶从铁丝的方孔里探进去，宛若成群的利刃。我们把粉笔扔给你吃。我们把野果扔给你你不吃。我们把粉笔扔给你原本是恶作剧因为你连新鲜的水果都不吃让我们感到十分愤怒，在偌大的动物园里的数不清的笼子里关着的动物，无论是哺乳动物还是爬行动物，没有不吃新鲜水果的，但是你不吃。你灵巧地伸爪接过我们扔进去的粉笔，张开嘴露出漆黑的牙齿，咬下一截粉笔，然后说故事。你是关在笼子里的叙述者。你慢慢咀嚼着，然后，用烟头般的红瞳仁盯着我们，滔滔不绝地说：

　　星期一上午，市第八中学高三班物理教师方富贵站在讲台上讲原子的原理和人类制造第一颗原子弹时的轶闻趣事。学生们都听呆了。讲台上摆着一盒五颜六色的粉笔，你对我们说，他的嘴滔滔不绝地说着，他的手捏着一截粉笔在黑板上画着，笔画弯弯曲曲，好像用铁丝在编织铁笼。一副大眼镜架在鼻梁上，眼镜腿上缠着白胶布。他是个好人，学校里上上下下都不说他坏。他老婆也挺好，她在学校开办的兔肉罐头厂里做临时工，从事着为兔子们"脱袍摘帽"的工作。他还有一男一女两个孩子，男的叫方龙，女的叫方虎。两个孩子都是面貌清秀，知书达理，是公认的好孩子——让他们先到一边歇会儿！你说，方富贵让教室里升腾起蘑菇状烟云，让那五十多个学生眼睛发直，脑瓜子发涨。他是我的亲密战友，曾经。我们立即看到一道矫情的口红涂抹在你的嘴巴上。

"原子弹爆炸时，钢铁都气化啦，沙漠里的沙子都变成了玻璃！"他说——你对我们说——学生的头颅在他描述出来的蘑菇烟云里时隐时现着：一个头一个头又一个头……三个脸五个脸七个脸……头上都竖着一撮撮刚毛，好像一蓬蓬小火苗……好像我右边笼子里那只高傲的羊驼……他感觉自己有点迷糊，晃晃头更迷糊，这些孩子都有些怪模怪样起来，他们在想什么呢？你咀嚼粉笔的声音混合在你叙述的故事里的粉笔在黑板上艰涩运动的声音，使我们感到十分的牙碜。你说：大家想想看，学生们在想什么呢？你让我们代替方富贵思想？

可能有十几个学生想上大学读硕士然后做博士然后进原子弹工厂去生产原子弹。可能有十几个学生想考不上大学去贩小猫呢还是贩鸽子呢？可能十几个学生想爱情小说反正也考不上大学索性就破罐子破摔了吧。可能有十几个学生脑袋麻木看起来是睁着眼睛其实已经睡着了。进入高三就睡不足觉是普遍现象，你说。这时讲台上出现一点异常情况：

一上讲台就如踏上舞台，眉飞色舞神采焕发的优秀物理教师方富贵沾着一层粉笔灰的瘦脸上突然大汗淋漓，双眼发直嘴唇发青、喉咙里发出古怪的鸣叫声，两根胳膊挥舞着，就像一只扑棱着翅膀啼鸣的公鸡。学生们正要张嘴欢呼，不好啦！方老师一头栽到讲台上蹬崴了两下腿后便一动不动，好像一根朽木。他成了朽木半分钟后，一大群麻雀奋力撞破玻璃，钻到了教室里。麻雀头上的毛多半撞掉了，好像秃顶的小老头儿，一大群，在教室里飞舞着，还唧唧喳喳地乱叫唤。

学生们都呆啦。呆了好久……你的声音低沉地说，你的脸上显出了一副十分难过的模样。我们跑到长颈鹿馆附近，捡来一把跌烂在地上的彩色粉笔，慷慨地递给你，让你吃。世界上有这么多美味的食品你不吃，为什么要吃粉笔呢？我们很纳闷。你贪婪地咬着粉笔，粉笔末子从你的牙缝里半干不湿地掉下来，沾在下巴上。你用舌尖把下巴上的粉笔末子舔起来，说：方富贵用形象的语言编织的蘑菇烟云袅袅飘散。大家都像做梦。有几个靠近讲台的学生从座位上立起来，探出脖子用双手捂着脸，怕被秃头麻雀啄瞎眼睛，从手指的缝隙里观察着方老师。方老师的身体抽搐着，趴在讲台上。

"方老师，您睡着啦？"

更多的学生站起来，伸着脖子往前看。我们在笼子外伸着脖子看你。

有一个大胆的女学生离了座位，到讲台边上，低头弯腰，仔细观看，"哇啦"一声怪叫，然后宣布："同学们，方老师死啦！"麻雀们呼隆隆飞出教室，教室里弥漫着它们从梁头上扫落的灰尘，灰尘钻进了学生们的鼻孔，于是喷嚏就像枪声一样连成了片。

你是人还是兽？是人为什么在笼子里？是兽为什么说人话？是人为什么吃粉笔？

二

方老师死啦，第八中学里愁云漫漫，连路边的杨树都很悲痛，纷纷地把叶子摇得哗啦啦响，远远听起来好像一片清脆的哭声。学校里的领导很重视，给市教育局打了一个电话。因为明天就是教师节，市教育局的领导也很重视。给市政府打了一个电话，市长也很重视。市长在电话里擤着鼻涕说我很悲痛。

方老师的脸磕破了，又被麻雀啄得百孔千疮，送到殡仪馆里，请特级整容师李玉蝉修理。李玉蝉看到方老师的破脸很难过，因为她丈夫张赤球也是第八中学的物理教师，与方老师是同事，两家同住一排房，只隔一道间壁墙，每天都见面。更为有缘的是方老师和张赤球的面貌有许多相似之处。学校门房里那位负责分报打铃的王大爷，与他们相处了几十年，还经常对着张赤球说：方老师，有您一封挂号信！

方老师死啦，同事们都无精打采，好像生了重病。

我们对学校里的事情不感兴趣，我们想知道是谁把你放在笼里的？又是谁逼你吃粉笔？难道你肚子里有蛔虫？

别打岔！

要不就是有钩虫？

别打岔！

那么你再想想看是谁把你放在笼子里的？

别打岔！

那么你是自愿地进到了这个笼子里的？我们听人说美国曾经发生过类似的事情，说是有一个哲学家，一日忽然想到，动物园里如果没有人，动物园就是不完整的，于是他就给动物园园长写了一封信，自愿到动物园里去展览。动物园给他准备了一个笼子，笼子外挂着一个牌子，上面写着：人，灵长类，哺乳动物，产于世界各地，分白种、黄种、黑种、红种……这里展示的是一个红白混血种……

别打岔好不好？你愤怒地瞪圆了一直眯缝着的眼睛，吓了我们一跳，然后你又眯缝起眼睛，继续了你的叙述。你说校长说张赤球老师你去把方老师的课接了吧。方老师死了，但是物理学不能死，物理课更不能停。

三

时间过去了这么久，我们还是难以忘记他趴在笼子里边吃粉笔边为我们讲故事的情景：彩色的粉笔末从他破烂的牙齿间纷纷落下，落到他的下巴上，落到铁横杆上，落在锈蚀斑驳的铁笼底上。他的四肢从横杆上悠闲地挂下来，好像被利箭射杀在战车上或是云梯上的爬城甲士。那时，他丝毫不钳制我们的想象力，只管讲你的故事：

星期三晚上，第八中学高三班物理教师张赤球在家里犯了烟瘾。他说你东找西找，连个烟屁股都没有找到。烟瘾像百爪的小虫一样挠着你的心。你走到厨房旁边的小棚里去找。小棚里挤着一张床，床上躺着丈母娘。丈母娘中风不语，半身瘫痪，经常发出怪叫声。人得了恶症就不通人性，她的眼磁溜溜的，好似某种深水鱼类。你对着她笑了笑，退出小棚子，蓝布幔子自动垂下来，遵循着与瀑布垂下同样的原理。我曾经是方富贵的亲密战友。我曾经是张赤球的亲密战友。我曾经是所有中学教师的亲密战友，你骄傲地挺起扁扁的肚皮，大言不惭地说。

桌子上摆着一大摞模拟考试的试卷，你抽出一张，举起红笔去判，卷子上的字迹弯弯曲曲，好像烟圈一样，好像编笼子的铁丝一样。

三屉桌上有一个抽屉，锁着，里边有钱。你想只要拿到钱，出了家门，往东一拐，跳过那条长年积存着臭水的蚊蝇沟——长年孳生着蚊蝇的臭水沟里气味扑鼻，难辨香臭，沟畔青草繁茂，红花真美丽，跳之前要助跑几步，借以增强惯性，宁愿跳沟也不要去走那道朽木小桥，跳过沟往前运动五十米，快速运动五十米和慢速运动五十米所耗费的热能和所做的功是等值的？在理论上。差别是时间，时间是金钱，时间就是生命，因此应该快速运动。他对我们说：我告诉张赤球，不管愿不愿意，你已经站在小卖部的柜台前了。笑容可掬的老板娘用蛤蜊油擦着手背迎上来。你好张老师，好久不见您，又瘦啦，让嫂子欺负得一脸晦气，你们这些教书匠为什么都怕老婆？是因为挣钱少？没错，女人嘛，总是要有钱才养得服帖。他想她的脸是什么颜色呢？白桦树白得刺眼。铁皮小屋前还有一片柳林。好大的阳光。她的嗓音沙哑，富有感染力，总是让人产生暧昧的联想。好久你才看到她胸前挂着一朵红色的小绒球，兔毛衣上有一个弯弓搭箭的几何图案。沙沙沙，好像收音机出了毛病。张老师，你什么时候帮我把电视修修？她的眼睛弯弯勾勾好像月牙儿，涂了油的嘴唇红光闪闪，宛如两片玫瑰花瓣。只要你肯帮我的忙，亏待不了你！张老师！跟我打过交道的男人都能从我这里赚到一点便宜，没有一个是吃亏的。你有点怕这个手眼通天的女人，生怕中了美人计。买什么？烟！什么牌子的？玉鸟。最便宜的，四毛七一盒。又涨价啦。你摇摇头。她拿出一条"大重九"扔到你怀里。我不要，太贵啦。赊给你。她狠狠地盯了你一眼。她说，你现在好可怜，那时候你多么神气。你有些哆嗦，历史的味道涌上心头。

"噢啦啦啦……"偏瘫在床的老岳母大概是要撒尿。她的声音十分可怕，不似狼嗥胜似狼嗥，听到这声音你就心悸。

他说你叫张赤球。

你对我们说他叫张赤球。

这些话都是他挂在笼中横杆上对我们说的。

这些话都是你挂在笼中横杆上对我们说的。

四

为了听你讲故事，我们像侍奉亲爹一样，冒着被动物敌视的危险，从头生一撮旋转白毛的羊驼的铁笼旁弄来粉笔喂你。羊驼笼外有一堵短墙，墙上挂了一块黑板，黑板上写了一些歪斜的大字：

麸皮一百斤谷草十捆三号野驴与缺耳交配成功

黑板的木槽里，积存着大批的、长长短短的、形形色色的粉笔头。你对粉笔的感情如此深厚，以至于见到它们时眼睛里就会放出夺人的光彩。你的喉结上下移动着，你的嘴里发出啮咬粉笔的"嘎巴嘎巴"的脆响。你啮咬粉笔时眼睛里流出混浊的泪水，使我们想到爬行动物馆里的鳄鱼。你说：

一缕黄光从玻璃洞里透进来。拥挤着六个教师。物理教师办公室，面积十二平方米。涂满了煤灰，苍蝇屎、苍蝇尸体粘在白粉壁上；苍蝇的血迹和肚肠干痂在方富贵老师的备课本上。其实他根本无须备课，那点知识已经烂熟于胸中。张赤球坐在方富贵的对面，两人面貌相似，好像一对略有区别的孪生兄弟。他老婆和你老婆很熟。大球小球也与方龙方虎很熟，两家只隔一堵墙，不养鸡犬，人声相闻，时有往来。阳光。白粉壁上苍蝇煤灰痰迹一片。爱情你在哪里？新从师院分配来的青年教师小郭，盯着墙壁双眼发直，诗句从嘴里喷薄而出：爱情你在哪里？

贮水的大缸，挂着血红的釉彩，能盛六桶水。水压迫缸壁缸不破。力与压力、压强之类公式。总有一天会破，也许是被外力击破，压力点。公式之类。阳光照着缸里的水，水的影子在天花板上移动。光学之类。公式。入射角与反射角之类。物理眼看到到处都是物理，数学眼看到到处都是数学；化学教师的眼球是塑料的，塑料耳朵塑料嘴，塑料胳膊塑料腿，一走路咯咯吱吱响。语文教师屙汉字拉作文擦腚用报纸，省下了买手纸的钱，买烟、打酱油，哪怕肛门铅中毒。

为什么要在办公室里安一口釉彩大缸呢？为了防火？不是，因为二楼上的水龙头从不出水，水塔太低压力不够，流体力学，公式。水房被数学教师于化虎乘机霸占，门口贴上一个大红"囍"，拉进一个姑娘去，放一串鞭炮，从此水房变成洞房，姑娘成了新娘，小伙子成了新郎。

"小郭，小于结婚你眼红啦？"

"我没有资格找老婆，这几个工资刚够我自己开销。涨价，同志们，涨价，同志们，涨价，同志们，价格如一匹发了疯的野马，或者，如一支插进沸水里的温度计！明天我准备辞职贩虾酱去！"

"人其实都是为面子所累！"德高望重的祖师爷孟宪德捋着胡子说。他是方富贵的老师，方富贵是小郭的老师，他捋着山羊胡子说，"其实，能去贩虾酱也是好事……其实……其实……"

"其实什么呀其实，您孟老夫子！我活该倒霉中了您的奸计。您说报师范吧报师范，教师这行迟早会成为让人羡慕的职业！考进了师范，坏运气跟俺攀上了亲缘。当时落了榜才好。瞧人家马鸿星，鸿星高照，开了个马家炸鸡店，早就成了十万元户，我辛苦一月，得洋六十八块二，还不够马鸿星一天赚的……"

紧接着教师们的牢骚河开了闸，哇啦哇啦官僚主义偷税漏税行贿受贿请客送礼大吃大喝二道贩子驼蹄与熊掌猴头燕窝出门坐皇冠空调铺地毯假酒假烟坑蒙拐骗人口爆炸……别吵啦停水停电电老虎水豹子车匪路霸停水干渴停电一团漆黑……该把你们通通划成右派……因为没水冲洗，学生们值日不积极，厕所里像沼泽，肥肥的臭气从容不迫地洋溢出来，和着暖洋洋的春风，在走廊里回荡。臭气经过物理与化学，分解与裂变，竟成了油炸小公鸡的香味。它悄悄地进入高一班的教室，进入高二班的教室，进入高三班的教室，进入于老师的新房，滋润着学生们的心灵，营养着教师们的肉体，还有，于老师爱人的腹中胎儿。

"呜………"

"是谁在哭？"

"我受不了啦……这鬼地方，到处都是屎尿味……"

"是于老师的新娘子。"

"听说要闹离婚？"

"现如今的年轻人哇！"

"现如今的年轻人怎么啦？难道吃了屎还不许说屎臭吗？"

"有本事找校长去！"

"只要能解决了屎臭气，省长我也敢找！"

"我们要是植物就好啦，保证快速生长。"

你咽下一口粉笔，呜呜啦啦地继续说话。

"我们是园丁，学生是花朵、幼苗，难道园丁还怕臭气？难道幼苗与花朵还不喜欢臭气吗？"

"他们说，你们第八中学毕业出来的学生连头发里都有厕所味！"

"何等精彩！"

又一位教师踮着脚走进来。教师里只有孟老夫子敢大摇大摆地在走廊里走，他穿着高筒雨鞋。小郭说孟老夫子您果然是人老奸驴老滑兔子老了鹰难拿。孟老夫子根本不生气说小郭年轻人吃亏吃在嘴上，少说话多干事这是列宁风格，没人把你当成哑巴卖啦。这一老一少每天都要无休无止地拌嘴，给这间教师办公室带来了无穷无尽的欢乐。暂且不提——我们记得说到"不提"时你把身体抽起来，瘦瘦的脊梁弓起，造了一个桥。然后，你手抓着横杆坐起来，极像一只大鹦鹉，缺少的只是斑斓的羽毛。

还要粉笔吗？

我们当中的一个问你。

要！

电铃爆响，上课啦。哨子吹响，野驴馆里野驴、斑马馆里斑马、盘羊馆里盘羊……全都跳起来，跑过来，把嘴巴从铁的栅栏里探出来，等待着饲养员喂它们。你对我们说，粉笔拿来！

五

他告诉我们：你想着全身都沾染着杂草的香味、沾染着小卖部里秀色可餐的老板娘赏给你的暧昧的微笑、温暖，夹着一条"大重九"，快速运动回斗室，点上烟吸着，立刻精神抖擞，像刚施了尿素化肥的小芹菜，俯身书桌，批改模拟考试试卷……但是没有烟。他抖动着垂在横杆下的长腿，钢铁般感觉的嘴角上浅浅地挂着讥讽，他对着我们表露他的嘲讽，就像当面嘲讽你一样。通过他的叙述，我们知道你没有烟抽是因为你没有钱，因为你没有权。钱和权都握在你老婆手里，她掌握着你们家的经济命脉。她的名字叫李玉蝉，殡仪馆的一流整容师，任何死人，一经她的手，都比活着时要漂亮。

张赤球这个倒霉蛋，他对我们说。你抓耳挠腮坐在书桌前，犯了烟瘾没钱买烟抽，呆呆地望着三屉桌中间的抽屉。抽屉上挂着锁，钥匙在李玉蝉裤腰带上拴着。她的头发上每秒钟都在向外散发殡仪馆里特有的气味。

你擦擦嘴上的粉末，告诉我们：

物理教师站起来，小卖部老板娘白色的大脸像云团一样从他的眼前飘过去。他拍了拍那把大铜锁，无可奈何地摇摇头，前行两步，掀开一条挂在墙上的灰色破毯子，墙壁上立刻露出一个上圆下方的大洞，洞里吊着一根八瓦的灯棍，放着幽幽的绿光。两颗光秃秃的脑袋伏在一张小方桌上，做功课。他们同时抬起形状相似大小不一的头来，脸色青白，活像两个小鬼。

"爸爸!

"敬爱的爸爸!"

这个洞也是他们两人的卧室。洞里塞着五颜六色的碎海绵,碎海绵来自沙发厂,李玉蝉为沙发厂厂长的母亲整过容。还有两条褥子两条被子。穹形的洞壁上,涂鸦着鸟兽虫鱼豺狼虎豹飞机大炮。洞里安静极了,灯管咝咝的叫声像尖细的银丝扎着耳膜。你说这是两个优秀的儿子,学习拔尖,不用操心,令物理教师自豪。还有什么能比生出优秀的孩子更令爸爸自豪的吗?没有啦。你说他拍拍两颗气澎澎的光头,满怀都是愉悦的感情。

"大球,小球,你们,有钱吗?"

大球小球对眼一望,斩钉截铁异口同声说:

"没有,我们没有钱!"

"爸爸借你们的,下个月就还……爸爸写了一篇科普文章,发表了就会有很多稿费,我付给你们高利息!"

"你上个月借了我三毛钱还没还!"

"你还欠我四毛!"

"爸爸实在是犯了烟瘾,你妈给我的零花钱早光啦……借给我吧,让你们可怜的爸爸去买包烟抽……"

小球有点心软;大球坚定地说:"你死了心吧!你的信誉已经彻底完蛋啦!"

"难道我们不是父子吗?"

"父子归父子,钱归钱,爸爸,请您回到您的岗位上去,别影响我们的学习,难道你忍心让我们考不进名牌大学考培养穷教师的破师范学院吗?"

他傻笑着退出洞来,毯子挂帘飞快地垂下来,大球小球突然消逝啦。

这时候，李玉蝉跨进了屋。

他对我们说：我说过我是方富贵和张赤球的亲密战友，在"同一条战壕"里呼吸过厕所的臭气。当我们中的一位好奇者问他是否曾经是第八中学的物理教师时，他羞怒交加，鼻子尖红得如同一块火炭，他尖利地叫道：王八蛋才是第八中学的物理教师，王八蛋才是！——我们又费了一大把粉笔头才哄顺了他，让他继续把李玉蝉的故事讲给我们听。

六

李玉蝉是位勤俭持家、有经济头脑的好女人。她一进屋就皱着眉头，东嗅西嗅，好像一匹警犬，然后打了一个响亮的喷嚏。此时大街上华灯齐放，屋子里有黄色的灯光。

"你做饭啦？"

"没有。"他点头哈腰地说，"我必须抓紧每一秒宝贵的时间，把模拟考试的试卷判完。听说马上要评职称啦，不敢马虎。"

"狗屁！"李玉蝉拧住物理教师的耳朵，死劲一扯，物理教师痛苦地咧开了嘴，你对我们说你认为他虽然皮肉受苦但他的心里是高兴的，因为根据以往的经验，每当耳朵吃苦时，就是老婆又得了什么好处高兴时。所以他对温柔和顺的李玉蝉畏之如蛇蝎狼虫，对龇牙咧嘴的李玉蝉一点也不怕。

他唧唧哇哇地叫着，她的另一只手又拧住了他的另一只耳朵，双手用力扯，把他的嘴都撕大啦。

一直到他的耳朵与头颅连接的地方裂开了缝隙，渗出了橙色的汁液时，她才松开手。

物理教师哭啦。

她踢了他一脚，骂道：

"哭鼻子抹眼泪，不嫌丢人！亏你还是个男子汉。"

他说："耷拉着耳朵，你让我明天如何去讲课？"

"你永远不去讲才好！"李玉蝉咬牙切齿地说着，劈劈啪啪地脱掉了印着"美丽世界"字样的白大褂，又扒掉了衬衣，脱掉了裤子，只穿着一条三角裤衩，戴着一个通红的奶罩，胸脯好像两坨燃烧的炭，照得物理教师眯缝起眼。

"你看什么？流氓！"李玉蝉说。

物理教师哼哼唧唧地说：

"亲爱的，把我的耳朵撕成这样你就不管啦？"

"我不管谁管？你说，我不管谁管？"李玉蝉说着，从白大褂里摸出一卷殡仪馆专用的、透明的、与人体同样颜色的胶纸，熟练地把物理教师的破耳朵粘好，粘得严丝合缝，像小狼狗的耳朵一样警惕地耸立着，比原先还要精神还要漂亮。

殡仪馆一流整容师满意地打量着自己的作品。

他看到她的身体上覆盖着一层金色的细毛，开始累积脂肪的肚皮上有两道皱纹。她的肚皮好像一个巨大的额头。

他咕嘟着嘴，有点撒娇地说：

"粘是粘上啦，就是有点痛……"

"好办！"她满不在乎地凑过来，殡仪馆里的气味毫不客气地涌进他的鼻道，"太好办啦！"她捏住他的鼻子，飞快地一拧，鼻孔眼朝天，酸痛震荡耳膜，白色的粉刺弯弯曲曲地钻出来，蓝色的眼泪淅淅沥沥流下来。

"哎哟哎哟哎哟……"

"还痛吗？"她冷冷地问。

"痛……"

"哪里痛？"

"鼻子……"

"耳朵呢？"

"不痛啦……"

"这就叫痛点转移！"她颇有经验地说，那神情宛若一个活剥过千张人皮的外科大夫，"人身上总得有点痛，没有痛就是死啦。譬如你耳朵痛，就拧你的鼻子；鼻子痛，就抠你的眼睛；眼睛痛，就剁去你一根脚趾……"

他哆哆嗦嗦地看着在柔和灯光下遍体茸毛的老婆，一阵巨大的陌生感快把他吓死了。他捂着火辣辣的鼻子，泪眼蒙眬，呼吸细微。等到她转过身去，你说他看到她透明的裤衩上贴着两块黑胶布，好像两只严肃的美人眼，好像两只湿漉漉的风泪眼，才松了一口气。但她猛然一个鹿回头，又把他吓了个半死。

老婆在水池子那儿搅得稀里哗啦水响。他抓紧时间想：想当年我风华正茂，头上竖着密匝匝乱蓬蓬狗毛一样的黑发，上身穿着印有"师范大学"字样的运动衫，下身穿着99号运动裤，我剃着小平头，在恋爱的季节里，嘴巴刮得绿油油的，好像麦苗，哼着当时的流行歌曲：麦苗儿青青菜花儿黄……忘了词就用"哩格郎格哩格郎"代替，我每天清晨沿着大道跑步。春天里百花盛开，公园里的紫丁香香气毒辣，熏得人直打喷嚏。路边的杨树上垂挂着千串万串小流苏般的、咖啡色的杨花，在流动的空气里索落落地响。几天后杨花谢了，路面几乎不见。一团团从城郊飘来的柳絮翻滚粘连成团，与杨花拌在一起。踏着柔软的杨花和柳絮跑步，我的心里充满柔软的感情，风里有杨树上放出的辣乎乎的味道。

你说他正重温着旧梦时整容师闯进来，胳膊上挂着一串明亮的水珠，它们在柔软的细毛上滚动着。这家伙身上不沾水，你对我们说——我们看到他怪模怪样的叙述者嘴脸——她恼怒地骂道："你这个小子，锃明瓦亮两只贼眼，盯着我的抽屉，是不是要撬我的锁，偷我的钱？给你的零花钱花完啦？老兔崽子，告诉你，必须戒烟，我勒令你戒烟！你挣几个工资，也配抽烟？烟是为你们这些喝粉笔末子的家伙准备的吗？瞧瞧你这副德行样子：红墨水蓝墨水，一脸晦气，当年算我瞎了眼，被你运动衣上那几个字迷住了……"

你心里充满柔情。99号！你想起了初次闻到融化在暖洋洋的春天的空气里的杨树的气味时，肠子忽忽隆隆地蠕动着，对爱情的渴望猝然间涌上你的头颅，嘴唇发痒，你想找个姑娘亲吻。杨树的辣乎乎的气味，毫无疑问地成了成熟你的爱情的催化剂……你的美好感觉被打断，他对我们说你的老婆在吼叫。

"嫁给你，真是倒了血霉！"整容师用嘹亮的嗓门吼叫着。

住嘴！你对我们说：他也吼叫，好像要捍卫某种尊严，你说猜测到他的心和肠子一起沉闷地吼叫着，吼声冲到口腔，变成一个响亮而倒霉的嗝，是人就听得见。物理教师骂老婆：你这个臭娘儿们——嗝——不许你侮辱人民教师——嗝——你这个与死人亲嘴给死人涂脂抹粉的魔鬼——嗝——你是个母夜叉——嗝——

李玉蝉对准物理教师的脊梁打了一拳，心痛地说：

"别嗝啦，听着，不许你再打嗝，听到你打嗝别人还以为你得了胃溃疡了呢，别人以为你得了胃溃疡还会提拔你当教导主任吗？"

她从门外提进来一个塑料包，抖开，冲出一股酸溜溜的臭气，显出一大团纠缠在一起、蠢蠢欲动的猪大肠。

吃红烧猪大肠时，吃清炖猪大肠时，她十分显示了对我的爱情——你蹲在横杆上对我们说他曾对你说过——她说大球二球只许你们喝汤，肠子让爸爸吃，尤其是大肠头也就是猪的肛门必须让你们爸爸吃。爸爸气虚脱肛，猪大肠提肛补气，是你们三姨妈搜求来的偏方，有病乱求医，偏方治大病，一吃就灵。算你运气好，讨了我这样一个嘘寒问暖、疼你爱你的贤惠妻子，要不是我照顾得好，你，早就进了我们的"美丽世界"，化做天空中的一片黑云……

"别打嗝啦，给你个差事，转移一下脑子，洗猪大肠去！"

"你有什么资格命令我洗猪大肠？"物理教师嘟哝着，"难道一位堂堂的人民教师是用来洗猪大肠的吗？"

"狗屁！"李玉蝉飞过一只脚，差点踢中物理教师的脊背，"你敢不洗？"

"我偏要洗！"他赌气地说，拖起一根肠子就往外跑，好像扯着水龙管子的消防队员。

洗猪大肠时，他忘了打嗝。滑溜溜的猪大肠在瓦盆里活泼地游动着，好像池塘里的鳝鱼。你告诉我们他突然想起猪八戒变化成一条鲇鱼在女妖精的大腿间乱钻的故事，扑哧一声笑，惹恼了李玉蝉。

抓上点碱面！笨蛋！书呆子！糊涂虫！李玉蝉的话由你转述着。

李玉蝉的话句句是真理但是一句都不能相信，你说。他告诉我们你想到古人云：千里姻缘一线牵，果然是千真万确，比物理学定律还真理。那时候刚脱落了毛虫状花儿的白杨树愉快地抖动着，宛若恋爱中的女人；杨树放出的气味是爱情的气味，犹如利箭射穿了我的心肝。

“翻过来洗！不翻过来洗你想吃猪屎？再加点碱面！”

加了碱面猪大肠变得更加狡猾。跑步前进！金色的阳光照耀着人民群众幸福的笑脸。路边住宅小院里有盛开的向日葵。万物生长靠太阳，时间如水流淌，大海航行靠舵手。这歌儿每个人都会唱，你说，哑人用心灵唱。小城市的早晨是美好的早晨，是温馨甜蜜略有苦辣味儿的回忆。雨露滋润禾苗壮。高音大喇叭。东方红，太阳升起；清晨像沾满了露水的月季花。跑跑跑，沓沓沓，一闪而过，一闪而过，新刷了油漆的人民公园的铁栅杆，似乎是旋转的辐条，在我的运动中。寂寞的老虎在似旋转非旋转的铁笼子里怒吼着。送牛奶的三轮车嘎嘎吱吱地鸣叫着。新鲜的生动活泼的奶腥味与散着膻气的刚睡醒的小牛犊儿。她的脸红扑扑的，一闪而过，但一个深刻而鲜明的印象生死不怕地刻在了你的胸膛上：她的微微噘起的上唇上有一撮绿油油的小胡子。这撮小胡子使你大吃一惊，你感觉两叶肝像大铜钹一样拍在一起，咣嚓一声巨响，余音袅袅，在胸膜上颤抖。你认定了上唇上生着绿油油小胡子的红脸蛋女人是天下最美好的女人，何况脖子上还围着一条苹果绿色的绸纱巾……滑溜溜……嚓嚓嚓……

“该换水啦！”

嚓嚓嚓……嚓嚓嚓……红太阳的光芒照亮了我的眼……现在才明白，不，没结婚时我就明白唇上生绿胡子的女人没有一个是善茬子……你追着她飞驰的自行车奔跑，像小狗一样嗅着她的气味奔跑……哧溜哧溜……金鱼巷十三号……

"蝉——蝉——"老岳母像知了一样叫着。

"大球，去看看你外婆要什么？"

笃笃笃，金鱼巷十三号的门上镶着两个金黄的钉铆，凸鼓着，好像两颗少女的乳房……妈让你去你凭什么让我去……两人一起去，通红的大刀握在通红的大手里剁着通红的干辣椒，啪啪啪啪啪！辣味飞散，好似疯狂的爱情。那时候老太太还年轻……你想揉揉被爱情刺出了眼泪的眼睛，却抹了一脸臭哄哄的猪油……笃笃笃，嘎吱吱，金鱼巷十三号大门往里拉开，那时候她还年轻，腰板直溜溜的，梳着光溜溜的飞机头，鬓边插着一朵小红花，颇似旧小说里开野店的老板娘，谁能想到二十年后她会瘫痪在床呢……老大娘，我、找口水吃……玉蝉，给这同志倒盅凉茶……你是八中的老师？二十六岁？尚未婚配？啪啪啪，剁辣椒……

"妈，外婆屙了一床！"大球小球欢呼着。我告诉你们：在下边的一段时间里，由于少了剁辣椒的啪啪声，使第八中学物理教师对逝去爱情的回忆变得单纯起来。猪大肠腻滑，有点流氓习气。接凉茶的时候，不，是热茶，还冒着蒸汽呢，她双手捧着茶递给你时，你的手哆嗦不止，一阵犹如要拉屎的焦虑使你跷起一条腿。热茶泼在你手上。我那时只顾看她的绿色小胡子。她哎哟了一声，冰凉的幸福感贯穿全身，你感到差不多要拉在裤子里了……小张老师您的脸色不好看，快进屋躺会去……她的枕头巨大而蓬松，有一股十分奇怪的味儿……以后呀，星期天就来，大娘给你包饺子，三鲜馅，捣烂蒜成泥，加点酱油加点醋，再加点小磨香油……你在什么单位工作？"美丽世界"！她微笑着回答，唇上的小胡子油汪汪的，恰如一片夹竹桃的新叶……她噘着嘴说，我妈到大姨家串门去啦……我为什么意识不到这是一个圈套呢？一枚鲜红的共青团徽挂在乳头上方的格子花布上……让我尝尝绿色小胡子的味道……不、不嘛……其实她是半推半就……"美丽世界"是什么单位？……啊咦！一阵灼热烫了你的心……那两只抚摸过我的手是抚摸死人的手……我们工作时是戴手套的……你想甩了我闺女？我到八中告你……你耷拉着头，好像一个被活捉的伪军……油墨香气的报纸上，大学毕业生与殡仪馆的姑娘喜结良缘，新人新事新社会……我恨不得拔光你的绿胡子！你敢！叫花子咬牙发穷恨！拔我一根胡子，让你竖一根旗杆！让他立一座纪念碑！

吃红烧和清炖猪大肠时，物理教师的儿子们向物理教师的老婆提出了强烈抗议：

"妈，你太偏心啦！凭什么他吃肠子我们喝汤？"

"你爸爸脱肛！"

"我也脱肛！"

"我更脱肛！"

"浑小子们，难道脱肛也遗传吗？"

七

夜晚十点半，喧闹的小城开始安静，远处建筑工地上的机器声鲜明起来，你告诉我们大球二球在他们的洞里打呼噜，物理教师趴在台灯下匆匆忙忙判试卷。即便不评定教师职称也要努力工作。你说他感到脖颈上有一阵瘙痒，回头看时，发现整容师把乳罩扯掉了。你平静地对我们说，整容师用硬邦邦的奶头蹭着伏案工作的物理教师的脖子！这空前的温柔使他周身冰凉，眼里火辣辣的；没嚼烂的猪大肠在胃里翻滚着。你特别强调：整容师有两颗鲜红的、出类拔萃的乳头。说到乳头时我们发现你的眼睛在幽暗的铁笼子里放出两点绿光，好像两只飘荡的萤火虫儿，石膏的鲜味儿催人泪下，从你的黑洞洞的嘴巴里喷出来。工人用手把石膏变成粉笔，你用肠胃把粉笔还原成石膏。你说：

看到那一抹随着年龄增长愈发茂密的绿色小胡子，他的警惕性被唤起，尽管满嘴猪肠味道提醒他不可忘记她的好处，但他还是说：

"你严肃点，不要调戏我！"

整容师羞红了脸，愤怒地道：

"嫁给你干什么？我有性欲！"

你麻木地转述着：

物理教师头顶上一声巨响——我认为他会有这种错误感觉——他伸手去捂她的嘴，却被她在手腕子上咬了一口。

后来他们就上了床。他强忍着恶心去亲吻她的嘴唇，那股殡仪馆里特有的气味渗进他最深层的意识里。他知道自己神经过敏，整容师曾当着他的面用上等的香皂洗身体上下所有的地方，连一根毛也不放过，但他还是闻到那股浓烈的、难以用文字表述的气味。而每当此刻，他就变成了废人。

整容师眼睛里的泪水使他自责，台灯昏黄的光照耀着她虽到中年但因皮肤上生有柔软金毛所以光泽灿烂的肉体。他痛苦地说：

"球他妈，不是我不想，是因为你身上的味儿毁了我……"

整容师像鲤鱼一样跃起来，嘟嘟哝哝地说：

"我身上没味儿……没有……亲爱的……我知道……是工作累垮了你……营养又跟不上……如果说我身上有味儿前几年就没有吗？你是怕影响革命工作，是吗？"

你让我们看到：

她沉甸甸的乳房像气锤一样锻打着他的肋条，连他心脏上的肌肉都受到震动。后来他又感到她的乳头像烟头一样烫皮，便弓着腰，意欲坐起。李玉蝉胸膛一挺便把他重新压倒。用竹片绷成的床面在他们身下咯吱咯吱响。你说他在忍受着李玉蝉的迫击时突然看到从墙洞里探出了两颗圆溜溜的头颅。他奋发努力，把正在得趣的李玉蝉掀了个仰面朝天。她恼羞成怒地从地上爬起来，顺手抄起了一把扫帚，高高地举起来，对准了物理教师的头颅。但她的手在半空中僵住了，她也看到了那两颗从墙洞里抻出的头颅。他们相对一笑，几乎是异口同声地说：

"这两个人真是滑稽。"

她将手中的扫帚对着他们投过去，两个头颅闪电般地消失了。

她大口地喘着粗气，看样子好像在发狠、在决断，然后她就像老虎一样对着物理教师扑上来。

"孩子们的妈，饶了我吧！"女人柔软的肉堆在他身上，令他愤怒，但忍气吞声惯了，明明好不高兴，也要用好话求情。

李玉蝉坐起来，噘着嘴，用一只手，痛惜地抚摸着张赤球瘦骨嶙峋的躯干。

"方老师也像你一样瘦。"她说。

"你怎么知道？"他警觉地问。

"他躺在我的整容床上……"

你说他惋惜地说：

"一个好人死啦……"

很远的地方有个乡村，公鸡不合时宜地啼叫起来。

"这瘟鸡，也发了疯！"她仰在床上，不知用什么腔调说。

张赤球顺利地呼吸着，拍拍妻子的肚子，说：

"你睡吧，我把试卷改完。"

李玉蝉翻了一个身。你说，他跳到椅子上。

鸡又叫了一遍时，夜很静，听得见隔壁方老师的遗孀低声的抽泣。

李玉蝉坐在床沿上，双腿下垂，脚尖接近地面。

他打着哈欠，畏畏缩缩地拍拍她的肩膀，说：

"睡吧，孩子他妈。"

"睡你妈的屁！"她大吼一声，便无声无息了。

熟睡后女人的嘴巴里放出牛羊口腔里的热烘烘的青草味儿，殡仪馆的气味掺杂其中，不是绝对不可忍受，似乎又不能忍受，处在可忍又不忍之间的李玉蝉嘴中的蒸汽喷在物理教师骨骼突出的脸上。

"我做了一个梦……梦见了方老师……"她的嘴唇上挂着一道黏稠的涎线，唇上的绿胡子十分可爱，"他从我的整容床上站起来，浑身一丝不挂，像个脱了毛的公鸡……他对我说，'张嫂子，我不想死，我还记挂着老婆孩子……我的心还在跳……'"

李玉蝉说着说着就哭起来，哭得十分伤心，张赤球甚至都生出几分醋意，他说：

"又不是你的丈夫死啦，你哭什么？"

"要是我的丈夫死啦，我就不哭啦，"她说，瞪着眼说，"我连一颗眼泪也不掉！"

"为什么连一颗眼泪也不掉呢？"他惊讶地问。

"为什么不连一颗眼泪也不掉呢？"她也惊讶地反问着。

紧接着开始的便是死一般寂静，一只碧绿的透明小虫好像没有重量，在他和她之间飞舞，联结着两个人的思想，增加着两个人的敌视，还建立了他她与你你与我们的联系。一个女人竟然因为男人满足不了她肉体的渴望而发疯——惊人的发现，物理教师的心脏像铜钟一般发出嗡嗡的巨响。当然，他说，对你们来说这不是什么"惊人的发现"，你们这些年轻人，都是为爱而生，为性而死。

这时，响起了敲门的声音，你貌似平静地说着，但你的十根手指紧紧地箍住横杆，简直就是猫头鹰的爪子。从方富贵死在讲台上那一时刻开始，我就产生了强烈的吃粉笔的欲望，粉笔的气味勾引得我神魂颠倒，人们都说我得了精神病，说什么，随便，我想吃粉笔。我只有吃粉笔。你眼泪汪汪地向我们叙述着你的感觉，你甚至唤起了我们久已忘却的对粉笔的感情：当我们举起一束鲜艳的粉笔时，我们也曾经唾液大量分泌，肠胃隆隆鸣叫。接下来的问题是，这粉笔是给你吃呢，还是留下我们自己吃？

第二部

一

天虽然将近黎明，但毕竟不是黎明；黎明前的颜色是最黑暗的，这是可怕的真理。远处的公鸡又在啼叫了，敲门声响亮而有节奏，像钟摆一样准确。

她有点怕。心中无闲事，不怕鬼叫门，心中有闲事，害怕鬼叫门。你说她很惭愧地想起了昨天午睡时，在殡仪馆整容室里发生的事情。她还想起了多年之前青年物理教师张赤球敲响自己家的乳房状门钉锅的情景。

我认定先说物理教师去敲门的事情比较妥当，你说，因为时间随着思想者心境的改变，不断地变幻着颜色，改变着方向。

李玉蝉的母亲——别看她现在躺在床上，基本上变成一个活死人，想当年却是个风流全城的蜡美人。蜡美人现在臀部生了两个大褥疮，流脓淌血，散发着臭气，灰白的虱子们正以愚公移山的精神啃着她的皮肉。请注意：有一种女人到了中年比青年时更迷人，就像那名贵茶叶，第一道又苦又涩，谁喝了谁的舌头和口腔就倒霉，喝到后来，才能品尝到美丽的芳香和甘醇。蜡美人绝对是一位这样的女人，绝对是一包名贵的新茶。喝她的第一道茶的是一个行为拘谨的年轻人，她的苦涩把他毒死啦。请注意：有一种男人是专门收获的，他从不付出开垦处女地的汗水。市劳动局的一位科长就是这样的男人。他姓王，身体和脸形都是方形的，据说是位山东人，老家离梁山好汉黑旋风李逵的家乡不远。他的双手很大，李玉蝉经常把他的手幻想成两柄板斧，她曾亲眼目睹过王科长的板斧砍蜡美人的脂油般乳房的情景，那是在夏天的中午，蝉在动物园的梧桐树上烦躁地鸣叫着，王科长双手按住两个乳房；你对我说，粉红的乳头从中指和无名指的夹缝里兴奋地伸出头来，哆哆嗦嗦，犹如某类小兽的尖吻。

　　就在那一时刻，我产生了吮吸那乳头的强烈愿望，她痴痴地想着——他告诉我们——敲门声响亮持久，像钟摆一样准确。黎明前的黑暗沉甸甸地压迫世界，但她的心里一片光明——他依然向我们勒索粉笔。他的胃膨胀起来，多棱多角的奇怪，仿佛永远填不满，长颈鹿和野牛已经对着我们这群抢粉笔的强盗瞪圆了眼睛——系着红领巾的李玉蝉是个胖乎乎的小丫头，她的嘴巴干燥极了，是因为嘴巴干燥才去思念吮吸乳头呢，还是因为思念吮吸乳头嘴巴才干燥？她糊涂。她记起来了，就从那一时刻起她便糊涂了，脑子里的秩序混乱不堪，两颗红枣般的乳头插在她雪白的脑浆里。她糊糊涂涂地把脸俯到院子里的水缸上，缸里映出一张通红的女孩脸，嘴巴扭呀扭呀，像骆驼在反刍。缸里还倒映着一片石榴花，七八朵含苞待放；七八朵蓬松大放，都是火一般的热烈，酒一般的浓烈。怪不得妈妈嘴里经常哼小调：

> 石榴开花红似火
>
> 我爱你来你爱我
>
> 城里的小妞多如细砂
>
> 为什么来磨我这半老婆
>
> 咿哟咿哟我的哥

　　王科长还会拉胡琴呢，他拉着二胡唱，像电影里对山歌一样：

石榴花开一朵朵

只有一朵红似火

小妞年少太啰嗦

有滋有味半老婆

我的姐，你说说

不把你磨把谁磨

　　他跳出来向我们宣告：我一向讨厌把流氓小调写进文章里：既然如此，"石榴花开红似火"也罢，"石榴花开一朵朵"也罢，就不可能是流氓小调。我向你们第三次郑重声明，我不是第八中学的物理教师，孙子才是中学教师哩！当时，这小调给李玉蝉的刺激仅仅次于两颗红乳头。不，李玉蝉告诉我，红乳头、红色石榴花、妈妈与王科长搂抱在一起时发出的声音和气味，等等，都与非流氓小调"石榴花儿开"的旋律交织在一起，变成了一个有声有色有气味的整体。简直就是艺术！

　　那时候是政治开明、经济发展、物价稳定、市场繁荣的黄金时代，这座远离海滨的小城随时都能买到两只半斤的大对虾，半斤一只的海蟹。一指厚肉的鲜带鱼才三角钱一斤，香椿芽上市的季节里，城北鱼市上一片银子的颜色，在艳阳下耀眼，是带鱼在闪烁。鱼市散后，满街都是鳞片，在红色的夕阳下闪烁，在白色的圆月下生辉，如果傍晚有雨，雨后月色朦胧，薄雾如烟，远处河上的石拱桥像煞一条白龙，潮湿的空中，散布着新鲜的鱼腥味。小女孩从鱼市上归来，趴在缸沿上，在石榴花的火红映照下，注视着水缸里的水，缸里养着两只河蟹，海鲜充斥市场，河蟹便显出尊贵，所以呀，蜡美人才买了两只河蟹，养在水缸里观赏。

　　它们的大钳子上生着茸茸的绿毛……两只长长的大眼忽而立起来，忽而伏下去……铁青色的螃蟹镶嵌在石榴花和石榴小调的轻软印象里，好像小城里那家工艺品厂里制造的工艺品……她垂在床沿上的丰满的腿上金毛灿灿，悠悠打打，像无聊孩童的把戏，成熟女人无意识中表现出来的童心童趣统称儿童行为，就像返祖现象一样引人注目——他煞有介事地说——我曾就中国某省一农村妇女生养了一个毛孩受到政府的高度重视的事与第八中学的物理教师们进行过讨论。孟老夫子认为物以稀为贵，并不仅仅因为毛孩是返祖现象政府才给予高度重视。譬如头上生了角、一胎产下九个男婴、八十老妪生出新牙等等现象照样受到政府重视，不仅中国重视，外国对此类怪异现象也很重视，可见这是一个超阶级、超社会制度的现象。这说明了什么呢？当时物理教师们正为厕所问题烦恼，对讨论不感兴趣；当时方富贵老师还健在，他对这个问题也不感兴趣。那时他脸色灰白，头发上沾着一层白色的灰尘，现在想起来他当时已是满脸死相，典型的猝死预兆。我们为什么大谈特谈毛孩之类无聊的话题而不去关心一下垂死的方老师呢？只有孟夫子一个人嘴角上挂着一朵小泡沫与我说话。他说人是喜欢怪异的动物，为了满足人的心理需要，政府便大力发现和宣传怪异现象，为沉闷的生活增加刺激和因刺激而生发的快感。一个社会可以没有艺术，但不可以没有怪异；假如没有艺术，怪异便应运而生……小郭把一张报纸推到我们面前，第一版上赫然一条消息，用二号黑体字打着标题：毛孩已就读小学，智力水平高于一般儿童。还有一张扑克牌大小的照片，浓眉大眼、满脸细毛的毛孩脖子上扎着一条黑色的红领巾对着我微笑。

　　敲门声继续进行，似乎永远都不会停止。那个当年的女孩是否注意到自己的细软的金毛呢？她在水面上看到自己唇上生出茸茸的绿毛时精神状态如何？这些几乎等于隐私的问题是不便于向李玉蝉本人提出问讯的。即便她是我的妻子，假如我不是非常爱她，也不会问她这个问题。青春期是神秘而痛苦的，是惶惶不可终日的，是悄悄地来临的——你像一个精神病专家一样喋喋不休——我们经常有这样的感觉：昨天她还是一个拖着清鼻涕的小妞，一夜之间就变成了如花似玉的大姑娘。还有一个问题：有一些屡遭批评的字眼，如腋毛、阴毛，为什么总让人感到羞耻和肮脏？明明用高级香波洗了一千遍，又洒上了名贵的香水，它不但柔软富有弹性而且散发着扑鼻的香气，见到实物都感到美好，为什么见到符号就感到亵渎神灵、侮辱母亲呢？他说，这是一种病！很普遍的病。

基于上述复杂的原因，物理教师绝对没问过李玉蝉的第一根胡须是何时破皮而出的。李玉蝉的胡须腋毛之类与这个漫长的故事又有什么关系呢？有关系，关系密切，而且让人痛心；但时间长久，痛苦已经变成麻木。

二

我们还牢牢地记着你为我们描绘过的二十多年前的蜡美人：那时

候她还年轻，腰板直挺，神清气爽，梳着光溜溜的飞机头，鬓边插着一朵小红花，颇似旧小说里开野店的老板娘。你不嫌啰嗦，对我们重复叙述蜡美人的容貌，并肯定地说：

蜡美人鬓边的小红花是从庭院里的石榴树上摘下来的。她选择那些蓓蕾半开的石榴花插头。当时还无有高级护发素之类奢侈品，蜡美人用刨花水洗头，用酒浸泡过的猪胰子擦脸，土法上马，既不污染环境也不损害身体，体现了自然经济状态下的质朴之美。

文学里写裸体不犯大忌讳，问题在于作家描写裸体时，是否那裸着的肉体就在眼前晃动？是否应该嗅到迷人的肉香？或者，更进一步无耻地说——是否应该嗅到性分泌液的气味？如果是这样，那不活活就是"意淫"吗？如果不这样，能进行不俗滥的肉体描写吗？

对你的这种蛮不讲理的插述，我们无法制止。我们听你说，你继续说，你说：

现在还必须记住的是：从第一部末尾就开始了的敲门声还在继续，节奏不变，音量也不变，准确程度依然如钟摆的运动，究竟是谁在黎明前最黑暗的时刻敲击着物理教师家的门？只有开了门才知道。

李玉蝉忘不了她的母亲赤身裸体在院子里走来走去的形象。蜡美人为了保持脚的卫生，穿着一双红缎子绣花鞋，鬓边斜插一朵蓓蕾初绽的石榴花——李玉蝉对我讲述她母亲的光辉形象时，我的脑海里油然滑过《金瓶梅》中潘金莲的影子，固然我从来就没见过潘金莲——她珍惜地抚摸着自己的肉。五月的薰风掠过街道；掠过市政府的豆绿色小洋楼，鲜艳的五星红旗时而舒展时而低垂；还掠过白杨树梢，铜板般大、背面生着白茸毛的杨叶窸窸窣窣地响着；五月的薰风凝聚在小市民的庭院里，一切都新美如画。李玉蝉呆呆地坐在门槛上，看着走来走去的母亲。燕子在她家的檐下垒起了白色的新巢。还有，那只耳朵如削断的竹节般的小狼狗跟在裸体女人微微撅起的屁股后，嗅来嗅去，并且连续地打着怪声怪气的喷嚏。

青春期的羞涩感是如何消逝的呢？难道仅仅依靠红乳头从中指和无名指之间伸出头来这一细节的力量就能把一个少女的羞耻心剥夺得干干净净——他把挂在笼中横杆上的身体欠了欠，抻了抻脖子，这是他开始发议论的习惯性动作——王科长有一位漂亮温柔的妻子和两个天真活泼的孩子，那么，蜡美人只能是王科长的情人。无论多么黑暗的时期，情人都是存在的。情人的同义词是"姘头"、"奸夫"之类含着大量贬义的字眼，人为什么要找情人呢？难道只用一句话"道德败坏"就可以回答清楚了吗？我决不在你们面前对王科长进行批判，我同意李玉蝉的看法；她曾经十分真诚地对我说过：他是个好人！我们母女俩多蒙他照顾。

在这个家庭里，性是不神秘的，性爱表现出美好的容貌，坦荡而真诚。蜡美人建议十五岁的李玉蝉脱光衣服与她一起在院子里行走，进行有利健康的日光浴，母女俩一丝不挂，昂首阔步，可谓志同道合。

就是那个上午，她一低头，发现了自己的最值得自豪的部位，生出了金色的细毛。她惊讶地大叫起来，"妈呀，我下边长出了胡须！"

母亲把腰都笑弯了，上气不接下气地说：

"傻孩子，那不是胡须，那是……眉毛！"

后来，王科长晋升为市政府的副局长。

李玉蝉坦率地对我说——好像说白菜萝卜一样坦然：王副局长和我母亲在一起做爱，我听到他们欢乐的呼叫声，心里很忌妒。有一天母亲不在，王副局长来了。他为我买了一双那时还很珍贵的尼龙袜子，红杠杠蓝杠杠，图案很漂亮，我好久都舍不得穿呢！他笑眯眯地说：

"丫头，连声'谢谢'都不说？"

我脱了褂子，脱了裤子，脱了裤头，摘了乳罩，摘一朵石榴花插在头发里，趿拉上母亲的缎子鞋，在院子里走着。王副局长满脸是汗。我笑着，一步步向他逼过去，他的眼泪哗哗地流下来。后来他说：

"你还是个孩子……"

我啐着他。他像个笨手笨脚的大孩子一样。我骑着他，他驮着我满院子爬。母亲一步撞进来，从缸里舀水泼我们，大家一齐笑。母亲也脱光了，我们在泥里打滚，王副局长把猪的动作和猪的叫声摹仿得惟妙惟肖。中午，我们把缸里的河蟹捞出来，用蒜臼子捣成糊，打上鸡蛋，炒了一盘新鲜韭菜，味道鲜美极了……

这一切是多么美好啊！我感慨地说。

我的心头始终存在着一个疑团解不开：既然你跟王副局长有如此的关系，为什么不让他给你安排个好单位好工作？他是劳动局副局长啊，你为什么偏偏去了殡仪馆呢？

她鄙视着我，让我感到自己的灵魂十分肮脏，在她清澈目光的注视下，我感到无地自容。粉笔，拿粉笔来！我们渐渐地明白了，你吃粉笔并不是为了充饥，而是为了掩饰内心的紧张和恐慌。

三

　　双鬓已沾染上冰雪的王副市长每天午饭后都要小憩半小时。这半小时是神圣不可侵犯的，他的家人和部属都尊重他的神圣权利。其实在这半小时里他不可能睡去，他迷迷糊糊地躺着，谛听着忠实的胃肠有条不紊地呼噜着，好像一只蜷缩在沙发上酣睡着的狸猫，思想着肚里的老鼠和洞里的老鼠以及在墙边悄悄行走的老鼠和抓老鼠的激烈场面。据说，哪怕你跟一个情深意笃的女人做过一千次爱，最终能记住的，也不过是一到两次。做爱的习惯当然是生活习惯的一个重要组成部分，如果我们敢于赤裸裸地交流——我们不敢！——你强调着，我是说如果敢，你们就会发现，性是支撑我们生活大厦的一根重要的支柱，它的颜色是肉红色的，缠绕着缀满五色花朵的藤蔓，闪烁着璀璨的光芒。你们喜欢比喻吗？用男性生殖器来比喻生命之船的桅杆，必然导致用女性生殖器来比喻生命之船；桅杆矗立在船中央，又可以简单地比喻为活生生的性交的象征。所有的比喻都是徒劳的，但没有比喻又无法反映世界。所有的性生活都是重复的，花样翻新，万变不离其宗，但没有性生活又无法繁衍人类，而且还不仅仅是繁衍人类的问题。所以，王副市长在午休半小时里反复咀嚼的，只能是他与李玉蝉第一次做爱时的情景。用详细的笔法来描述一个漫长的性爱过程是令人难以忍受的，我只打算告诉你们他与她的几句对话：

　　你是我的爹吗？

不，我不是你的爹。

你的毛是黑的，为什么我的毛是黄的呢？

你是黄毛丫头么！

我不想读书啦。

很好，有志气的革命青年应该在阶级斗争、生产斗争、科学实验三大革命实践中锻炼自己，及早投身切实的、平凡的革命工作。

……这个丫头真是个难以捉摸的怪物……王副市长想着，他的习惯告诉他半小时的甜蜜回忆即将结束，但他不想从舒适的沙发上欠起臃肿不堪的身体。皮里积淀的大量脂肪彻底改变了这个山东好汉的体形，肥胖难道仅仅是因为多食鱼肉吗？你好像向我们提问，但你不允许我们回答，你自己也是虚晃一枪又匆匆前进：他等待着比时钟还准确的秘书唤他起来。下午，他应该去第八中学参加一位物理教师的追悼会。"第八中学"、"物理教师"，都是引起他满口香味的和酸味的字眼，毫无疑问这种生理反应的根源在性爱问题，在于他几十年前与初生柔软黄毛的美丽少女李玉蝉的罗曼史——他在笼中横杆上抻直了脖子，然后伸出舌头舔了舔干裂的嘴唇——

我们的小说往往把高级领导干部塑造成高度理智的人物，好像他们中无有一个大情种——这不是现实主义的态度。政治舞台上，男政治家的情妇究竟占有多大位置？是半壁江山还是一块抹布？中庸的办法、公正的评判是对这两种状况都表示认同。有政治家就必然有情妇，有情妇就有半壁江山、就有抹布，这是大家都清楚的、公开的秘密，并不因为我们闭上了眼睛，天空和道路就不存在。

几十年来，我们的舆论都在强烈地抨击"情人"，但结果如何呢？你们回答！他高叫着。我们喏喏着，显得相当木讷。

在这里，虚伪和诚实的位置是怎样较量着呢？你们为什么不回答？我们聪明地把一束粉笔递上去。想用粉笔堵住我的嘴巴吗？

我们究竟敢不敢承认政治家的性欲、究竟敢不敢承认政治家的情人的合理存在、以及政治家的情人对历史发展的影响呢？

——他在笼子里手舞足蹈着，柔软的身体缠绕在横杆上，使他不至于因手脚动作摔到笼底跌破脑袋。我们几乎悟到他为什么要待在铁笼里吃粉笔了。我们脑子里转动着把他从笼中拖拉出来的念头，他就像看透了我们的心思一样高叫：我不出去！你们让我出去，我立即就自己了断！

四

在这座小城里，没有秘密。

在一次全市校长会议上，主管文教的王副市长来作有关学校基建的报告。

学校里都缺教室，都缺教师宿舍。

粥少僧多，争夺是激烈的。

八中的校长在会议休息时，贸然敲响了休息室的门。

王副市长睁开眼睛，流露出不欢迎的眼神，热情地说：

"马校长哎，请坐啦。"

马校长瘦长身躯，有两扇巴掌大的招风耳，他当然看出了王副市长的厌烦心理，但他胸有成竹地微笑着，龇出了两颗狡猾的黄色门牙，弯了一下腰，小心翼翼地坐在沙发上。

"有什么事吗，马校长？"

上面的话是废话。这我知道。请理解。

马校长说："王副市长，我们八中最困难，没有比我们第八中学更困难的啦……我可以举个例子给您听：张赤球是六十年代初期的名牌大学本科毕业生，物理教师，从事中学教育二十多年，他爱人是殡仪馆特级整容师，姓李，名玉蝉。原住金鱼巷十三号。院子里有一株石榴树——张老师说过。火红的石榴花顿时开放在王副市长的脑海里……自从金鱼巷被推土机推平之后，她就跟着丈夫在八中住。她有一个瘫痪在床的老娘，两个儿子，一个读高中，一个读小学。五口之家，住着一间半房，惨不忍睹啊！王副市长，两个孩子睡在墙洞里，老人睡在半间厨房里……我这个校长，心里很难过……"

马校长擤了一下鼻涕，眼圈子通红，只要稍微努一下力，泪水就会盈出眼眶。但最能打动人心的是欲流不流的泪水。文明节制不失分寸，只有十足的笨蛋才在政治家面前哭得鼻涕一把泪一把。

王副市长眯缝着眼睛，神色安详，嘴唇略微有些发白。

马校长弯着腰，退出了休息室。

五

她的腿还是那么可爱地、下意识地、童趣十足地悠来荡去，这动作与坚持如一的敲门声构成了生活的一部分内容，就像命运一样不可抗拒。

物理教师因为自己的无能感到了深刻的内疚。她的裸体他不敢看，他羞涩地把脸埋在枕头里，殡仪馆里特有的气味丝丝缕缕地升起来——到处都能嗅到殡仪馆里特有的气味，也像命运一样不可抗拒。

她在思想：一切都像命运一样不可抗拒，生在这个世界上就是倒霉透顶，没有必要再谴责自己。难道把处女膜献给了王副局长就是淫荡吗？难道在那一刻，因为石榴花开、因为鱼市上飘来的腥咸味儿我情欲勃发克制了就高贵吗？在情爱面前，没有理性好讲，既然如此，又何必为昨天中午发生在殡仪馆里的事而内疚呢？处女膜不过是一层皮，比鸭蹼还薄，骑自行车也能颠破它。只有那个可恶的中尉重视它。

过去的事照样如敲门声一样，噼噼啪啪地打击着她的心头，好像敲打着一块锈蚀多年的铁皮，一层层锈屑剥落，她变得越来越薄，精神与肉体都仿佛透明的蝉翼。

劳动局副局长本来可以安排她去干一件所谓的体面事，但是他安排她去"美丽世界"当了一名整容师。这是本城所有人的终点站，这个小城市里的体面人物与非体面人物，都要过这道关卡。她对王副市长说：要是你死了，我一定为你整容。我用丝棉蘸着温水擦净你身上的灰垢，连屁眼和肚脐眼都擦得干干净净；我用剃刀刮光你的络腮胡须，鼻孔里假如伸出两撮黑毛，我决不放过，剪刀伸进你的鼻孔，把黑毛抠得干干净净。我的责任就是用油彩涂抹烂污，让活着的人在美丽的表面现象里得到安慰。上帝自然知道你的肠子已经腐烂，上帝也是个糊涂虫，他只看包装，不看内容。这不关我的事。在我的床上，没有高低贵贱之分。你有一个在殡仪馆工作的情妇，该有多走运，正像俗话所说：还没生下你来，就想到了你的死；左手缝着你的虎头鞋，右手敲着你的棺材盖。

能否说得到做得到，是考验朋友的生动标准。想起因肥胖症而逝世的王副市长挺着大肚子躺在自己的工作台上的情景，李玉蝉有一丝丝呕吐的感觉在舌尖上颤抖。他的眼睛合不拢，一道眷恋的光芒冷冷地射出来，使我喟然长叹，她说。

与遗体告别的仪式明天上午九点钟开始，市里的头面人物、社会贤达、三教九流、死者的生前好友都要来。他们的臂上都缠着一条用一等缎子裁成的黑纱，隐藏在天花板里的麦克风放出千篇一律的音乐，嘎嘎吱吱地响，宛若老鼠在啃着房顶的木板，听着让人发笑。中国人所谓：头上三尺有青天，青天者，上帝之谓也。殡仪馆里的上帝是只老耗子，当人们为王副市长的谢世愁眉不展时，上帝却在吱吱嘎嘎地啃房顶。

人们把王副市长抬到她的工作台上。他的枯瘦得像根柴火棍一样的妻子由他的一双儿女搀扶着，来到她的面前。

她的手脚一阵冰凉，愤怒的老鼠用爪子和磨得锋快的牙齿毫不客气地撕咬着她的盲肠。爱情使人变得残酷无情。但她立即问、逼问、穷追猛打：你爱过王副市长吗？性交与爱情是一回事吗——这个问题也请你们思考。我们感到无聊，不愿思考。

多年前，当她被留小平头的物理教师跟踪追击的时候，曾在河边见到过携着妻子和儿女散步的王副局长。蓝色的小河从玉莲山上流下来，流经一望无垠的宽广原野，载着稻麦的芬芳和婆娑的树影，穿过了这座举世无双的小城市。在市中心的人民公园那里，小河弯了一下，把一片银皮的白杨树揽进了怀抱，这是一个了不起的创举，茸茸的绿草，怒放的鲜花，一排排长椅，孕育了无数婴儿。每天凌晨，清洁女工从这里清扫起一簸箕透明乳胶制成的避孕套。这是个脾气古怪的女工，她不就近把避孕套倒进垃圾桶，而是穿过白杨林，踩着潮湿的沙地，让脚印留在沙上并且渐渐渗出水，她把一簸箕避孕套倒进蓝色的河水里。她倒避孕套的动作有点像田径运动员投掷铁饼，可能她在第八中学读书时受过体育教师李长拳的指导。她两脚八字分开，像钉钩一样抓紧地面，上身往后旋转一百六十五度，一定是块块肌肉紧急收缩，目如闪电，横扫河上旖旎风光，然后，刷啦一声响，犹如一抹瀑布横飞，或者也像独立岸边的渔翁，撒开了一扇银丝线结成的大网。避孕套漂浮在蓝色的河水里，缓缓向东流去。那么好看，好像鱼鳔泡。清洁女工呆呆地立着，犹如聆听着教堂的钟声默默祷告的信女。

小河载着人类的一夜风流漂向大海，无数的不走运的精虫被分解成蛋白质和水。没有一条河流不是人类的排泄孔道。

这位清洁女工是谁呢？李玉蝉在凌晨时这样想着。傍晚，蓝色的河上躺着一条金色的太阳光，她看到迎面走来的市劳动局王副局长。王携着他清瘦的妻子的手，还拉着他的女儿的手，他妻子还拉着他儿子的手，一家四口排成一字横队，犹如河中的大蟹横行霸道。水缸里的河蟹与石榴花的颜色和王副局长口腔里的味道一起攻击着她的感觉，使她想念起鱼市上形形色色的鱼儿。正所谓不是冤家不聚头。

如果王副局长不故意扭歪他的铁砧子般的方形大头，如果王副局长不是装作看河里的水鸟而避开她的目光，如果王副局长十分随便而坦然地松开他妻子的手走上前来主动握住她的手，握她手时再用小手指搔搔她的手心轻轻一调情，那么一切都不会发生。他像个情场老手一样告诉我们。

她从东往西走，晚霞如火，使她的脸光彩夺目，清瘦女人用完全乌黑的眼睛看着她。

王副局长的儿子是个潜在的大情种，他频频扯动着清瘦女人的手说：

"妈，妈！你看看这个阿姨多漂亮！你快看看这个阿姨的脸！"

李玉蝉对我说，她当时并没有想什么，她的脑袋里的齿轮都咬住了，她只是感觉到难以忍受的燥热，在很高的地方，有一个威严的声音在命令她：

"脱！脱掉你所有的衣服！"

她说她无法抗拒这来自高空的命令，她事后认为这声音就是把精液射入她母亲的子宫里、形成了她的肉身的那个男人的声音。虽然她从来没见过他的面，但她固执地断定这就是父亲的声音。谁敢违抗在天之父的命令呢？她对我说，再说，我为什么要违抗他的命令呢？

她用十分迅速的动作把当时流行的半截袖圆领花边绸衬衫撕下来，一甩手，衬衫飘扬，有几分像一只翩翩飞舞的大蝴蝶，宿命般地落在了王副局长的头上。

阿姨真好看！王副局长的儿子开始欢呼。

王副局长的儿子的阿姨一弯腰两翘腿又把裤子褪下来，扔到了王副局长怀里。

阿姨身上有毛!

她周身覆盖着一层柔软的金毛,美丽得让人心惊肉跳。王副局长的妻子吓得小便失禁。王副局长抱着一堆花花绿绿的衣服发呆。

她转了一个圈又一个圈,让他们前后左右看个够。她只穿一双塑料鞋,慢慢走了两步,然后,稍稍一停,便飞一般向河里冲去。她的肉体在插入河水之后,在河面上闪过一道彩虹,辉煌得犹如火爆爆开放的石榴花。

她的肚皮拍击水面的声音沉重而滑腻地绕着白杨树干旋转。

王副局长叹息了一声,把李玉蝉扔给他的衣服塞给妻子,走到河边,慢腾腾地脱掉衣服,好像一位被强迫隔离的病人剥掉沾染着病毒的衣服。他不如李玉蝉彻底:李玉蝉跳河时只穿着一双鞋,王副局长穿着锃亮的黑色牛皮鞋,还穿着一条肥大的大裤衩子。

他试试探探地把脚伸进河水,河水温暖柔软,咕咕地灌进鞋旮旯里。王副局长是汗脚,它们正在闷热的漆黑一团的鞋旮旯里流汗发胀,着了河水,愉快地咕唧着,好像两条大鲇鱼。好像两条大鲇鱼,他的两只脚都下了河。他蹚着河水往前走,小腿淹没大腿淹没大裤衩子漂了一会就粘在屁股上。这时候他的精瘦的妻子和儿子站在河外的草地上高喊着救人。

有一条大鱼猛烈地撞了一下他的大腿,他就着劲儿趴下,往前游动。

李玉蝉告诉我她一跳到河里就张大嘴巴喝水。河水清洌甘甜。为了喝到没被阳光晒透、更加清洌甘甜的河水,她潜到河底。她说河底的水是透明的,像蓝色的冰块,有好多紫皮的小鲫鱼在咬架,咬得鳞片飞舞,腥味扑鼻。她看到了王副局长的身体。她说王副局长抱住她时她听到空中的父亲命令她嚎叫,她便嚎叫,一阵做爱般的快感,空前地强烈。空前地强烈。她说：我大概昏厥了，死在婚床上的新娘是最有福气的人；死在老情人的怀抱里比死在婚床上还要幸福。

现在，精瘦女人完全乌黑的眼睛已经失去了光彩，李玉蝉发现她是一个面貌丑陋的老女人，嘴巴很大，颧骨很高，牙缝里渗出凉森森的气息，如果说有一种女人的嘴巴是地狱，那一定是指王副市长妻子的嘴巴。当年那个高喊"阿姨阿姨多美丽"的小男孩长成了身材高大的男人，蓬松着一头长发，好像大科学家牛顿先生。酷肖王副市长的黑色方脸上，密密麻麻生着白头粉刺。那个小女孩也长大了，八成是结了婚，挺着个大肚子，当然不结婚也完全可以挺起一个大肚子。她呼吸粗重，行动滞缓，黑油油的脸上长着蝴蝶斑，好像铁器生了锈。

精瘦女人被女儿搀扶着来到李玉蝉面前。

殡仪馆新提拔的年轻馆长说："夫人，这是我们馆的特级整容师，市劳动模范、三八红旗手，我们让她为王副市长整容。"

李玉蝉用嘴唇触触口罩然后用牙齿咬住口罩，口罩之上是她的叫做"眼睛"也简称为"眼"古名也为"目"的视觉器官，她用那两个迷荡过王副市长的玩意儿轻蔑地扫着死情人的活老婆，胜利者的轻蔑微笑被大口罩遮住，造成了很大的浪费。她轻轻地点了点头。

她目送着王副市长的儿子和女儿搀扶着王副市长的老婆走出了殡仪馆的大厅。

市里一位领导人与新提拔的馆长一左一右夹着李玉蝉，好像要把一件重物抬到她的背上。

领导人说："李师傅，您是全心全意为人民服务的典范哪！几十年来如一日，把死人当亲人，让活着的人得到安慰。"

领导人的话让她体验到了人在巨大荣誉压迫下机体发生的变化；她感到胸前那两个被称为乳房的器官上，冒出了一层鸡皮疙瘩，两个乳头硬邦邦的。她想起了母亲的红乳头在王科长的中指和无名指之间抻出来，红红的，如同燃烧的烟头，在朦胧的夜里闪烁。

领导人说："现在市民中流行着一种传染病，这种传染病的主要症状是坐在沙发上、抽着过滤嘴香烟、看着彩电骂市里的领导。第八中学的语文教师把市里的领导统称为'大肚子'，他们认为我们肚子里装满了民脂民膏。"

"这纯粹是污蔑！"馆长气愤地说。

"王副市长生前日夜操劳，每天工作十四小时；生活朴素，一贯粗茶淡饭，他的肥胖是一种病，他属于那种喝自来水也上膘的人。"

"是病！"馆长说。

"明天晚上，电视新闻里将出现与王副市长遗体告别的镜头，李师傅，您是特级整容师……"

她看看领导人，又看看馆长，犹犹豫豫地说：

"您的意思是不是让我把他弄瘦一点……"

领导人一把抓住李玉蝉的手，使劲地摇晃着，说：

"李玉蝉同志，您真不愧是市劳动模范，为了减小群众的反感，或者说，为了避免不必要的误会，我们有责任恢复王副市长的本来面貌，他是市里的老领导，您知道他的本来面貌吧？再说，这也是死者家属的意见，我们应该满足他们的要求，减轻他们因丧失亲人心灵上承受的重大痛苦……"

"我不希望有别人在旁边观看我们的工作。"李玉蝉说。

四个身材健壮的青年人把王副市长的遗体抬到了李玉蝉的工作室。

然后关掉哀乐，全馆肃静。

敲门声如前所述，他提醒我们，我们没有忘记。

六

"同志们，吭吭。"王副市长你今年比去年更显膨胀，行动更觉笨拙，呼吸愈加急促，与夫人做爱的次数由每周五次减至每周两次，这并非完全是你的原因。他的枯瘦的夫人对这位重型坦克的分量愈来愈难承受，不愿实行。你今天作的是有关城市建设长远规划的报告，大家都从你红彤彤的大脸上发现了死神翅膀上宽大、冰凉的黑色羽毛。为了清除喉咙里不停地分泌出来的黏稠的液体，你说一句话就"吭吭"两声呷一口凉茶。你近来连热茶都不敢喝了，你得了一种奇怪的"嗜凉症"，你的肚子里燃烧着一把火，熊熊燃烧的大火仿佛烘烤熟了五脏六腑，包括那条小尾巴般的盲肠。你吃冰糕，喝冰镇汽水，吃冰冻肉、冰冻大白菜；总而言之，你拒绝冰点之上的食物。

对王副市长得的怪症，市医院最高级的大夫们也搔首踌躇，既下不了诊断，自然也找不到治疗的药方。有人建议他去看中医。本市有位德行高洁的老中医三根指头一放在王副市长的手腕上，就打了个热颤，结果是玄谎了一通天文地理，开了几味芦根陈皮西瓜翠衣之类，草草了事。

他喝了一口凉茶，拉开了一条蓝色的绸缎帘子，露出了挂在墙上的城市远景蓝图。蓝色是河流，白色是道路，绿色是公园，黄色是楼房。

后来，一行人跟着王副市长走进一间宽阔漂亮、凉风习习、花香阵阵的大厅。大厅正中有一个巨大的平台，平台上镶着玻璃。王副市长一按电钮，只见那些玻璃缓慢而无声地、好像蛤蚧一样缩进它们的窝里去啦。我们这座小城的如画的美景展现在他们面前：

一条蓝色的小河贯穿小城。河边是白杨树林，你在这里拍过照吗？谈过恋爱吗？

这里是外贸大楼，一九九〇年竣工。楼高八十九米，上宽下窄，状如展翅欲飞的蝙蝠，颜色也是蝙蝠翅膀的颜色。

蝙蝠翅膀的阴影，遮住了第八中学。

白杨林外的人民公园是绿色的。

在另一栋美丽的大楼底下，有现在的"美丽世界"的记忆。

"这栋大楼是我们的婚姻介绍大楼，一九九〇年破土动工，二〇〇〇年交付使用，主楼高九十九米，象征着世界上没有十全十美的婚姻，如果想结婚，就要有付出九十九斤的努力去获得一斤幸福的精神。主楼与附属建筑的造型酷似一把利剑刺入一颗心脏，象征着爱情的残酷和恐怖。主楼的颜色是铁青色的，象征着女人的脸，附属建筑颜色俱为鲜红，象征着流血的心！"王副市长用有机玻璃杆敲打着婚姻介绍大楼，愤愤地说，"我是反对兴建这栋大楼的，爱情是甜蜜的，婚姻是幸福的。这专门生产爱情和幸福的大楼不应该是这样的颜色和这样的造型，但众志成城，民心难违，在所有的建筑中，唯有这栋大楼的模型得到了全市广大群众、尤其是青年人的疯狂崇拜。"

即将破土动工的婚姻介绍大楼造型酷似一根香肠，顶端是圆形的，据说是生命的象征。玻璃棒触到白色的"美丽世界"，一阵凉冷的寒流传导进他的心和肺，李玉蝉身穿雪白的大褂，里边赤裸裸的，笑嘻嘻地站在他的面前，"美丽世界"的肉味在你的心里像蜜一样漾开。我们仿佛看到你的脸色灰白，毫无热量的汗珠从你的肉里咕嘟咕嘟冒出来。

　　玻璃棒掉在地上，响亮地打在铺着人造大埋石的地面上，并且弹跳了一下，在离地二十厘米的空中断裂成两段。听到这个消息，物理教师张赤球在思索：是什么力量导致一根有机玻璃棒断裂？王副市长身体前扑，趴在我们这座美丽城市二〇〇〇年时的美丽沙盘上。他的一只肿胀的大手按在婚姻介绍大楼和"美丽世界"之间，造成了一种丑陋但十分和谐的印象。在你们的脑袋里，物质以它的坚硬性征服了它的柔弱性，打上了永远不可泯灭的印象，对不对？

　　王副市长死了。

　　司机死在方向盘上，战士死在战壕里，教师死在讲台上，售货员死在柜台上，马克思死在书桌上，王副市长死在沙盘上。

　　王副市长被一群壮大青年抬进即将被推土机铲平的"美丽世界"，抬到特级整容师、市一级劳动模范李玉蝉的工作台上，时间是早上八点，时间是晚上八点，两种说法都是正确的，因此可以并存。

七

　　敲打门板的声音还在持续进行。据在将来奇迹般地从病床上跃起来、恢复说话能力的现在的物理教师张赤球的岳母过去的风流寡妇蜡美人说：她瘫痪在床上时，与我们一起聆听着那像钟摆一样准确的敲门声。她焦急得死去活来，痛恨女儿和女婿甚至恨及两个光头外孙。她说根据她的历史经验，能够如此耐心地、毫不粗暴地敲打老百姓门板的，只有人民的军队和冒充着人民军队的特务才能做到。要是别的什么军队早就两脚踢破了你的门了。蜡美人的形象发生着重大变化。从前她喜欢穿着红缎子鞋、光着身子、鬓边斜插一朵鲜红的石榴花在院子里漫步；现在她偏瘫在床，以曾经柔软如绵光滑如缎的肉体饲养着一批虱子，不久的将来她要奇迹般地站起来，不但站起来，而且歪斜的嘴巴要回复原位，丧失了的语言能力会得到完全彻底的恢复，就像要把生病期间少说了的话补上一样，她要滔滔不绝地讲话，有人的时候，对着人讲，没人的时候对着狗讲，既没人也没狗的时候对着墙讲。

现在我们没时间管她，你说，先让她在床上躺着吧。我们希望她回忆着与王科长在一起的浪漫岁月，度过眼下的痛苦生活。那时李玉蝉还是个小姑娘。

李玉蝉早就许过愿要为王副市长整容，以报答他当年跳到蓝色河水里救起自己的恩情。说这话的时候她已经从"美丽世界"的工作里得到了乐趣。

王副市长仰面朝着天花板，躺在她的工作台上。这张工作台高一百厘米，宽一百厘米，长一百加一百厘米，如果没有死尸停在上面，我们看到一块雪白的布蒙在台面上，台面上摆着一盆塑料花。工作台的四条腿上，装着四个小轮子，可以把整理好的死尸推到大厅里让死者的亲人或同事之类外姓人瞻仰遗容，然后推到大炉子旁边，用铁钩子把尸首抓到一块安装着弹射机关的钢板上，这时候，死者的亲朋好友应该回避，烧尸工人一按电钮，尸首便像炮弹一样射进炉膛。

你的工作间很大，这张白色的工作台安放在房间中央，工作台周围，摆着几十盆春夏秋冬都开放的鲜花，有一盆开黄花的仙人掌你最爱。这里的花美丽而茁壮。

夜晚，殡仪馆大门关闭，由五彩霓虹灯组成的"美丽世界"在招徕着漫步街头的情侣们。你的房间也关了门，为了防止内部特务窥视，你狡猾地用肥皂堵住了钥匙孔。心怦怦乱跳，比偷情还紧张。他吞咽着粉笔对我们说：

你灭了灯，坐在一把木椅上深深地呼吸，想使心脏恢复常速。王副市长的气味深刻透彻，使几十盆鲜花的气味相比见淡，这里的情景便是"压倒群芳"的铁的证明。没有灯光，屋子里好像仙境，彩色的花瓣在幽暗中窃窃私语，窗玻璃在难以觉察地颤抖着。混凝土搅拌机的夜间轰鸣从窗框上的一条裂缝中钻进来。第八中学的教师宿舍正在兴建过程中。王副市长虽然死了，但您对第八中学的关怀，我们永远不会忘记。

心脏恢复了常速，李玉蝉拉开了灯，灯光陡亮，刺得眼睛发花头发晕。她修理死尸的面孔时，还没有过这种窘态，并不因为工作台上躺着的是一个死副市长。那么，当然因为你是我过去的情人也是我母亲过去的情人。

我说过你无论有多大能耐最终要躺在我的床上听我收拾，你还犟劲，说你死了直接进炉子不需整容，但死了就由不得你了。

她把墙壁上的抽屉拉开，拿出乳胶手套戴好，手套又薄又亮好像没戴手套。你又捏起一把比日光还要亮比窗纸还要薄的手术刀。甜蜜的笑容浮了一脸，你站在了工作台前。

王副市长肥胖的大脸上，凝固着惊恐的表情，那两片吻过我的芳唇的坚硬的山东嘴唇似乎在哆嗦着。哆嗦什么？难道你也害怕？共产党员死都不怕还怕一把小小的手术刀？这家伙总是逼我把舌头吐给他，像个贪得无厌的猪崽子。李玉蝉用镊子夹住王副市长的上嘴唇，往上一掀，王副市长的牙齿露了出来，隔夜蒜泥的气味从牙缝里冒出来。你的嘴里当年也有大蒜的气味，但那是新鲜大蒜的气味呀。她又用镊子夹着他的下嘴唇，往下一拉；又用另一把镊子夹住他的上嘴唇，往上一拉。王副市长的嘴巴成了菱形。他的两条胳膊恨不得抬起来，拨拉掉两把镊子，让嘴巴恢复原状。这种危险存在，她把他的嘴巴拉成菱形时隐隐地感觉到那两只胳膊随时都有抬起来的可能性。他的嘴巴里金光闪烁。她感到万分惊讶：我自认为你身上有几根汗毛我都清楚，这耀眼的金光来自何方？人的嘴巴为什么会放金光？她的心又是突突一阵狂跳，连两把镊子都随着心哆嗦。我们看到你的脸苍白啦。你是像秃鹫一样蹲踞在笼中横杆上的叙述者，你是"美丽世界"的整容师，你是被人家用两把镊子把嘴巴拉成了多边形的死者。因为这个中心事件，你的脸可能变得苍白，你的脸有可能变得苍白，你的脸完全可能变得苍白。我们可以直接看到你的脸，我们通过你的叙述可以间接地看到另一个你的脸，又另一个你的脸。三个你是三个独立的个体，在特别的意义上又可以合三为一。

物理教师看到整容师美丽的脸上出现了梦幻般的神情，梦幻神情是美女的重要特征，她身上那层细毛金光闪闪，使黎明前最黑暗最寒冷的时刻变得温暖而明亮。必须不厌其烦地重复：敲门声持续如故，使人怀疑其真实性。

你什么时候镶上了三颗金牙？她又关了灯，坐在幽暗中思索着。自从你当了副市长，我只能在电视里看你，你开口说话连声音都闪光，我还以为是电视机或摄影机的光芒，根本不知道你镶了金牙。我是你的情人。如果别人是你的情人，见你当了市长，一定要无休止地纠缠你，我没这样做。我知道你每天都怀念我，胜过怀念你的瘦女人，对不对？盛开的鲜花在幽暗中窃窃私语，花瓣像人的舌头。花蕊其实是植物的性器官，赞美花朵就是赞美阴茎和阴道，这并不是我的发现。我们清楚。

王副市长在工作台上哧哧地冷笑。是真的吗？

她气汹汹地拉亮灯，用镊子戳着老情人的额头。死鬼，你笑什么？

你妈妈知道了一定会吃我们的醋。

你嘴馋！

老牛欢喜吃嫩草！

我们不失时机地把一把从野驴身边抢来的粉笔头儿送到你嘴边。

我拔掉你的牙！

整容师满脸娇嗔，惨白的荧光灯下，那张脸娇羞可爱，像清明节前后，细雨纷纷中的桃花瓣儿。死鬼！你吃嫩草，我拔掉你的牙！

她用一把镊子撕开王副市长的嘴唇，用另一把镊子把那三颗金牙一颗接一颗拔下来，一颗接一颗扔进酒精碟子里。你浸泡着金牙，你漂洗着金牙，你放到鼻子下嗅金牙，你嗅到了金牙里的隔夜蒜泥味儿。你从墙壁里摸出火柴，点燃了碟子里的酒精，蓝色的火苗熊熊燃烧，你在蓝色火苗里烧金牙，你想起了俗话说"真金不怕火炼"，你看到金牙在火中大放光芒。你又把金牙放到酒精里漂洗，又嗅，你嗅到了一股甜甜的香蕉的气味，是金牙的真味。

五十年代我们的小城市里流传过一支童谣，那时你们都是小孩儿，一直流传到六十年代，那时你们长大了点，你们都唱过它，它的词儿是——还记得吗？

妈妈大　爸爸小

爸爸被打跑

跑到台湾岛

爸爸回来了

穿皮鞋　戴手表

提着一串青香蕉

……

　　这支清脆的儿歌当年在大街小巷流传，像一股凄凉的春风走街串巷。因为歌词涉及到台湾岛，并有"穿皮鞋戴手表手提香蕉"的反动形象，引起了党政机关的高度注意，市公安系统派出了大批侦查员，有的化装成邮递员，有的化装成收破烂的小贩，有的化装成戗菜刀磨剪子的……三教九流，五行八作，应有尽有。每个角落里都耸立着警觉的耳朵。后来，这首儿歌被新的童谣代替，但它的印象留在你的记忆里，就像香蕉的味道留在你的记忆里一样。

　　她拉开抽屉，找出一条纱布，把三粒金牙包起来，先塞在抽屉里，抽屉上加了锁；又装进衣袋里，衣袋盖上夹了三根别针；你总是感到有两只警觉的、具有穿透力的眼睛在窥视着你。他一会儿穿透墙壁，一会儿穿透门板，一会儿又穿透了窗户的玻璃。所以，你慌慌张张地灭了灯。黑暗猝然降临，花瓣重新坚挺起来，并且窃窃私语。恍惚中有两只黑色的、蝙蝠状的大蝴蝶在房间里飞翔，死去的男人躺在整容床上冷笑，甚至还有咯咯吱吱的磨牙声，如果不是死去的王副市长在磨牙，就是人民公园里的小老虎在磨牙。窗户外边——直到如今我们才发现，窗户外边不远处就是他曾描述过的那条河流，河面上漂着一层鱼鳔泡般的避孕套儿。城市的灯光照耀蓝色的河水，河水把灯光反射到玻璃上。第八中学的教师宿舍正在兴建当中，玻璃的微微颤抖说明了混凝土搅拌机在轰鸣。

那天晚上，特级整容师因为憎恨王副市长发出"老牛欢喜吃嫩草"的叫嚣，拔掉了他三颗牙齿后，心中有些莫名其妙，便关了灯站在窗前，甚至轻轻地拔起了插销推开了窗户，河上的风轻柔地吹了过来。你听到了河水冲刷着河边裸露着的、弯弯曲曲好似大地胡须的东西，发出的弹拨琴弦的声音。人民公园正中有四棵古老的大槐树，树下有一间绿色的铁笼子，饥饿老虎的咆哮震荡着你的耳膜。老虎在星光下绕着笼子大踏步地徘徊，它威风堂堂的大影子颇为油滑地扑了过来。她的脑袋猝然涨大起来，老虎的影子在穿梭：从鼻孔进去由嘴巴出来；从左耳进去，由右耳出来；由肛门进去，从肚脐眼出来。她习惯先剥得一丝不挂然后穿上洁白的工作服，这种着装方式激起一种近乎偏执的狂想：我好像是个洁白的天使，其实连条裤衩都没穿（天使是不穿裤衩的）。因此，河上的风尽管温暖但依然轻易地浸透了她的肉，那三颗沉甸甸的金牙，宛若三颗冰凉的赘疣，附在她的盲肠发炎的压痛点上。潮漉漉的风从敞开的领口灌进去，你感觉到自己的两粒像黑枣一样、硬邦邦的乳头。

事实证明，并没有人在窥视，人们都在忙碌，已经把死王副市长弃置脑后，更没有人关心死王副市长嘴里的金牙被一流整容师拔走。

她关闭窗户，开灯照明，开始工作。你毫不客气地把他的衣服剥掉，就像当年、也是最后一次、就是他跳到河里把你救上来不久的一个炎热的中午，在蓝色河水边的白杨树林深处，他像一个鲁莽的小伙子一样，毫不客气地把你的衣裙剥得干干净净。

第三部

一

　　医学博士欧阳山本最近在这座美丽小城的日报上的"家庭生活"专栏里，向市民们宣告了一个无法用悲喜来定义的消息。请允许我把日报的情况介绍一下：几乎每一个小城市都有一张这样的日报，它四版，大小与公开发行的《参考消息》一样，纸的质量很好，轻轻一揉就像罗纹纸一样，富有吸水性和除垢性，这就决定了它与厕所的密切联系。市政府每年要为这家报纸补贴五十万元。我们没有必要来讨论这家报纸的存在合理性，因为凡是存在的，就是合理的。我们偶然地想一想：当所有的小城市有一张日报，唯独我们这个城市没有这样一张日报，将会是什么样子？

　　去年，市政协一位多吃了老酒的老人写了一份枪毙市报的提案，这座城里有两千多人怒火冲天；市委书记办公室里愤怒的人们川流不息，有人扬言要把政协醉酒老人的蜗居聚财巷十九号炸平。

　　日报的总编和副总编一起拜访了王副市长。

　　总编从精致的人造牛皮公文包里抽出一份发黄的旧报，报上登载着一条消息：

　　　　女青年失足落河，副局长奋勇救人……昨日黄昏，市政府劳动局副局长王国忠与妻子儿女在白杨河边白杨林中小道上散步，忽见一美丽的女青年失足跌入河中，河水湍急，女青年随波逐流，生命危在旦夕，值此千钧一发之际，王副局长不顾个人安危，一个箭步，跃入河中，救起了遇难女青年……

王副市长抚摸着那张发黄的旧报纸，好像抚摸着情人圆润光滑、生着一层细细金毛的臂膊……

欧阳山本博士用他一贯的权威笔调，坚定不移地向本市人民宣布……无论因什么疾病死亡的人，在理论上，都存在着死而复生的可能性……有力地粉碎了"生命只有一次"这一庄严的谎话。

博士旁征广引，例举了无数事实，并用高等数学中的线性多变函数和齐次可列马尔代夫方程进行了复杂的推导——实际上，他的推导纯属多余，因为，没有几个人去看他的数学公式，我们对他的文章坚信不移。

只要是需要，什么人间奇迹我们也能创造出来，没有人可以有人，没有枪可以有枪，没有原子弹可以有原子弹……

二

……原子弹爆炸时，钢铁都气化啦，沙漠里的沙子都变成了玻璃。你的眼前突然升腾起蘑菇烟云，身体飘飘，不知去向。只有右手紧攥着的一个物件，才使你没有飘向不可理喻的地方——他复活后多次讲过死亡的感觉；死亡就像轻烟一样在空中飘荡——你努力抓住这一点坚实，并竭力扩大着坚实的领域。效果明显，你感觉到自己，并且，恍然大悟般地想到：没有使自己化为一股轻飘飘的烟雾的那一点坚实，那一点重量，不是黄金也不是钻石，而是捏在手中的一截粉笔。

他睁开眼睛，立刻就被两根冰凉的手指按住了上眼皮，不但按，而且揉，与此同时，你根据声音方面的一般公式，推导出那个发出喋喋不休话语声的嘴巴距离你的眼睛约有一百零二厘米，他喋喋不休地对你说：方老师，您闭上眼睛，安息吧……您虽然不够资格，但我们已经打通了殡仪馆的关系，由"美丽世界"特级整容师李玉蝉为您整容……明天下午，王副市长将来我校参加您的追悼大会……

你感到校长冰凉的手指无疑是在迫害你：它旋转着压迫你的眼球，它向你发出命令：闭上你的眼睛！

现在，你才意识到，活人的世界已经拒绝接受你，校长用他威严的手指命令你闭眼。死人不许睁开眼睛！

你张开嘴巴，想告诉校长：我活着！根据欧阳山本博士的理论，死去的人可以复活！

三

　　方富贵以他辉煌的死——累死在讲台上——为第八中学、也为全市的人民教师，争得了同情和光荣。市日报以显著的位置和空前的版面向全市人民报告着他的死讯。广大的呼声从千家万户发出，汇成一个运动。呼声：关心教师生活，提高中年教师的工资！运动：向赚钱的企业和富裕的个人募捐，建立"中年教师保健基金"。

　　呼声日益高涨；运动方兴未艾；红领巾走上街头。

　　方富贵的死比方富贵的活更有价值——他不知疲倦地梗直脖子发议论：

　　如果说把尚未死利索或者说把死而复生的方富贵送往"美丽世界"当死人处理包含着不人道的因素，那么，牺牲这一点点人道，是为了换取更大的人道。这在历史上有过无数的先例：曹操为了安抚军心，借用了勤勤恳恳、忠于职守的粮官王垕的头颅；为了当上皇帝施仁政，李世民砍断了同胞兄弟的脖子。任何革命都是以小不人道换取大人道，"一对夫妻一个孩"也是以小不人道换取大人道。

　　为了改善全市教师的生活条件，延缓他们的生命，方富贵如果复活是反动，方富贵活着进殡仪馆是大人道——议论完毕，你的脖子缩回，重新进入你反刍食物一般的叙述；你的喉咙里有一种糨糊流动的呼噜声：

　　你咬紧牙关，不使声音从嘴里发出，全市教师都希望你死，都怕你活。为了配合募捐活动，日报刊载了哲学博士的论文，从哲学的角度用哲学的方法对医学博士"生命不止一次"的论点进行批驳。光活着的人就够麻烦的了，死去的人不许回来凑热闹。人口爆炸，生存空间日益狭窄，如果死人都要复活，如何得了呢？

全市人民一齐发出怒吼：方富贵不能复活！死啦就是死啦，不许混淆生与死的界限。

尽管你的妻子屠小英在嚎哭，尽管方龙和方虎在嚎哭，你也不敢睁开眼睛。你只能从睫毛的缝隙里偷觑着妻子和儿女的泪脸。鲜花和荣誉像雨点般打在你的身上，像破砖烂瓦、像泥土沙石，镇压着你的胸膛。死去的不许复活。这是铁的定理。

第八中学校办兔肉罐头加工厂的大头汽车，把看起来是死了其实还活着的你拉到了"美丽世界"，车厢里的兔毛随风翻滚，好像春天的柳絮。

春天的轻薄气味挑逗着你，拉活兔的汽车沿着河边的水泥公路缓缓行驶，河里细浪如鳞，鱼鳖虾蟹都浮在水面上游泳。一个人要强制自己不睁开眼睛比强制自己装哑巴困难十倍，其原因是眼皮比嘴唇轻捷便利，睁开眼睛比开口说话要便利得多，所以，装哑巴可以成功，装瞎子比较困难。

在河边这条洋溢着爱情的甜爱路上，拉活兔的汽车，凭借着方富贵死在讲台上的荣誉，冲破了甜爱路严禁卡车和畜力车行驶的规定，载着你的尸体，鸣着汽笛，缓缓行驶，耀武扬威。把一对对情侣逼到路边，搂着白杨树侧目而视。你偷偷地把眼睛睁开一条缝，打量着蓝得相当可爱的天空。空中游走着一团团蘑菇状的巨大白云，喷气式战斗机拖着银白丝线在空中进行特技飞行表演。丝线一样的烟云渐渐膨胀，变成了震惊过世界的物理学公式：$E=mc^2$。$E=mc^2$正在大力改变着人类世界的面貌，但它并没有穷尽宇宙的奥秘；是的，没有穷尽，不但没有穷尽，而且不如九牛一毛；无论多么了不起、功大盖世、名标青史的伟人，也不过是九牛一毛！我希望我的学生里出几个超爱因斯坦的人物！

他刚刚把嘴张开呼吁超爱因斯坦的诞生，吐出了一个不完整的音节，就有一张大手捂住了那妄图发出声音的洞穴。

"方老师，你已经死啦！"距离他的脑袋一米零二十毫米的上方，一个低沉的声音威严地说，"死人没有权利说话！"

我同意你的观点，死人没有权利说话。如果死去的人都喋喋不休，宁静的世界就会变得嘈杂不安，一个养鸡场；如果死去的人不随即闭上他们的嘴巴，活着的人都会大便秘结，手脚冰凉，舌苔颜色碧绿，厚若铜钱。但是，校长，我记挂着我的学生，盼望着从他们当中产生超爱因斯坦、超居里夫人、超杨振宁、超李政道、超马克思、超列宁——

校长粗大有力的食指和拇指，状如海蟹的大螯和钢制的大钳，抠进了喋喋不休的物理教师的腮帮子——那两个地方恰好有两个椭圆形的酒窝，它们当年是美丽的象征，如今成了钳口的方便窟窿。

方富贵只好把满腹的激情压下去把满喉咙喷薄欲出的语言咽进肚子里去。语言愤怒地下行，犹如怀才不遇的大才子，穿透层层障碍，曲曲折折，最后变成一串悠悠的长屁。

他让我们观看校长的心理活动：我从前在街头上听人说山东快书，说书的是个胖大老头，拿手好书《武二郎》。汽车底盘当啷当啷响，好像说书人敲打鸳鸯板：当哩个当，当哩个当，当哩个当哩个当哩个当！闲言碎语不要讲，表一表山东好汉武二郎。说武松碰上了孙二娘，装醉倒在十字坡……说武松高，二娘矬，背不起来拖罗着。武松的裤子开了口，二娘的裤子自来破……拖拖罗罗往前走，忽觉得腔巴骨上撅了两三撅。说二娘边走边思量：自古道蜂死螫子它不死，没听说人死屌还活！早知道武松好这个，跟您二娘俺说说……

校长想到妙处，忍俊不禁，扑哧一笑，护送遗体的人都歪头看他。校长又苦笑一声，长叹了一口气。

校长的心理活动：曾听说癞蛤蟆剥皮心不死，方富贵人死嘴还活！当哩个当，当哩个当！活人话多都闯祸，哪轮着你死人胡啰嗦！要是你不听俺的劝，找团棉纱把您的嘴堵着。

汽车颠颠簸簸，是因为路面上砌着五颜六色的鹅卵石。心脏、花朵、熊猫——这些美丽的卵石图案导致汽车颠簸。你知道导致你颠簸的力学与运动学原理。

响屁随着汽车的颠簸，源源不断地从死人的屁眼里蹿出，一点气味也没有，但陪送死尸的人都紧锁着眉头，感觉到臭气扑鼻。

校长的心理活动：方富贵，你平日里不哼不哈，埋头苦干，素有拉革命车永不松套的老黄牛之称，小车不倒只管往前推，谷糠里也要榨出油。我本来想发展你当共产党员，可刘书记有意见，刘书记说你脑后有反骨，他研究过骨相学，他根据经验知道像你这种骨骼的人都野心很大。都会十年潜伏，一朝反动。喟然长叹。佩服刘书记，不愧是党务专家，管人的专家。你死了，还念念不忘培养超马克思、超列宁的学生！长叹。如果你不是死啦，单凭这两句话就可以把你打入十八层地狱，让你永世不得翻身。死人只要不给活人添麻烦，活人一般是不愿与你们打交道的。

校长忍不住低声咕哝起来，好像与一个知心朋友谈心，"方老师，你要注意啊，要不是念你生前无过，我会向上级汇报，取消你享受特级整容师整容的资格。"

他注视着平放在车厢铁皮板上的那颗头颅——脑后的反骨使脑袋左右摇晃，兔毛沾在嘴上，很像胡须——语重心长地说："老弟呀，管理死人的官员，也喜欢埋头苦干、沉默寡言的人。你还要注意遮掩脑后突出的骨头，缝顶宽大一点的帽子，管理死人的干部，没准也有刘书记那样的怪杰——会看骨相——这一点也不稀奇——树林子大啦，什么鸟儿都可能有——他们也不会喜欢你这块可爱的（说到这里，校长的嘴巴里泄露出一股淡淡的嘲讽味道——有点像烧焦木头的味道）骨头。老弟，前途漫漫，好自为之啊！"

校长一番推心置腹的话，感动了方富贵。他的鼻子好像被谁的皮鞋后跟踹了一下子，奇酸奇痒。阳光热烘烘地照下来，他的眼泪挂满面颊。是多么深刻的悲痛，使死去的人热泪奔涌？你向我们提问吗？眼泪在脸上蒸发，蒸气袅袅上升，变成了稀薄的白云，燕子穿梭般飞行。他叹了一口气，发誓不再说话，免得给校长添麻烦。叹气时因为感到腮帮子酸痛，他张开嘴，意欲松动一下痉挛的咬肌，一粒热乎乎、稀溜溜的燕子屎不偏不斜，落进了嘴巴。

四

我们这个小城的人经常说："快进'美丽世界'啦！"

革命老干部们则说："快去见马克思啦！"

毛泽东对美国记者斯诺说："我快要见上帝啦！"

这三种说法没有本质上的区别。一个美丽小城里的人，因为和老婆吵嘴，便感到万念俱灰、嘡了两杯苦酒，腮上挂着混浊的泪，长叹之后悲鸣：快进"美丽世界"啦！

这种悲鸣相当轻松，也相当不负责任。不死不知道，死去才知道要进"美丽世界"并不很容易。对一般人来说，不不不！对所有的人都一样：活着不容易，死后也不轻松。

方富贵身长一百七十五厘米，体重四十七公斤。五个男人抬着他往"美丽世界"大厅前进。两个中年的校工抬着他的两条腿，两个刚从地区师专毕业出来的年轻教师扯着他两条胳膊，校长走在最后，托着他的脑袋。你品尝着燕子屎的味道：酸酸淡淡的基本味道里，掺杂着蝗虫和蟋蟀的味道。

每个男人只分担不足十公斤的重量，可他们都气喘吁吁，汗流浃背。死人是不是要比活人沉重？

校长托着你的头，暗中用右手的拇指按着你脑后那块高于常人的骨头。

校长的心理活动：方老师，我帮您把这块反骨按低些吧，这对您的前途有好处。不打麻药就施行压骨术，这是很残酷的，但是没办法。所以，我们在街头上看到冻饿而死的流浪汉，一定要收束住所谓的同情心。该冻死的就必须冻死；该饿死的也必须饿死。上帝能改变人的面貌，但无法改变人的命运。您忍着点吧，方老师。

那块高凸的骨头在校长拇指的强烈压迫下，不情愿地往里缩。疼痛难忍，小脑震颤，脊椎上迅跑着电一般的热流。你咬紧牙关，为了报答校长苦口婆心的叮嘱，把涌到喉头的言语硬憋下去。家燕粪便的味道又腥又咸，勾起肠胃的反抗——这是双倍的痛苦：硬憋下去的言语在肠胃中翻腾，硬咽下去的燕粪在肠胃中翻腾。翻腾加翻腾是双料的翻腾，痛苦加痛苦是复合的痛苦，死人加活人是半死不活的人。语言与燕粪混合在一起，就像酵母和面团混合在一起，生发开来，膨胀开来，产生大量的气体，气体急于寻找出口，于是，语言与屁就混合在一起，所谓的屁话就是这样产生的。你换了一个蹲踞在横杆上的姿势，用一种难以分清是油滑还是庄重的口吻对我们说。

响屁放得太多，引起了在前头抬腿的两个校工的强烈不满。

校工甲的心理活动：果然是个臭老九，死了半天啦，还嘣嘣嘣乱放臭屁！

校工甲五短身材，左臂上用两根大头针别着一个红袖标，袖标上写着两个黄漆大字：值勤。校工乙瘦长身材，与校工甲在外形上形成了鲜明的对比。他的右臂上也用大头针别着一个红袖标，同样写着两个黄漆大字：警戒！

第八中学这两位校工与中国传统小说里的押解公人、搭配合适的相声演员有点类似，这是不幸的偶然巧合，你与他与我与第八中学领导人都没有关系。

校工乙的心理活动：这个死教师脚脖子上有脉搏跳动，这说明他的血液还在循环，他的心脏还在跳动……他装死……我们把他抬进殡仪馆……半夜里……

校工乙眼前出现的幻象：一个瘦骨伶仃的死尸从停尸房里悄悄地爬起来，把殡仪馆里的大小灯泡、粗细灯管全部拧下来，装进一条麻袋……殡仪馆里一团漆黑……大门无声开……窃灯贼扛着麻袋……消逝在河边的白杨树林里……

刚从地区师专毕业出来的两个见习教师是双胞胎，连他们的亲娘也分辨不十分清楚谁大谁小。他们听过方富贵老师的示范课。实际上，他们考中地区师范之前就是方富贵老师的得意学生，遗憾的是，双胞胎没有语文细胞，偏科，语文考试从不及格，政治考试经常考出反动口号。最后，糊里糊涂、赖赖巴巴地混进了地区师范。

他们抬着恩师的尸体，强忍着内心的悲痛，泪眼模糊。他们从老师的脸看到了自己的脸；他们从老师死尸上发出来的气味里闻到了自己的气味。与其说你们在为恩师痛苦，不如说你们为自己痛苦。

双胞胎的内心独白：老师啊老师，我们抬着您活蹦乱跳的尸体，在咕咕唧唧的哀乐声里进行，好像抬着一只永不屈服的大对虾。老师啊老师，您满肚子的物理学无处发射便从肛门里发射出来，我们听着您的长屁，眼前出现您写在黑板上的一串串物理学公式和浓如烟雾的彩色粉笔末儿。它们虽然臭，我们照样喜欢它们……

方富贵感觉到了两位爱徒滚烫的泪水沉甸甸地打在脸上。他使劲捏着他们的手，向他们表达着满腔的爱情。死人抓住活人！一个教师，一辈子能教出一个好学生就足矣，何况教出了一大群好学生。你的嘴唇像两条肥胖的虫子，被内心的激动冲动于是像虫子一样蠕动，你开口说话的危险随时存在。

一切都逃不过校长洞察人类灵魂的眼睛。他除了继续对方富贵的脑后反骨施加压力外，还用两只眼睛的余光，左右横扫着双胞胎。校长虽然不是那种喜欢整人的人，但他有一种维护革命利益的自觉性。他的思想活动在几分钟之内局限在两张政治试卷上——压迫反骨的动作依靠下意识支配——自然不会是你和我们的政治试卷——我们暂时从政治考试的沼泽里逃脱了性命——当然是双胞胎的政治试卷——政治考试的前夜他们做了一个相同的怪梦：校长和教导主任，各提一根警察叔叔使用的电警棒，戴着铁手套，穿着高筒马靴，站在考场入口处的两侧，对每个进入考场的学生进行通电试验。每个被试验的学生头上都飞迸着绿得灼目的电火花——那一夜他们一起尿了褥子和被子——第一题：填空（每空一分，填错一空扣二分）——"四人帮"是指由四人组成的反党集团。

双胞胎的答案：校长、书记、教导主任、赵大嘴（食堂的炊事员）。

这样的学生难道不该开除吗？学校要开除他们，你方富贵发难，煽动教师和学生联名写信上告。我早就看出他脑后有反骨！刘书记恼怒地说，可你还要发展他入党！你用力按着他的反骨，连自己的指头肚儿都发了热。

这样的学生！不开除也对。他们双双考中大专，使我校的高考升学率提高了百分之四，名列全市第二。如果没有这4%，我校就要屈居第四位。第一名发金牌。第二名发银牌。第三名发铜牌。第四名屁牌也没有……

"站住！""美丽世界"华丽的大厅门口立着一个头戴黑色大盖帽，身穿黑色西服，足穿黑色驴皮鞋，黑帽子上绕着一圈血红箍，脖子上系一条血红领带，面如扑粉、唇若涂脂、长发飘飘的年轻女郎，"站住！"她不高兴地重复着，"站住，你们有证件吗？"

双胞胎被黑色女郎的美貌激怒，把沾着泪水的脸往袖子上蹭蹭，挑衅性十足地说："这里是一级保密单位？殡仪馆还要证件？死人就是活证件！在死亡面前人人都是平等的！'人无论生在什么地方，最终发出的臭味是一样的！''有的人活着，但早已死啦；有的人死啦，但永远活着！'你神气什么？黑羽毛红脖颈的乌鸦！"

"住嘴！"她愤怒地跺了一下脚，脸上浮起一层桃红的怒火，她闪烁着洁白的牙齿，不时让鼻梁上出现竖道的皱纹，她说，"这里就是要证件！"

校长出面的时候到啦。因为，他恍惚记起这个漂亮的地狱之门守卫者，好像是第八中学业余女子排球队的那位外号"二郎神"的扣球手。

他双手抱着死者的头颅，大拇指压着死者脑后的反骨，好像按着一颗巨型炸弹的启爆机关。死者蠕动着的嘴唇仿佛在说："只要你一松手，我就爆炸！"一个死人开口说话，其效果绝不亚于炸弹爆炸。

校长还不知道这位把大门的二郎神正与市日报的一位喜欢穿石磨蓝牛仔裤的记者谈恋爱（已发生过多次性关系），记者还是省作家协会的会员，专写死亡与性爱以及死亡与性爱之间关系的小说，二郎神既为他提供素材又为他提供进入"美丽世界"体验生活的方便。

"我是第八中学的校长！"他牢牢地按着你的骨头，一字一顿地说。

美丽的女郎嘴边隐约着天堂里才有的微笑。

"我们抬的是全市有名的物理教师，请让我们进去！"校长说。

"要证件！"她冷笑着说。

"你是第八中学的学生吧？我记得你是第八中学的学生，打过排球？打过排球。"他把方富贵的脑袋往高处托了托，说，"这是方老师呀，他没教过你？"

"要证件！"

"难道你的老师进殡仪馆也要证件？"

"少啰嗦！"

"我们送方老师来整容，已经得到了市委领导的批准。"

"别废话！"

"找你们领导来！"

"你咋呼什么？校长大人！"她说，"这里是'美丽世界'，不是第八中学！"

"我们已经和你们领导预约好啦！方老师一生辛苦！累死在讲台上！进'美丽世界'让特级整容师为他整容是党和政府对人民教师的关怀！你一个把大门的有什么资格拦挡！"

"要证件！"

"你到底要什么证件？"校长挥舞着一只手。

"要能证明死者处以上干部身份的证件。"

"方老师是得到特别批准的！"

"拿我们领导的批条来！"

"我们在电话里联系好啦！"

"领导没告诉我。"

"你们的电话呢？"

她对着墙壁噘噘嘴。

校长冲向挂在墙壁上的红色电话机。

"送我回去……送我回去……"

先是两名见习物理教师听到了死者低沉的呼唤；继而是两名校工听到了死者执拗的哀求。最后听到死者愤怒吼叫的是美丽的女门卫。

　　"送我回去……"

　　听到死者的呻唤，双胞胎认为老师犹如老马恋栈，死了还想回去看看那熟悉的校园，那熟悉的教室，那一张张像小老太太小老头一样的熟悉的学生脸。他们泪水又盈了出来。悲痛转化成愤怒："'二郎神'！你这匹母骆驼！把守地狱大门的女妖精！你逼得死人开口说话！老师一生辛劳，死后还要受气！老师啊老师，你好命苦啊！"——愤怒又转化成悲痛。

　　"送我回去……"

　　听到死者的哀求，两位校役突然想到那些被关在第八中学大门外的学生，他们也在哀求："放我进去吧……"

　　校役俩对姑娘说："好同学，看在我们两个糟老头的面上，放他进去吧……"

　　"送我回去……"

　　死人发出了咆哮！女门卫尖叫一声，双腿罗圈，又罗圈……突然直起，冲向挂在墙壁上的红色电话机——校长正在嘎嘎吱吱拨号码——拨拉开校长——争夺电话机——往昔的业余排球队扣球手腕上劲大得胜。

　　趁着女门卫给她在市日报社工作的情人打电话的时机，校长使了个眼色，五个人抬起死人，飞一般蹿进了"美丽世界"。

　　你的声音戛然而止。

五

　　生活中的计划常常被突发的事件彻底打乱，这种被突发事件彻底粉碎计划从而导致命运变化、导致历史变化的情况每天每时每刻都在每个人身上、每个家庭里、每个国家里发生着。马克思主义者用偶然性和必然性来解释这种现象；非马克思主义者用命运和上帝的旨意来解释这种现象。他枯燥地对我们说教。他继续说：

　　今天上午，李玉蝉本来应该为方富贵整容。

　　今天下午，王副市长本来应该去第八中学参加刚刚被授予"优秀教师"光荣称号，并被追认为中共正式党员的方富贵老师的追悼会。

　　今天上午，王副市长在一次有关城市建设远景规划会议上，不幸殉职。

　　今天下午，被抬到特级整容师李玉蝉整容床上等待整理的方富贵又被原封不动地抬下来，放到墙边的大冰柜里，暂时保存。

　　今天下午，王副市长本来应该在方富贵老师的追悼大会上讲话，但他躺在了特级整容师李玉蝉的整容床上。

　　时间的顺序是为小说家安排的。

　　先死的要为后死的腾地方。

六

为了不使学校当局难堪，方富贵决定不说话。被扔进冰柜里他也不说话。

冰柜里亮着一只橘红色小灯泡，光线柔和而温暖。他认为冰柜里的温度是凉爽而适宜的，尽管他看到冰柜的内壁和格子棂上生着洁白的、长长的、柔软的霜花。连续几天，不，他连续几十年都处于动荡不安的生活中，情绪一直焦虑干枯，像随风翻滚的枯树叶子，发出嚓嚓啦啦的磨擦声。他形象地认为自己体内的各个部件之间在干摩擦，干摩擦生出的过多热量导致大便干燥、牙龈脓肿、满嘴恶臭。人身体上的所有洞穴，其实是往里灌注润滑油的油嘴。他生前就幻想着用几只高压油枪往身体里注油：从左耳里注进去——金黄色的油膏子咕唧咕唧地从左耳注进去——哧哧溜溜地从右耳冒出来不完全金黄色的油膏子——油膏从肛门注入——像疾速扭动腰肢的蛇从嘴巴里冒出——机器高速运转，变黑变脏的油膏从机件的缝隙里挤出来——然而这是幻想——冰柜里安静，与世隔绝，机器在工作，沙沙的电流声在冰柜里回旋——好像沙土的瀑布，按摩着你的灵魂，你感到了空前的轻松愉快，无牵无挂。至此你才真正品尝到死亡的滋味，体会到尸体被冰镇的幸福。

没有永恒的幸福。你的肉体具有一种可恶的劣根性：不满足！极度疲倦后你渴望休息。休息后你又渴望运动。吃不饱时你渴望美食，吃饱后你的肉体又盼望异性。在冰柜里，你的愉悦和幸福逐渐升级，肉体的劣根性开始破坏你的精神的安宁。沙沙的电流声变得刺耳，你坐起来，毫无顾忌地睁开眼睛，研究周围的环境。

——在此之前——在方富贵爬起来，研究冰柜的结构、冰柜里的储藏物等等之前，有过一段漫长的半休眠状态。在这段时间里，他凌乱地回忆了自己的一生：童年时代——少年时代（小学时期）——青年时代（中学、大学时期）——死亡时代（中学教师时期）。

童年时代回忆片断：

……躺在黄色的草地上，一个瘦脖子大眼睛的小男孩，那就是我。我看到秋天的天空惊人的蓝，内战的子弹在半空里飞，像小鸟一样啾啾地叫着……大炮在轰鸣，炮口的强烈白光像闪电一样把远处的、黄叶子的树林照得雪白。白光下奔跑着一些满身红色的人……一忽闪出现了，一忽闪又消逝了……齐腰深的蒿草像浪潮追逐……我躺在草丛里，看到肥大的鸿雁尖声鸣叫着俯冲下来……内战的流弹在空中滑行着，一只雁垂直下落，跌在了我的腮边，雁嘴里的血溅到了我的眼睛里……让我回忆雁血的味道，它那么遥远，又仿佛近在眼前……我难过得想流泪时，我的眼睛就猛然忆起雁血的颜色，雁血的温度，雁血的气味。红色的雁，滚烫的雁，芳香的雁。红色的雁血凝在枯黄的草上，像浑圆的露珠。中弹的雁睁着眼，漆黑的小眼珠定定地望着我。悲凉的雁的眼。我的眼泪里有雁血。大地在抖动，枯草在燃烧。成群的雁掉下来……烧红的弹片吱吱叫着，打在一条腿上。一只蹦得像牛犊那样高的野兔被一块弹片撕成了十几片。野兔子吱吱地叫。我抱着一只雁站起来……娘啊娘……

方富贵被自己的喊叫声感动得热泪盈眶；冰柜里的霜花也被往昔的炮火映照出虹彩。他回忆了一场亲眼目睹的战斗。时间是一九四八年，地点是城北大荒甸子，战斗双方动用的武器：飞机、榴弹炮、迫击炮、掷弹筒、水压重机枪、仿捷克式九二轻机枪、苏式冲锋枪（俗名"花机关枪"）、美制汤姆枪、三八大盖枪、老汉阳、陟峨枪（八路军织女洞兵工厂制造的一种威力巨大的步枪）、德国造大镜面匣子枪、日本式"王八"匣子枪、土造鸡腿匣子枪、马牌撸子、枪牌撸子、英造豪华型镶金象牙柄女式袖珍手枪。战斗持续四十八小时，战斗结束时尸横遍野，血沃荒原肥劲草。

……你看到童年时代的你一个瘦骨嶙峋的小孩怀抱一只死雁，站在枯草丛中，咧着大嘴哭叫亲娘。你的头上流弹如蝗，四周硝烟弥漫。一个眉清目秀的解放军战士把你抢到树林子里。夜晚，你们围着一堆火，把雁烧熟了吃肉。芳香的雁甜蜜的烟。眉清目秀的解放军战士是连队的通讯员，大家都喊他小王。

这位小王，就是躺在整容床上的王副市长。

方富贵漫长的回忆会在后边的章节里像鬼影一样重复出现。现在他弓着腰站起来，观察、研究这种日本造巨型冰柜的构造。他对冰柜的除霜性能不满意。他看到在冰柜的一格上，放着一只黑色的大塑料袋，袋口用白丝线紧紧缠绕，还打着灰色的铅封。他撕破一点，伸进一根指头，戳到了软绵绵……凉森森……啊咦！是什么东西？是什么东西呢？……指甲缝里沾上了白色的脂肪。塑料袋旁边放着一些破碎的皮肤、乱糟糟的毛发、七长八短的骨头、大大小小的眼球，还有一些肾、心、肠之类的东西。你不由自主地打了个冷战，一股刺人的寒气从四面八方包裹住你，只一会儿工夫，就把你冻透了。连那盏橘黄色小灯放出的光线也是冰凉的。

曾经，你把冰柜想象成地狱，你欣慰地认为：地狱里有光明也有温暖，待在里边能永远是人死后的大幸福。现在，寒冷使你清醒，一生中从未有体验过的对妻子屠小英的思念之情，被寒冷激发。寒冷是爱情催化剂。在冰柜里，你懂得了，一个男人，应该紧紧地贴在女人的肉上。

他一头撞开了冰柜的大门，惯性使他坐在距离冰柜五米远的地板上。人间暖洋洋的空气包围着他，融化着他。头发上、眉毛上的白霜变成了露珠。有两滴露珠轻捷地跳到手背上。青筋暴跳。墨水斑点。手背很脏。指甲很破。营养很差。指甲上有虫斑；你肚里有毛病。你想起在大学上了很多课，读了很多书，眼镜很大，懵懵懂懂往前走，一头撞在一个柔软的物体上，是什么物体具有这样柔软温暖的物理属性？是俄语系女生屠小英的乳房。你的脑袋嗡嗡地鸣叫着，飞速地膨胀着。那是盛夏，屠小英穿着一件豆绿色的薄绸衬衣，领口敞开，露着锁骨。那两个乳房像两个小苹果，在衬衣里在她的胸脯上上蹿下跳。她身高一米又八十厘米，身材瘦削，面孔上皮肤紧张。她居高临下，怒气冲冲地盯着方富贵。

她说："对不起，我撞了你的脑袋。"

方富贵说："你的胸膛很柔软，没碰痛我……"

她眼皮一眨巴，两颗泪珠跳到手背上，手背上血管子青紫……

你告诉我们那时候，他被那两颗晶亮的、耀眼的泪珠震惊了，爱情由此萌生。傻瓜动了感情比老虎还可怕。他把高出他半头的俄语系高材生放倒在图书馆的夹道里，屠小英满嘴都是俄罗斯伟大语言的味道……他用纯粹的中国嘴巴贪婪地吞食着俄罗斯爱情语言独特的、疯狂的、热烘烘的、煮熟了的土豆和白菜混合在一起的味道。后来，你和这位来自哈尔滨的、有一半俄国血统的女杂种结了婚。你的好日子从此结束了。

屠小英的苹果大的乳房，结婚后一个月，就长成了两个小足球，简直像个奇迹！简直像用气吹胀的气球。

高呼口号：打倒大奶子的苏修女特务！

你坐在距离大冰柜五米远的地板上，思念着屠小英美丽丰硕的乳房，就像那俗话所说：到了夏天，才知道雪花的美丽。就像那戏文所唱：骂一声薄幸奴！你有眼不识金镶玉，错把珍珠当泥土！

冰柜门大开着，橘黄色的灯宛若地狱里的鬼火，闪烁着，人的破皮烂肉和内脏器官放着绿幽幽的光泽。地狱的大门为你敞开着。屠小英白璧般的大乳好像两颗太阳，在天花板上晃动着，光影徜恍，是天堂的光辉。

你处在生与死的十字路口——笼中食粉笔者言。

他站在天堂和地狱的分界处——我们随声附和。

一阵尖利的噪叫从方富贵的嘴巴里冲出来——殡仪馆里一个守夜的老工人在一天夜里听到了鬼哭——他噪叫时感到腮帮酸麻得不轻——少年时他学习吹奏铜号，运气要领掌握不好，腮帮子也是这样又酸又麻——你记得校长用两根手指钳制你的嘴巴的情景——你不想噪叫也要噪叫，人有时是会失去控制某些器官的能力的——他噪叫着，从地板上跃起来，以非人的敏捷。你用力推上了冰柜的铁门。地狱之门关闭，房间里只有人间的气息和虚幻的天国之光了。

电冰柜关闭后，他随即就感到若有所失，究竟失去了什么自然是说不清楚了。屠小英的乳房上那种辉煌光芒顿时黯淡了一半。他用手抚着它，就像抚着一块缝鞋的猪皮。

王副市长直挺挺地躺在整容床上，他面容清癯，腹部平坦，犹如一块绷紧的钢板。这是王副市长吗？

即使不是王副市长，也是王副局长，或者王副处长。你是他从硝烟炮火里、从燃烧的草丛中、从染血的大地上抢救出来的孩子。

你怀抱着死雁，哭叫亲娘。一个男人站起来。他光着头穿着一件破棉袄他是你的爹，一块炮弹皮子几乎把他打成了两段。鲜血飞溅时是有声音的。你亲眼看到了爹娘像一棵拦腰折断的枯树。小王叔叔背着你跑进了树林子。伏在他的背上，你认为他是你的年轻的父亲。

这种回忆，不断唤醒他的软弱的感情。在妻子面前他软弱过。现在又在儿女的影子前瘫痪了。

方龙是个十六岁的男孩，他已长出了喉结。

方虎是个十五岁的女孩，她没长喉结。

这两个杂交二代，无论在体型、相貌和智力水平上，依然表现出明显的优势。他和她身材修长——身高超过同龄孩子，皮肤白皙光洁，鼻梁挺拔，眼睛大，睫毛长。女孩的嘴巴大而妩媚，嫣然一笑，近乎妖冶——总而言之，这是大受青睐的两个孩子。

想到此处，这间装饰着鲜花和香草的工作室立即变成了地道的魔窟。玻璃窗外，河水与污水沟里倒映着霓虹灯五彩缤纷的影子，夜行的客车像陨落的大星在高楼大厦间穿过，起重机的巨臂挑着一个个房间在无声地组合大楼……我既然活着，为什么要和死人做伴？他大彻大悟地想，你校长有什么权力对我发号施令？人死过一次就不能再活？满载着荣誉死去果然就比默默无闻甚至臭名昭著活着好？

他很友好地握握躺在整容床上、抢占了他的位置的、你的双重救命恩人的冰凉的手。心里默念着：恩人，您先走着吧，我要回家去看我的妻子和孩子……

王副市长的手像铁钩子一样，好像要拉住你。他拉住你不放，死人抓住活人不放。你使劲抖掉死的勾连，挂着一头惊惧，拉开房门，扑进大厅，房门在身后砰啪一响自动关闭，好像说：不要后悔！

殡仪馆的大厅同所有的大厅一样，不分昼夜总是灯火辉煌，五色霞光照耀着伏在方形大玻璃鱼柜里的、臃肿不堪的黑色金鱼。大厅的四周摆着一圈花圈。白天被践踏的化纤地毯在夜里重新把丝儿立起来，好像刺猬，好像绿茸茸的草地，好像死去又活来的苔藓。

这片散布着冷酷表情的大地毯使你踟蹰不安，它明确无误地向你表现它要复仇的愿望。你徘徊在裸露着大块方石板的地毯边缘，无意中发现了黑金鱼的翅膀摆动。这个蠢笨的、无棱无角一塌糊涂的丑东西，与其说它是金鱼，勿如说它是一只放大的蝌蚪。第八中学物理教师办公室里的对话蓦然涌上心头——不是你说的是小郭说的：市政府大宴宾客，上了九道名菜：第一道：红烧蜥蜴。第二道：油炸蝗虫。第三道：活吃蜻蜓。第四道：清煮蝌蚪。第五道：盐水螳螂。第六道：糖酥蜜蜂。第七道：爆炒胎盘……孟老夫子摇头晃脑，表示怀疑。张赤球老师很惊讶。李老师说现在什么都吃，大家都挖空心思，开拓吃的范围，从天上飞的到地上跑的水里游的，几乎是逮到什么吃什么。蝎子吃到八毛钱一尾，麻雀吃到五元钱一只，蚯蚓吃到五毛钱一条……就差吃蛆吃屎壳郎啦……这不是不可能的……难道还能吃人吗？这不是不可能的……吃胎盘就跟吃人沾上边啦……等着瞧吧……放心吧，吃不到中学教师头上，一个个瘦得贼硬，谁喜吃？……我是瘦肉型……张老师一句话引起了大笑。大笑过后是欢乐，欢乐之后是狂喜，狂喜过后是悲伤。我们吃什么？啊，吃什么？我们可以吃粉笔，吃粉笔头儿……你想到适才在冰柜里看到的那只黑色塑料袋里装着的白脂肪……有人抓住你的肩膀，你回头打量着他：一个腰间挂着手枪的武装警察，冷冷地看着你。

"你是方老师……"警察满脸狐疑地问。

"是，是，方富贵……"你点头哈腰地说，"你……"

"我是你的学生，跟'二郎神'同班的。"他说。

你虚伪地说："记起来啦，记起来啦。"

"'二郎神'跟我说你死了呀！"他说。

"我死了吗？"你说，"我也闹不清我是死了还是活着，再见，我要回家啦。"

你向当了警察的学生摆摆手，大踏步走上地毯，一股股电流在指尖上飞蹿。殡仪馆内的武装警察发现他的物理教师身上闪烁着翠绿的电火花。他很想向老师请教，弄懂这神奇放电现象的科学根据。但机会稍纵即逝；方富贵拉开玻璃旋转门，一闪身，便消逝了。

他不知道当了警察的学生在大厅里干什么。他现在自由地行走在狭长的街道上。殡仪馆的旋转门把生死分离，进去容易出来难，但规律在他身上颠倒了一下：进去不容易出来还算容易。

一辆豪华轿车几乎是无声无息地滑行过来，它鬼鬼祟祟、探头探脑，吓了他一跳，跳到马路牙子上，崴了脚踝，哎哟了一声，蹲下，伸手去抚摸伤处，眼前一片血红，红中迸出星星点点的绿。他站起来，脚点着地，以龙腾虎跃的精神，回到马路上，狭窄的，轿车的尾灯像猛兽血红的眼睛。蓦然回首，那人——昔日的学生今日的警察，手按着腰间的"六九"式公安手枪，站在"美丽世界"灯火阑珊的大厅门口，向你行着注目礼。

夜间清扫街道的女工，也不愿让人看到她们的脸，甚至不愿让人看到她们的皮。她们穿着米黄色的帆布工作服、戴着帆布手套、头上扣着帆布帽、嘴上捂着大得出奇的帆布口罩，眼睛里发射着随时准备与人干架的信号。你的眼睛看到她们好像幽灵（她们的眼睛看到你也像幽灵）。"到这里来寻找爱情简直是做梦……"嚓嚓嚓！她把几块冰棍纸扫进铁撮子，"私生子个个都聪明……"

你被这位从扫地的麻利劲儿上来判断年龄不会超过三十岁的女清洁工吸引——她嘎哑着喉咙哼唱着的亵渎爱情的爱情歌曲具有臭豆腐

般的魅力。她优雅地穿行在本市的风景区：河边的白杨树林里。为了增添爱情的神秘色彩，这里灯光黯淡，杨树的影子横七竖八倒在茸茸的草毯和凸凹不平如我们前面所知的鹅卵石路面上。因为灯光黯淡，星光闪烁；河里星斗灼灼，青蛙呱呱鸣叫。有超级浪漫的男女在树林里露宿，避孕技术的普及和避孕药具的易得为年轻人带来福音，这是人类的进步。

你在杨树林里碰到了一个正弯腰小便的女青年，她蓬蓬着一头黑发，她的头发形象地说明着"怒发冲冠"是什么意思。你听到了小便的声音闻到热烘烘的尿臊味。她睡意蒙眬睡眼惺忪，含意模糊地对着你一笑。然后慢腾腾地提上裤子。那裤子很瘦，硬把屁股塞进去你马上联想到她脱裤子时必然很像从腚上往下活剥皮。哪怕你为了什么极力否认看到了她的屁股，实际上你还是看到了她的屁股。

你急匆匆地寻找旧路。一个严肃的好父亲、一个为人师表的模范丈夫，竟然跟踪女人，还听到了女人撒尿的声音嗅到了雌尿的味道看到了另外的女人的屁股……你高举起自我批评的巴掌，狠狠地、从容不迫地扇到自己脸上。

"打！狠狠地打！"

"权当被儿子打啦！"

这两句话好生耳熟，骂人的声音也好生耳熟。

权当被儿子骂啦。

你的眼前是一棵棵调皮的白杨树，它们光滑、高大、挺拔，它们抖动着枝叶笑出了声。你想到了杂交二代。一个高大、挺拔、光滑的裸体青年抱着怒发冲冠的女青年亲嘴，女青年哼哼着，用巴掌拍打着很像你儿子的那家伙的屁股。

方富贵受了惊吓，在黎明前最黑暗最寒冷的时辰，飞跑，跑出白杨林，跳上八一大道，穿越五一广场，拐入爱民街，斜插群众巷，钻进过街的红星隧道。在市府旁边，你看到，一座旧建筑物无声无息地瘫痪在地上（工兵专家进行定向爆破），你怔怔，留下一个与力学有关的疑窦等待闲暇时思索。弯着腰走过建筑工地，碎砖烂瓦，一踏冒白烟的石灰。一跳，跌进了一个矾石灰的大坑，仿佛陷入万丈深渊，差不多就是灭顶之灾，费了千万的力气爬上来。爬过一道生草的土墙。又走了一会儿。到了：一块木牌上写着：第八中学教师宿舍区。一道破栅栏。钻进去。敲门。

屠小英看到浑身雪白的丈夫站在窗前，大叫一声：

"有鬼啊——！"

你很悲哀。

你想回"美丽世界"。

你回不了"美丽世界"。

你去敲同事的家门，他的妻子是一级劳模，殡仪馆特级整容师，名叫李玉蝉。

第四部

一

特级整容师用两根指头捏着一柄浅蓝色的手术刀，站在被剥得一丝不挂的王副市长面前。他说：我们可以看到那柄手术刀静静地躺在搪瓷盘里，活像一支恬静的乌鸦翎毛。你动刀前默立了三分钟，低着头，旁观者会认为你在向死者行默哀礼——这不是你的习惯也不是殡仪馆的规矩。你一向是匆匆忙忙地脱光衣服，披上白大褂，一秒钟也不耽搁，就把刀子劈到死人的脸上，像一个技术娴熟的皮鞋匠清理着皮鞋上的破皮子。

你的任务是骗死者的亲属，也骗接受死尸的部门。这个部门可以叫天堂，也可以叫地狱。你的产品一律是驴屎蛋子外边光。

你说她默立了三分钟，感觉到腋下有汗双腿之间回忆往日经验，导致心中纷乱如麻。捏着刀子的手也有些湿漉漉起来。为了尽快结束这尴尬的局面，她用左手抓住死人的下巴，使他的下巴骨仰起，脖子上的皮肤绷紧。然后，他对我们说你准确而凶猛地对着死人喉结之上的部位豁了一刀，白色的脂肪立即翻了出来。此情此景，基本上好似犁铧翻开肥沃的土地，他说。

市委领导把为王副市长整容当成一项政治任务交给你，你对馆长不信任的，同时也是关照的含情目光视而不见。如果排除掉为王副市长整容的政治意义，出现在我们面前的就是一个纯技术问题。这对特级整容师来说，根本算不了什么。

整容技术从医学范畴游离出来，一步跃入美学范畴，后来又与医学融为一体，成为美的医学。

　　整容师的任务就是美化，修补丑陋、破烂的肢体。小城里有十几名有志于为活人整容赚大钱的年轻人正在医学院和美术学院雕塑系穿梭上课；有几名正在搜索美酒名烟，准备打通"美丽世界"的门路，得到在死人身上实践的机会。

　　李玉蝉曾根据照片为一位在车祸中将头颅压成一团渣滓的死者恢复了生前容貌，使死者英俊漂亮，栩栩如生。死者的父亲是市人民公园猛兽馆里的猛兽管理员，饲养着两只老虎三只狮子五只金钱豹，还有一群阴险的恶狼。通过为他儿子整容你与猛兽管理员建立了友谊。在工资微薄，入不敷出，肉类短缺，肉价猛烈上涨的一九八七年，你与他发现了一个搞肉吃的万全良策。

　　排除掉为王副市长整容的政治意义，李玉蝉要做的事单纯又简单。你只需清理掉王副市长体内积淀的脂肪，剪掉一部分皮肤，然后，根据你的记忆，用透明胶纸、海绵充填物、彩色颜料——也可用彩色粉笔代替——恢复他年轻时的面貌，就算告成大功。你对他年轻时的模样记忆犹新，闭着眼也能做出他的脸，费不了多少功。至于开膛剥脂，这是粗鲁的屠夫都能干的事——经过上述分析，可以说你接受了一件省力又讨好的任务，何况他是你的情人。

二

　　去年秋天的一个晚上，猛兽管理员愁眉苦脸地坐在一张摇摇晃晃、吱吱扭扭的藤椅上。他是一个五十多岁、头发花白、目光浑浊、弓腰驼背的老头儿。你当时想他的被车轮子嚼烂了脑袋的儿子是何等的英俊潇洒，与他的面貌丑陋的父亲形成鲜明的对照。

　　那时候，张赤球老师在高三班教室里监督学生晚自习；大球小球吃饱了钻进他们的墙洞复习功课；蜡美人躺在她自己那张床上，谛听着虱子咬肉和耗子啃锅盖的声音。她听到女儿与一个男人在咕咕唧唧地议论着什么，一会儿是猪肉的价格，一会儿是奖金和罚款，一会儿是母老虎一胎产下两只小虎……女儿是母亲潜在的情敌。石榴花的颜色笼罩了她……她从布帘的缝隙里看到那两条金黄色的腿在愉快地颤动着……她咬着牙，让冷冰冰的声音从牙缝里漏出来。

　　"家家都有一本难念的经啊！"整容师深表同情地说，"大家都过得很难。可不这样又能怎么样呢？正像那俗话说的，'天要刮风下雨，人要受苦受难'。"

　　那是个凉爽的夜晚，跟昨天晚上一样，月光如水，泻进房间，把灯光都逼退啦。她抚摸着自己的手臂，突然萌生了对这位丧失爱子的猛兽管理员的居高临下的怜悯。这种怜悯轻飘飘的，像生长在虾嘴上的胡须。

　　猛兽管理员站起来，用力掏出一支人参。他说：

　　"李师傅，人家送我这支老山参，留给您家老人滋补身体吧。"

你推辞了半分钟，便起身送他。你陪着他走了一段路，路边的树叶默默无语。老头儿把脸抬得很高，满怀希望地说：

"李师傅，我想和你做笔交易。"

你们沿着人民公园的绿色铁栅栏缓缓地走着，踩着栅栏和黄杨冬青的纵横交错的影子，竟像一对老情人在悠闲散步。公园深处的猛兽山上，飘来一缕缕老虎粪便的腥膻之气，还有，饥饿的小老虎凄惨凛冽的啸声。

你双手抱着肩头，打了一串寒颤。一种了不起的恐怖从黑暗的潜意识里跳出来，站在冬青树丛里，对着你咆哮不止。

猛兽管理员像位老父亲抱住了你，用他的小而坚硬、类似小兽利爪的手，窸窣有声地抚摸着你的肩膀。你闻到了老人身上的虎豹豺狼气息。他的双眼灼灼有光，好像灿烂星海里的两颗最灿烂的星斗。

他絮絮叨叨地对你叙述着那两只新生的小老虎，使它们可爱地在你脑海里打滚竖蜻蜓，叙述者的语调凄凉，其间充斥着父爱。他说：

"……这是两只狮虎。为什么叫狮虎呢？它们的爹是那头非洲来的老雄狮……让狮子跟老虎结婚，就像让毛驴与马交配，难度很大，但'只要功夫深，铁棒磨成针'……狮子骑在老虎身上，大声一叫，平地起了雷，震得树叶子往下掉……这两只小杂种，胃口不好，配给它们的牛肉、羊肉、冻兔、烧鸡……连闻都不闻……昨天夜里，我做了一个梦……两只小狮虎说：老头儿，我们要吃人肉！……我想，你每天都修理死人，难免出些下脚料……这些下脚料浪费了多可惜……"

他的灿若双星的眼睛慈祥地盯着你，坚硬的手爪抓住你的双乳，你认为他要把它们撕下来去喂那两只狮爹虎娘的小杂种。他拿着你那两只脱离了身体变得雪白的乳房，慈祥地扔给那两只思念人肉的小家伙，它们撕咬着你的乳房，喉咙里响着贪食的呼噜声。他慈祥的脸上堆着慈祥的微笑，像个老父亲一样，温存的、富有经验地抚摩着你的双乳。你尖叫了一声——在王副市长的身下，你的尖叫，曾吓得他脸色苍白，弯着腰站起来，简直像个偷鸡摸狗的蟊贼——你把双乳从坚硬的按摩里挣脱出来，间隔了三秒钟——你空虚、恐惧——它们需要凌辱——又自动地挺上去。

"不，我不干……"整容师大声吼叫着，"我干不了……"

"告诉我，你怕什么？"猛兽管理员的声音像小号一样悠长雄辩，"你一听到人肉，就想到了活人。这是自己与自己为难。死人在你手里，就像泥巴在塑神的匠人手里一样，就像猪肉在大师傅的肉案上一样。要揉要搓，要捏要摸要削要剁——还不是由着你？人死了有什么？你说人死了有什么？大首长都把遗体捐献给医院解剖—— 一点下脚料算什么——大首长生为人民谋幸福，死为人民作贡献——下脚料算什么？狮虎是珍贵动物，人民群众要观赏，大熊猫下崽登报纸上电视全世界都知道，下脚料算什么？"

"良心上过不去……"

"混账！把良心挂在嘴上的人，没一个有良心。让小狮虎饿死给国家造成损失，让少年儿童可爱的红领巾祖国的小花朵难过你的良心哪里去了？"猛兽管理员捏着你的乳房，像一位严肃的、公正的法官，执掌着至高无上的权柄，对你的良心进行审判，"收起你的良心！你用海绵、软木、胶水、羊肠线、下脚料，造成一个假头安在我儿子的尸体上欺骗我你有良心吗？良心其实是互相欺骗。就像你这双乳，她渴望着男人抚摸甚至撕咬，但你的丈夫对她无兴趣，你为了良心便冷落它，你折磨自己，把正常的欲望克制下去，你的良心哪里去啦？你和我都是制造良心的人：你与死人打交道，我与猛兽打交道。"

他把你搂在怀里，那瘦小的佝偻身体爆发出令人难以想象的伟大力量。他的嘴唇像个经验丰富的强盗。你被他吻得死去活来，鼻涕眼泪一齐流，连小便都失禁啦。

他把你松开，你瘫在草坪上，这里插着写有"爱护草地，请勿践踏"字样的白漆木牌子（背面写着：违者罚款）。你仰在草坪上，叉开腿。你渴望着他能像野兽一样扑到你身上，用牙和爪撕烂你的衣服，然后毫不留情强奸你。

猛兽管理员冷冷地笑着，牙齿在凉月下闪烁，丑陋的脸射出红光，这是个冰冷的夜晚，白露如珠，挑在叶尖上闪烁。

他一味地冷笑，根本没有强奸你的意思。

变态的欲望转化为变态的愤怒。整容师坐起来，抓起草拔出根带着土，向他的脸上摔去。

"魔鬼！丑鬼！丑魔鬼！"她骂他。

尿湿的裙子湿漉漉地贴在大腿上，红色的大蚂蚁寻着气味，在你腿上爬。

"你知道我是干什么的？"他蹲在你面前，用猫对老鼠说话的表情和口吻对你表现对你说，"你知道拴在一根线上的两只蚂蚱是怎样运动的吗？"

他的目光把你一下子就扫倒了。他伸出那只钢铁的小爪子，托起你的下巴（这爪子烫得你又尿出了尿），他嘴里的洋葱味儿汹涌地扑在你的脸上，辣出了你的眼泪。他一字一顿，用比中央电台播音员还要标准的普通话向你下命令：

"记住：从今之后，每星期六晚上，到这里来，把积攒一星期的下脚料交给我！"

整容师哭着点头。

猛兽饲养员抬头看看月亮，用窝窝囊囊的鼻音说：

"您回家吧，您丈夫已经从教室里走出来啦。"

他转过身，要走啦；你胆怯地问他的背：

"你到底是干什么的？"

他不转身，回答道：

"我是一个复仇狂！但对你，我的复仇是甜蜜的。你要把我当成一个定期用优美食品换取你的下脚料的小贩子，我将带给你实惠。"

他跳出草坪——动作笨拙也灵巧——刚强与软弱、凶狠与温柔、潇洒与猥琐，在他身上得到了统一——这是个魔鬼还是个天使——你困惑地坐着，体会着热辣辣的排尿感觉，望着这个在皎洁的月光下战战兢兢、点点划划地贴着绿漆铁栏杆运动的矮小身影，直到随着栏杆拐了弯时。

夜深了，公园深处，老虎在呼啸，狮子在咆哮，恶狼在嗥叫，挤在月下站在月下的斑马们围成圆圈，它们一边思念非洲，一边用沤烂的破蹄子弹打木栅栏，发泄着离井别乡的哀愁和被羁的恼怒。

你告诉我们：当天夜里，特级整容师做了一个噩梦：公园里的猛兽冲破了牢笼，跑到了广场上，冲进了商店，闯进了电影院……率领猛兽队伍的，正是那两只用狮的精虫和虎的卵子培育出来、用"美丽世界"下脚料饲养大了的杂种！它们身躯庞大，狮头虎身一只，一只狮身虎头，兼备了老虎的凶猛顽强和狮子的残忍无赖。它们率领着野兽追逐着大市民和小市民……整座城市都沸腾了……整容师纵身跃到一棵树上，搂住一根树杈……猛兽们团团围坐在树下，一片雪亮的血红眼睛盯着她的屁股……一片咻咻的喘息……一阵杂乱的嚎叫……猛兽们开始啃树……咯吱咯吱咯吱……大树摇摇晃晃……

物理教师把在梦中痛苦挣扎的整容师摇醒，你怎么啦，他问。她惊魂普定，满脸是汗，坐了一会儿，一言不发，蹭下床去到水龙管子上洗脸，物理教师惊喜地大叫：

"球他妈妈，你把床尿湿了一大片！"

三

回忆多年前，你第一次操着手术刀独立工作时，面对着死者狰狞的面容，你的双腿发软，手腕子酸痛，轻如翎毛的手术刀变得重若泰山。那是一位向秀丽式的英雄，不过她不是药厂的职工她是市纺纱厂的女工。纺织厂失火，她为抢救国家财产壮烈牺牲。她丈夫是个中尉，你站在整容台前发呆时，他正坐在飞驰的火车上向女英雄靠拢。

烧死的女工躺在整容床上，她的结婚照立在你的工作台上，怀抱鲜花的美丽新娘面带幸福微笑，她的旁边立着解放军的幸福中尉，中尉脸上也带着微笑，这两位春风得意的年轻人微笑着注视着被烧成魔鬼的纺织女工——谁也说不清楚一分钟后自己会变成什么模样——这时，你产生了一种对解放军中尉的怜爱之情，你忘了恐怖与紧张，心里燃起一股邪恶的报复之火。好像这个孔武的中尉曾是你的情人，后来又背叛了你投入了纺织女工的怀抱。你咕咕噜噜地对猛兽管理员说过：看到美丽的死亡才会使人难过，看到丑陋的死亡会使人开心。我要让她比生前更美丽，但这美丽是一堆假货。

你清理掉女英雄脸上的破皮烂肉——虽然戴着多层纱布大口罩，但女英雄香喷喷的熟肉味还是穿透纱布，进入鼻腔，甚至使你的肠胃发出咕咕咕——像家鸽交配一样的鸣叫。你熟练地把一种用香油、绿豆面、石膏粉、防腐剂调配成的涂料一层层一点点往女英雄的脸上涂敷，然后蒙上一层从死尸屁股上取下来、经过精细加工的美丽皮肤。然后，栽睫毛，画眉毛，涂口红，搽白粉……女英雄身上遍盖鲜花，一张脸从花的海洋里现出来，像梦一般美丽……

你冷冷地对解放军中尉说：她的确非常美丽，可惜她死啦！这样的美人世界上找不到第二个，可惜她死啦！

中尉干嚎一声，口吐白沫，晕倒在地。

……如前所述，在黎明前最黑暗最寒冷的时刻，物理教师家的门板被敲打着，整容大师腿垂在床沿下，在有节奏的敲门声中如痴如醉。敲门声还在继续……

你在敲门声的伴奏下，"咔嗒咔嗒"地追忆着逝去的荣誉……当你第一次举起手术刀杀向一个虽然死了但依然是人的肉体时，心情是激动的，面孔是潮红的，唾液是大量的。现在，除了特殊情况（譬如切割情人的尸体），你举起刀，就像站在屠床前的屠夫，尽管那猪在尖声嚎叫，屠夫是无动于衷的，屠夫按照习惯和程序，麻木、冷漠、敏捷、准确地举起木棒槌，对准猪的耳后软骨，英雄一击，呱唧一声响，猪的身体紧缩起来，四脚绷直，皮肤颤抖……屠夫抄起半米长的钢刀，捅进猪的喉咙，尖刀戳破心脏……红得发绿的猪血直泻瓦盆，五分钟之后凝固……屠夫卸下猪头，砍下猪的四蹄……屠夫换一把牛耳尖刀，从猪的腹部正中豁开一条缝……屠夫欻欻地开剥猪皮，从腹部开始，到脊背透合……屠夫把猪的尸体倒挂起来，开膛破肚，把心、肝、肺、肠——五脏六腑——三把两把撕掳出来……屠夫抏着水龙管子，冲洗着无头、无脚、无内脏，更无灵魂的猪肉……狗在架旁蹲着，屠夫把猪的生殖器割下来扔给狗吃……屠夫把猪的骨头从肉里剔出来……屠夫的任务基本结束……在这个过程中，屠夫是不存在一丝一毫对于猪的怜悯心的。他一边与身旁看热闹的议论着市场行情与思想道德，一边准确无误地工作……幼年时，你曾在城郊从头至尾地观看了一头猪被宰杀分解的过程。给你留下了深刻的印象，使你受用终身，至今还时时追忆。吃猪肉时，你神奇地想象着猪的面貌。猪肉的味道基本上是一致的，但猪的面貌又是各异的。同理：死人的气味基本是一致的，但死人的表情、死人的价值是各异的……那个屠夫是位红脸膛、秃脑袋的小老头儿。双腿罗圈着，脚尖往里凑。双臂修长、粗壮，具有蓬勃旺盛的生命力。屠夫是你的六舅。屠夫是蜡美人娘家的第六位堂兄弟。

六舅把猪看成一堆按照规律安装起来的肉、骨、皮，杀猪多年之后，六舅眼里已无活猪（此感觉可参见庄子《养生主》篇里"庖丁解牛"故事）；同理：我把死人看成一些毁坏了的器具，我的任务是表面修理（修理内部是内科医生的事）；修理死人表面多年之后，我的眼里无完人，如果给我机会，我能把丑八怪修理成美郎君（这种想法为她十年后成为活人美容大师埋下伏笔）！

第一次独立整容，获得了巨大的成功，舆论的习惯是穷追猛打，不遗余力——捧往死里捧，打往死里打。所以荣誉是杀人的慢药，对付仇敌的最好方法是：把他吹捧起来！这是猛兽管理员的旋律在整容师心里的再现。当报纸、电台把因抢救纱锭被烧死的女工捧上天的时候，与"舍身抢救国家资财的女英雄"沾亲带故的人都成了报纸和电台记者跟踪的对象。首先被注意的自然是解放军中尉。

中尉追忆美丽亡妻的文章受到千万市民的眼睛和耳朵的赞美。他津津有味地向人们诉说着荣耀的悲恸：第一次河边相会时，她就对我说：当党和人民的利益受到威胁时，我们要像共产主义战士江雪琴那样迎上去，并且要脸不变色心不跳……新婚之夜，她与我一起在灯下并肩学习毛主席的光辉著作《为人民服务》，一直学到天亮，她让我背诵《纪念白求恩》，背错一个字也不允许我上床……她多次拾金不昧……两次跳到河水中抢救落水儿童……

英雄的丈夫不会撒谎，他用铁一样坚硬的事实向市民们证明着一个颠扑不破的真理：英雄原来就是英雄。

于是英雄的丈夫也成为英雄，他穿着笔挺的军服，皮鞋擦得像两块优质煤炭；手上戴着白里透蓝的手套。他穿梭于大学、工厂、机关、幼儿园，作有关他妻子的英模事迹报告。英雄在报告过程中日臻完美。现在，哪个单位不邀请英雄的丈夫作报告就是哪个单位的耻辱和麻烦。但事实确实是这样：没有任何人强迫某单位去邀请英雄的丈夫作报告。

英雄的丈夫站在"美丽世界"殡仪馆的大厅里，为殡仪馆的全体人员作报告。他已经不用脑袋支配嘴巴说话，久经训练的嘴巴凭着一种惯性，就把该说的话说出来。该流眼泪的时候，眼睛的记忆是让眼泪流出来。该呜咽的时候，喉咙里自然会有呜咽之声。

人们毕竟愿意崇拜英雄，没有英雄国将不国，没有英雄崇拜人将不人。殡仪馆的女人们除李玉蝉之外，都用眼睛赞美着英雄的丈夫。李玉蝉的眼前却命运般不可抗拒地躺着被烈火烧烤得焦黑的女英雄。

大厅里弥漫着烘烤尸体的香味。这香味过分浓烈，使你头发晕，耳朵鸣，肚子里充满气体。当那些幻想着填补英雄留下的空缺、钻进英雄睡过的被窝、从英雄搂抱过的肉体上沾染一点英雄气的姑娘们纷纷流出眼泪时，你写了一张纸条递上去。纸条上写着：真英雄被烧得皮焦肉烂，被鲜花拥抱的英雄是我用油泥塑出来的！

英雄丈夫接过纸条读罢，脸上的红光更加焕发，他用脑袋支配嘴巴说道：

"阿美生前多次对我说：革命工作没有高低贵贱之分，无论干什么工作都是为人民服务。在此，我愿代表为共产主义事业光荣献身的阿美，向殡仪馆的全体同志表示崇高的敬意（热烈的掌声）！尤其要向那位为阿美整容的师傅表示崇高敬礼（掌声雷动）！"

你在笃笃笃笃的敲门声中回忆：殡仪馆的党委书记把你拉上讲台，介绍你给英雄的丈夫。台下的掌声突然变得稀稀落落，当年轻英俊、身上放射着英雄气息的解放军中尉紧紧地握着你的手、两只黑栗般的大眼睛里射出含情脉脉的目光时，你全身灼热，你感到异常的兴奋、异常的局促不安。对他的那种刺刺痒痒的忌妒、怨恨顿时烟消云散，好像这些不健康的感情从没在你的心中萌发过，那递纸条的不是你，那怀着邪恶心理塑造美人头的也不是你。

那张照片你保存了很久：中尉紧握着一个漂亮姑娘的双手。讲台后纸扎的鲜花也摄入了镜头。你微微垂着头，羞答答的，好像一朵半开半闭的石榴花。

记者们从不同的角度、不同的高度，用不同的相机、不同的姿势，抢拍整容姑娘与解放军中尉握手的场面。镁光灯像爆竹一样噼噼啪啪闪烁着。回忆这永恒的瞬间你很心酸：当记者们把相机对准你时，场下的掌声突然零落了。你感到无数目光像蝎子尾巴一样蜇着你的背。最尖锐、最毒辣的蝎子尾巴是女人的目光。

第二天，本市日报赫然登出你与中尉握手的大幅照片，并配有热情洋溢、才华横溢的解说词。

荣誉落在了你的头上。殡仪馆里的女工们把你恨透了。

黎明前黑暗寒冷的时刻即将结束时，敲门声变得不耐烦起来，音响的节奏感被破坏后就变成了彻头彻尾的噪音，与此同时，人民公园里猛兽们的吼叫声，郊区农家雄鸡的啼叫声，蜡美人梦中的磨牙声，犹如汹涌的浪潮，灌进了小屋。回忆的链条卡住了，中尉诡计多端走出房间，消失在黑暗里。第八中学呆头呆脑的物理教师张赤球从厕所里走出来。他嘟哝着：今天是星期一，为什么又是星期一？

"谁在敲门？"整容师披上衣服，对丈夫说。

"有人敲门？"张赤球问。

"你难道听不到吗？"

"我听不到！"

"你聋啦！"

她趿拉着鞋跳到门口，拉开门，一股生石灰的气味伴随着滚滚晨雾扑进来之后，随即，一个全身雪白的人，宛若报丧的孝子，跌进了你的怀抱。你扶住他，呼唤着张赤球，这时你感觉到沾满双手的石灰烧灼皮肤，马上想到建筑工地上的石灰池。你是谁，啊？啊，你这人怎么啦？

那人跪倒在地，昂起瘦头，雪白的脸上有两点黑是他的眼；胡子从石灰缝里钻出来，好像淤泥中的枯草；胡子上方的洞，我们认为是他的嘴巴。

"张老师……玉蝉嫂子……帮我想想办法吧……"

"啊咦！方老师，你不是死了吗？"

四

　　整容师清理完了王副市长脸上和脖子上的脂肪后，伸展了一下腰肢，冷冷地、感触万千地扫了一眼老情人破碎的脸，然后，以王副市长深陷进去的肚脐为中线、中点，切开了一个半尺长的大口子。一点血也不流，一点血腥味也没有，白花花的脂肪嗞嗞响着从刀口里冒出来。王副市长的肚子上盛开了一簇庞大的白菊花。

　　一个人的肚子里竟然能盛下这么多的脂肪，使她惊讶，她使我们惊讶。

　　你把那些脂肪撕下来。在银白的灯光照耀下，王副市长的脂肪表现出柔和的浅蓝色。它们是温暖的，不硬不软，手感很好，成型性——可塑性很强。你随手把一条脂肪捏成了一支蜡烛。你把一条条的脂肪从王副市长的肠子上剥离下来，塞进工作台下的一条黑色塑料口袋里。蓝色的肠子被剥离出来时，整容师的腹部感觉不好。她转身走到窗前，拉开窗帘，心里忧伤地注视着被灯光和月光照耀得如同童话中情景的蓝色河流，白杨树参差不齐的树冠连绵起伏，闪烁的彤云的边缘，你似乎听到了潺潺的河水流动声。

　　你很担心把他的肠子扯断，扯断肠子后果不堪设想。六舅清洗猪下水时大胆地从肠子上往下撕脂肪，没见他把猪肠子撕破过，这说明肠壁坚韧结实，不必过分担心。脂肪跟肠子剥离时她感到一种甩掉沉重累赘的快感，这噼噼剌剌的剥离之声也让你欣喜。真应该为生前负担沉重的王副市长叹息，也该为死后卸掉包袱的王副市长祝贺。

　　猛兽管理员每星期六在公园外草坪上接受整容师交给他的下脚料，回赠整容师牛肉或猪肉或冻兔或鸡杂碎。那天晚上竟回赠她一包猪大肠。他鬼一样地掌握着整容师生活中的一切秘密，甚至知道她的丈夫患有脱肛症。她用来装下脚料的口袋——黑色塑料袋——是猛兽管理员赠送的。

　　她撕光了王副市长肚里的脂肪，累得气喘吁吁。捶着腰她看到三只塑料袋并肩立在工作台下。每只袋子能盛十五斤脂肪，王副市长减轻重量四十五斤。她担心：星期六下午如何把这些沉重的袋子运到交货地点。

　　整容师用精密的技术修造着王副市长的脸。从他的臀部和腹部取下来的皮肤过分娇嫩白皙，敷在脸上容易与脸部的原来皮肤产生矛盾，造成我市人民不必要的误会。在特级整容师的精湛技艺面前，没有解决不了的困难。她用油彩使王副市长的面部颜色统一起来。反正要用毛料中山装遮掩，她用粗大的针脚草草把王副市长腹部的大刀口缝起来，没有一个傻瓜会来掀开死人的衣服检查死人的肚皮。

　　明天上午，躺在吊唁大厅正中的王副市长，面容瘦削，腹部平坦，身材挺拔。他紧紧地闭着眼，嘴唇紧绷着，坚毅而庄重。他的身体周围装饰着十几束淡雅素净的白色荷花。前来与遗体告别的市委、市政府的领导、死者的亲属和生前友好，呼吸着白荷幽雅的清香，环绕着安放尸体的灵床慢步行走。每个人都斜着眼往里看，都是满脸的悲痛。这些情景，都被市电视台的摄影师和市日报的记者移到了屏幕和报纸上。

　　市民的叹息大于悲哀。我们从电视屏幕上看到一位年富力强、身体健壮的副市长躺在灵床上。电视播音员告诉我们：王副市长临死前一秒钟还在工作。

如果没有你的努力——

市民的愤怒会大于悲哀。我们从电视屏幕上看到一位腮肥脖粗、大腹便便的副市长躺在灵床上。电视播音员照样告诉我们：王副市长临死前一秒钟还在工作。

谁也不会相信电视播音员的话。我们可以原谅一位退休老工人的大肚子，但不会原谅一位副市长的大肚子，尽管这是不公道的。

特级整容师晋升了一级工资。

多年前，你的手被中尉握过之后，你被殡仪馆党委吸收为党员。

活人踏着死人的尸体往上爬。

你替他穿好衣服。

你把装满从他肚子里剥出来的脂肪的黑色塑料口袋扎好，从工作台抽屉里拿出铅封机，在扎口袋的线绳上打好铅封。

任务完成心欢畅。整容师坐在靠背椅上，用眼睛赞美着躺在整容床上的死人，欢畅一会儿就溜走了。他跟二十多年前几乎一模一样，那时，我刚满二十岁……

……中尉现在是不是也挺起了大肚子？他在讲台上握住了我的手。第二天市日报登出了他握住我的手的照片后，报社记者第六天送给我一张布纹照片。记者狡猾地眨着眼，记者说照片棒极了，是他一生中的最佳作品，简直像结婚照……他和她的结婚照曾摆在我的工作台上，是她婆婆拿给殡仪馆、让我们为英雄整容时参考的。她婆婆说结婚照她笑得最好……我羞红了脸。

记者是个四十多岁的中年人，双眼细小，狡猾的表情多半由此产生，他站在金鱼巷十三号石榴花盛开的院子里，左手拿着采访本，右手拿着"博士"牌自来水笔，逼问着你：

"你告诉我，怎样喜欢上'美丽世界'的工作的？说！"

我没话可说，石榴花的甜甜酸酸的气味——别人都说石榴花没气味——我贪婪地吸食着石榴花酸酸甜甜的气味。

记者用粗大的"博士"牌自来水笔往采访本上写了几行字，他问：

"你是否觉得：我们的轰轰烈烈的社会主义革命和社会主义建设事业就像这盛开的、火红的石榴花一样，革命的工作就像一朵朵石榴花？"

"石榴花？"她心在石榴花，全部感觉都沉浸在石榴花的颜色和石榴花的气味里，她梦呓般地重复着："石榴花？"

记者兴奋地奋笔疾书。

记者又逼问："听说你有位舅舅在市劳动局任副局长？听说他要给你调换工作，你拒绝了……"

舅舅也淹没在石榴花的颜色与愈来愈大量的气味里了。

……

第七天，市日报用整版篇幅登载了本报记者采访的通讯：《好一朵石榴花》。

在《好一朵石榴花》里，本报记者说你是开放在殡仪馆里的一朵火红的石榴花，火红的石榴花是革命的象征，是共产主义精神之花。他赞美了你，顺便捎带着赞美市劳动局副局长——这个大公无私的舅舅；他赞美你为女英雄整容，顺便赞美女英雄到处讲演的丈夫——他赞美活人时不忘记赞美死人；他描述死亡时不忘记播种爱情——他把石榴花插到了中尉的胸膛上。

第八天，王副局长到了"美丽世界"。

党委书记说："李玉蝉同志，你舅舅看你来了。"

冒牌的舅舅坐在书记办公室里的沙发上，抽着斯大林式的烟斗。

舅舅略略有些富态啦，手上有了白色的皱纹。

他拍着我的肩膀说：

"玉蝉啊，干得不错！有你这样的好外甥女，舅舅脸上也光彩……"

党委书记说："玉蝉同志进馆来，认真学习'毛著'，积极要求进步，刻苦钻研业务，是一个雷锋式的好青年……"

舅舅对党委书记说："对年轻人要严格要求，尤其是思想上不能放松……"

你严肃地对我说：

"玉蝉，你做出了一定成绩，舅舅希望你牢记毛主席的教导，'谦虚使人进步，骄傲使人落后'。"

他的脸上没有一丝一毫装出来的神情，他不可能不是我的舅舅。妈妈红樱桃般的乳头从他的两只黑色大手的指缝间抻出来乱点头的情景在我面前晃动……这只能是梦境，未成年的女孩子喜欢做一些稀奇古怪的梦……我的双腿间突然记忆起了他的感觉……他正在教育我……这只能是错觉，因为喜欢做离奇梦的女孩子也喜欢产生错觉……你用力但十分平静地在王副市长充气皮球一样的肚皮上划了一刀，浅蓝色、弯弯曲曲的脂肪不可遏止地奔涌出来，宛若菊花开放，这是硕大、富态的名贵菊种……舅舅关心我的婚姻问题……面对着这名菊你毕竟有点心怯……双腿间的感觉涌上心头……这个冒牌的舅舅为我保媒，让我填补女英雄留下的空白。

特级整容师坐在月光下的草坪上，昏昏沉沉思想着。猛兽管理员早已拐到栏杆那边去，消逝了那个弓腰驼背、战战抖抖的大影子，野兽在公园里嚎叫，猪大肠圈在黑塑料袋里。月光皎洁——总是月光皎洁——照耀天下万物，使整容师遍身泛白，有点像从石灰坑里挣扎上来的方富贵老师。

　　那位记者因为采写《好一朵石榴花》受到市委宣传部的嘉奖，被提升为记者处副处长。他决定穷追猛打，他决定在李玉蝉身上抠出黄金。

　　你坐在凉森森的草坪上想，那个记者，像苍蝇一样叮住了我……自从进入殡仪馆，我就喜欢招苍蝇，妈妈也这么说……张赤球这死鬼老说我身上有死尸的味儿……他当年追我时难道没闻到我身上有死尸味儿……

　　夜间巡逻的警察注意到了坐在草坪上的黑衣女人。

　　那天，你穿着一袭黑色的旗袍坐在月光下的草坪上，好像一个幽灵。

　　警察们认为：这是个安娜·卡列尼娜式的女人（市电视台正在连播电视连续剧《安娜·卡列尼娜》），安娜穿着黑衣服，钻到了火车轮下；这个女人穿着黑旗袍，她极有可能要跳河。

　　记者处副处长嗅到了爱情的气味……我梦到你扑向了敌人的枪口……你对中尉说，我每天夜里都梦见你扑向敌人的枪口，你全身都燃烧着，衣服在燃烧，头发在燃烧，皮肉在燃烧，你周身跳动着黄色的火苗……中尉静静地坐着，好像一座英雄的塑像……你不喜欢我吗？她胆怯地问。羞愧压得你喘息困难……是舅舅的意思……我并没有这种念头……中尉的眼睛里表现出惶惑和忧伤，他说：我明天决定好吗？

　　晚风拂动着整容姑娘李玉蝉的头发，使她周身荡漾着毛茸茸的感觉。在金鱼巷十三号的门口，记者处副处长笑嘻嘻地迎上来，他紧紧地抓住你的手，激动地说："祝贺你，真诚地祝贺……我已经拟好了下一篇通讯的题目：《火红的爱情》。"——记者抖着一叠文稿，说，"我念几段给你听——不，我还是给你讲述一下这篇通讯——你与中尉的爱情反映了我们新时代的新风尚——你选择了殡仪馆的工作，共产主义风格——他选择了你——你为他的妻子——女英雄——整容，通过女英雄，你们结成革命伴侣——多么富有戏剧性，多么美好啊……"

你绕过记者处副处长，默默地走进金鱼巷十三号。记者处副处长被冷在门外，心里充满恐惧。

两位年轻貌美的夜间风化警察，跳过低矮的生铁白漆栏杆，站在月光下的草坪上。中尉说："玉蝉同志，我同意和你结婚。""小姐，你坐在这里干什么？"警察问。

每当幸福袭来时，你就浑身冰凉。站在中尉面前，你变得比真正的处女还要羞涩不安。与王副局长疯狂做爱的那个少女变成了一张皮，抛弃了旧皮，新鲜的玉蝉上了树。他抱住了你，你流出了眼泪。

"小姐，你哭了？"泪水在你脸上，月光皎洁，泪珠晶莹动人，"你想跳河吗？"

年轻警察俏皮地制止着他们制造出来的即将投河的少女。

"失恋了吧？"

"我们两人都没恋爱呢！"

他们嘴上的胡子还没变硬。整容师发现这两张年轻的脸上，带着第八中学高考预选中淘汰掉的学生的那种特有的、自然也是别具一格的恶作剧神情。

她一声不吭，静等着事态的发展。中尉徘徊片刻，好像在下决心；两个小警察每人抓住你一只胳膊，把你拉起来。他猛地扑到你身上时，你把头晃来晃去，逃避着他的嘴，这时在你的大肠里有一个声音：嗤——嗤——嗤——很像一个智者在冷笑，很像一个阀门在排气。你越抵抗他越疯狂。中尉用步兵侦察员捕俘拳第八套中的一个动作把你甩到了他的床上。这个动作俗名"大飞轮"正名"拉蹬背跌"，具体打法是：双手攥住敌方的手脖子，用力往胸前拉，然后猛然蹲下，屁股和背部随即着地，双手继续猛拉敌手，惯性使敌方身体俯在你的身体上方，将你的双脚蹬在敌人的小肚子上，手脚一齐用力，把敌人凌空扔到你的背后。本动作要一气呵成，出手迅速准确，方能奏效。对付一个被爱情的药酒毒得晕头转向的女人，本动作一气呵成也罢，两气呵成也罢，结果都是一样的：你的身体在空中旋转一百八十度，当你清醒过来时，已经躺在了女英雄的位置上。丝绸被子上还残留着女英雄肉体的气味……大姐，你为什么要跳河？生活比蜜还甜……两张毛茸茸的孩子嘴贴在你两边的腮上。你抬左手，扇了右边的警察一嘴巴；你抬右手，扇了左边警察一嘴巴（打得很轻，佯怒，玩笑性质约占百分之八十五）。混蛋！瞎了眼，执法犯法，调戏妇女调戏到你师娘头上来啦！

两个小警察捂着嘴傻笑。

"师母，我们早就认出来啦！"

"师母，我们怕你跳河哩！"

"放你们妈妈的臊屁！"整容师说，"我跳河时你们还没生出来呢！"

"师母，您还是早些回家好，要是被流氓盯上，可不是闹着玩的。"

"师娘要在这儿凉快会儿。"

两个小警察吹着口哨巡逻去啦。

两行泪扑簌簌落下来。躺到了女英雄的被窝里，你莫名其妙地哭了。当时，只要中尉轻轻地抚摸你一下，你就会像疯狗一样扑到他的怀里，亲他，咬他，把从王副局长那儿学来的全套本事施展出来。但是——

他穿着缀着肩章和勋章的军上衣，腰里扎着武装带，下身赤裸着，脚上趿拉着方头大皮鞋，站在床下，目光像剑一样扎着你的肚子。你听到他说：

"你不是处女！"

他弯着腰穿裤子，你又一次听到他说：

"我敢肯定，你不是处女！"

他全副武装站在你面前，命令你穿上衣服。

他帮你穿上衣服，说：

"我愿意为你保守秘密。但有一个条件，你对你舅舅和你单位的书记说：你不爱我。"

五

跳河时英勇悲壮，天都不怕，死都不怕，羞耻何处安身？所以你从容不迫地、一件件把衣服扒掉，又一件件掷给背对夕阳站着的王副局长：展开的衣衫像肥大的蝴蝶，翩翩落上他的肩头。

这时羞耻无处安身，你的耳边回荡着中尉的谴责：你不是处女！

恰恰这个时候，吞吃了你的处女膜，又把你推给中尉的"舅舅"，携着妻子的手迎面走来。于是你听到了云端里传来的命令：

"脱掉你的衣服！"

为什么要我穿上衣服？

你不是处女！

为什么要我脱掉衣服？

我肯定你不是处女！

脱光了衣服，跳河就是顺理成章的事。

跳河时英勇悲壮，因为你准备死；被救上河来你狼狈透顶，因为经过死的试验，你体会到一条永恒的真理：好死不如赖活着。

你浑身泥水，头发上沾着青苔，青苔上跳跃着几只青色的小虾。小虾盼望河水，你躺在草地上吐水。王副局长的儿子感兴趣的眼睛盯住他爸爸也感兴趣的部位。

王副局长的老婆打了王副局长儿子一巴掌。呱唧一声响，好像打在你脸上。

你感到了深刻的耻辱。

"走，不要脸的东西！"王副局长的老婆拳打脚踢着王副局长的儿女，王副局长的儿女钻进白杨树林。

他们夸张地哭嚷着，与那个精瘦的女人在白杨林里捉迷藏。

王副局长的脸被你抓得鲜血淋漓。

耻辱可以奇妙地转化成愤怒。血红的夕阳。辉煌的河上风光。优雅的白杨树。极力哭着也极力想跑过来的男孩。大力骂着拼命拦截男孩的瘦女人。他、她、她，在白杨林里追逐。就是这些，使耻辱变为愤怒。冷冷地打量着那个副局长夫人枯柴棍儿一样的身体，你放声大笑。

王副局长慌慌张张地捡过来你的衣服，往你身上披。你拒绝漂亮的衣服，你晃动着身体，那两只被男人的手催过肥的金色乳房在夕阳下疯狂地跳动着。你骄傲的乳房一下子就把那瘦女人打倒了。你看到她扶着一棵树，哇哇地干呕着，慢慢地瘫软着，终于瘫在树的梦境般错综复杂的影子里。至此，你的乳房才停下来喘息。你隔着她的衣服，也能看到那瘦女人的贴在肋骨上的两个奶袋。

你撕着王副局长的两个耳朵（在第一部里她就撕过张赤球的耳朵），他咧开嘴龇着牙。那时，他的一口白牙完整无缺。第二天，我再次发现他的牙齿完整无缺。从此之后，我再没亲近过他。我只能从单位里公用电视的屏幕上见到你。说心里话自从那次事之后我也不想再亲近你。你怕我，因为怕你老婆你怕我，还怕舆论，你就这样消失了。但你的嘴巴在电视屏幕上闪耀着金光。你什么时候镶了三颗金牙？"美丽世界"里知道你是我的"舅舅"的人都死了，不死的也调到党政机关里去了。好"舅舅"！好一个把你外甥女的娘先玩了又玩了外甥女的"舅舅"！黄金是稀有金属，我丈夫说强酸都腐蚀不了黄金。真金不怕火炼。你死了，"舅舅"，这三颗金牙对你已毫无意义。我要拔掉你的金牙。你干了我妈又干我……你让我爸爸的鬼魂戴上了绿帽子。又让我丈夫——当然，处女膜不过是一层皮，爱情与性交是两回事……艾滋病是富贵病，我们穷得拉血脱肛呢……（她走到门边听听动静。如前所述，用镊子裂开王副市长的嘴，用镊子夹住金牙）这颗牙拔掉换钱为我妈妈治病！这颗牙拔掉为我的耻辱！这颗牙拔掉为我丈夫买烟抽！你瞪眼我也不怕你。你认为我是贪财？放屁！如果我想钱，你活着时我为什么不利用你和我的关系去敲诈你？你当着堂堂威风副市长时见你迎面来我就绕道走！我是为了报仇！你还欠着我爸爸的鬼魂一颗牙！坐车要付车钱！乘船要买船票！骑马要喂草料！何况……他痛得吱吱叫，你恣得格格笑。

晚霞似火，白杨林好像一支熊熊燃烧的火炬。王副局长的妻子趴在火的阴影里，痛苦地扭动着身体。你光着身体，手持着衣衫摇摆着——宛若摇摆着庆典的彩旗——飞跑高跳到她的面前。你看到她的双手插进土里，她嘴里咀嚼着一根黑色的粉笔也许是一截粉笔状的枯枝我宁愿它是黑粉笔——天哪，又是一个与烈火搏斗的女人——又是一个吃粉笔的人，我们感叹不已——遗憾的是你现在已经不崇拜被烈火烧死的英雄了！你咬牙切齿地笑着。你指着自己的身体上的器官，用最淫猥的黄色语言煽风点火，火上浇油。

跟踪追击李玉蝉的记者处副处长出现在河边。他仿佛从天而降的神灵，解救了这几位共同忍受着性关系后遗症痛苦的人。

记者处副处长必然地成为本节的压场人物，他干了两件事：

（1）协助王副局长帮助落水女青年穿好衣服。

（2）详细了解事情前后经过，回去后赶写了王副局长英勇抢救落水女青年的快讯。

六

永远的皎洁月光特意把人民公园照耀成银白的世界，清凉又温柔的晚风摇摆着植物的叶片和枝条。这确凿是一个漂亮的夜晚，猛兽管理员打开了方便之门，放整容师进园来观赏猛兽。

现在园中只有他和她两个人——这是铁笼中古怪口味叙述者的错误结论。我们知道熊猫馆旁边的凤尾竹林里潜伏着一位怀揣牛耳尖刀、手提塑料纸包的歹徒。歹徒看到一男一女沿着弯弯曲曲的小径往猴山方向去了。

猴尿的臊味把空气污染得很厉害。猴山上有一块如佛的突兀大石，一群猴子簇拥在佛顶上睡觉。另一群猴子趁着月光追逐、跳跃，嬉闹、欢乐。浅黄色的猴毛在蓝晶晶的月光下闪烁着，像电闪一样。

他拉着你靠近了猴山，欢乐的猴子看到你身上的颜色，嗞嗞嗞嗞地叫着，簇拥过来，对着你龇牙咧嘴。

"你是第一次看到活着的真猴子！"他肯定地说。

整容师默认了他的结论。她的脑子里出现了一个荒唐古怪的问题：母猴子是不是和女人一样，每月来一次月经?

"动物园是最富有教育意义的地方，"猛兽管理员手扶着栏杆，那模样酷似栏杆内的动物，他冷漠地说，"人类需要向动物学习生活。你注意它们的脸，它们那深邃的、富有浪漫气息的眼睛……"

栏杆内的猴子们突然变得安静起来，它们艰难地立着，好像在谛听他的话。

"恩格斯说，'猴体解剖是人体解剖的一把钥匙'，"他说，"猴子的脸上，都有一个智慧的额头，我们自认为比它们高明，但你能猜到它们此刻在思想什么吗？"

它们一动不动，迅速地眨巴着眼皮，一片亮晶晶的眼睛里好像闪烁着泪水。整容师惊讶不止，悄悄地退后三步，这时候不但猴子们进入眼界，那手扶栏杆对着猴子们说教的猛兽管理员也进入眼界。他与猴子们打成一片，几乎不能分辨。你想：既然狮子和老虎交配生出的怪兽既像狮子又像老虎；那么，男人和母猴子交配会生出什么东西？类人猴？如果这种类人猴继承了人类的聪明才智，发扬了猴类的矫健敏捷，世界会不会改变模样？

这时，我们看到，躲在竹林里那个歹徒悄悄地钻出来。他个头不高，行动敏捷，从这团树影蹿入那团树影，从这块怪石背后闪到那块怪石背后，就像一只黑色的大鸟闪来闪去。

猛兽管理员说："我的兄弟姐妹们，欢乐过后是狂喜，流光眼泪淌鼻涕，明天晚上我再来探望你们。"

整容师看到那些猴子默默地离去，都好像心事重重地钻进猴山上阴暗的洞穴里去。他手拍栏杆尖利地嘶叫起来，这是一种奇怪的语言，整容师一句也听不懂。她看到猛兽管理员脸上泪水纷飞，脑袋有节奏地晃荡着。你又一次周身冰凉地想到：我与魔鬼打交道。

猴山上沉睡着的猴子们突然炸了群，躲在石缝里、石洞里的猴子也闻声蹿出，满山猴子欢笑着狂舞，几只身体庞大的老猴子用前掌响亮地拍打着臀部。

你深深地被感动了。你突然感到你与猴子之间建立了一种神秘而美好的联系。你特别渴望能钻进铁笼，跳上猴山，加入猴子们的舞蹈。你的眼睛昏暗蒙眬起来，这是短暂的，昏暗蒙眬中有一点灼目的鲜红出现，像晨雾弥漫波涛汹涌的海面上跃起来一点红日。它的确也如海上日出。鲜红的颜色柔韧但是强有力地扩大着它的地盘，随着地盘扩大，鲜红渐变为愈加辉煌的金红。这是一次心上日出，那一点鲜红渐渐照得辉煌无比的是你的心。你还认为那一点鲜红像一个简单的音符，鲜红扩张成辉煌的金红就如同简单音符发展成了壮丽的乐章。辉煌驱赶着冰凉，你全身灼热起来。你渴望肆无忌惮地嚎叫，渴望加入满脸是汗、眼睛里含着泪花的猴子们的狂热的舞蹈。狂热是狂喜的母亲，母亲是他的情妇。远古的太阳普照古老的大地，猴山上一片欢腾。手搭起罩眼远远地望，多年的游子返回了故乡。铁的栅栏变成了轻飘飘的藤萝，在猴子们的搀扶下，你蹦上了高山又跳下深涧，还依样画葫芦，手扯藤萝荡秋千。在剧烈的运动中，你吼叫着。你感到吼叫是一种真正的排泄。真正的排泄导致真正的狂喜；真正的排泄是真正的狂喜的母亲。继母亲之后，你又成了他的情妇。

这种狂喜的舞蹈持续发展着。我们看到那个身手不凡的歹徒已蹿到了猛兽馆旁的大黄檞树上，居高临下地俯视着卧在铁笼子里的那只威风堂堂的东北虎。处在他的位置上，能看到猴山上的热闹景象，至于猴子们的喧闹声，半个城市都能听到。

猛兽管理员退后三步，依然低唱着，两只冷眼看着猴子们和手扶栏杆、浑身扭动的特级整容大师。

后来他停了歌喉，筋疲力尽地坐在一块太湖石上，掏出两片阿斯匹林扔进嘴里。猴子们渐渐安静下来，一部分爬到山顶上去睡觉，一部分又过来，把着铁栏发呆。整容师瘫在地上。

她恍惚如从大梦中出来，一出门就碰上了这群直着眼看她的猴子。猴子们的目光果然深邃而又富有浪漫气息，它们向你传达一种遥远的信息，它正在深刻地注入你的身体。从另一角度体会，猴子们的思想汇聚成一个神圣的召唤，好像在天之父的声音。这声音酷似多年前那个声音，那时他召唤你把衣服一件件脱下来，现在他召唤你去拥抱猴子。

他居高临下地命令你：

"去拥抱猴子！"

你有些犹豫：如果母猴子像女人一样有月经，那么男猴子……拥抱的顺理成章的下文是亲嘴……

他在云端里执拗地命令你：

"去和猴子接吻！"

接吻的进一步发展就是性交。

他残忍地命令你：

"去和猴子性交！"

整容师的眼前铺开了一条倾斜着通往猴山之巅的金光大道，那里布置了富贵的婚床。你几乎就要向那里走了，你已经抬起来左脚，你们看那她已经抬起了左脚，这时你感觉到腹中一阵剧痛。起初你错以为岔了气，后来你错以为胃痛，最后才搞清楚：是你的子宫在剧痛。

这时候，卧在月光下沉睡的东北猛虎也听到居高临下的召唤：

"站起来！站起来。"

老虎站起来，伸展懒腰打呵欠。它绕着笼子大踏步行走，一个软绵绵的东西打在它的头上。它发现打中自己脑袋的竟是一块香喷喷的肉，便不客气地吃了下去。吃完了肉，它又要绕笼行走，刚刚迈出左前腿，就感到腹中一阵剧痛——这时整容师的腹中也剧痛——它咆哮着跳起来，剧痛撕扯着它，使它跌在地上。

猛兽管理员掏出两片阿斯匹林塞到整容师嘴里，嘱咐她嚼碎咽下去，疼痛即可缓解。她遵嘱嚼碎咽下去，疼痛果然缓解。

他的坚硬的小爪子拉着你柔软的手，你不敢放肆地走，仿佛子宫里潜伏着一只毛茸茸的、牙齿锋利的小兽，只要你大步行走，它就撕咬你的子宫壁。你感觉到被一只老猴子牵扯着行走。

"你不要败坏自己！"他的眼睛蓝晶晶的，十分可爱，他说，"现代科学能够做到：使受孕与性交分离。如果你愿意，就能成为一个震惊世界的母亲。"

你的子宫极端恐怖地痉挛着，那小兽在嗥叫。

"你知道不知道，我用狮的精子和虎的卵子创造了可爱的新物种，这是神的事业。人在欢呼神的创造。市日报在欢呼'狮虎'的诞生，电视台展览我的创造。你完全可能孕育出新世界的曙光。"他说。

"不，不……"你挣脱猛兽管理员的手说，"不，我不干。"

他宽容地笑了。这时你们正从鹿的牢笼旁经过，木栅栏内，高昂着长颈鹿的脖子，好像一株株瑰丽的大树。

"你们必被我手中的刀所杀！窗户内传出野兽鸣叫的声音……繁华的城市成为荒凉的废墟，只有猛兽居住其间……"他说，"神不允许人保守他的秘密，你和王副局长在白杨林子里做爱时，有一架照相机的眼睛死死地盯着你们。"

整容师呻吟一声，暂时忘掉子宫内的异常感觉。她感到难以言语的愤怒，举起手来想把它变成利爪去抓破猛兽管理员的脸，手却被猛兽管理员的坚硬小爪抓住。

"你不要恼怒，"他说，"我永远不会让你为难，让我们先去看看它们。"

你顺从地跟着他走，好像这就是你的命中注定的、无法逃脱的事。

为什么第二天傍晚又要去白杨林外徘徊？你想那也是命中注定。河水还如昨天一样平静地流淌，晚霞依然如火。

我难道是特意地等待他的到来吗？

"是的，你在等待着他到来。"猛兽管理员说着，"那是天鹅，一种淫乱的鸟。"他指着前边明亮如镜的湖水说。湖面上浮着几只白玉般的大鸟，良久不动，偶尔一动，水面就泛滥开一重重波纹，嚓嚓细响，好像碎玻璃的摩擦声。

老虎在地上抽搐着。它虽然看到一条黑影从黄檞树上飞下来，虽然知道大难临头，也奈何不得。它突然想起了崇山峻岭和参天古木，嗅到了深深埋葬在记忆里的森林中青苔和腐烂草木的亲切气味，虽然这是一只在笼子里出生在笼子里长大的东北虎。

你闻到水的腥味。回忆起了石榴花的亲切气味，他披着满身的晚霞从白杨树林里跳出来，好像一个剪径的强人。

"你等待的就是这。我认为你扑进了他怀里。"猛兽管理员用客观公允的口吻说，"他抱着你往树林子里走——为了寻找僻静的地方，你们走进了树林子中央——这是一段很长的路，你连一点挣扎的迹象也没有。"

我一见到他就晕了，昨天的耻辱和往日的耻辱无影无踪。他像个剪径的强人把我抱起来。

"你躺在他的怀抱里，好像一只温顺的小绵羊。"

我想到了他瘦如柴棒的妻子。我胜利了。大获全胜。我要和他干，干得魂飞天外，我希望她躲在树后，啃着树皮看着我和她的丈夫干。

"他剥你的衣服时，你甚至是配合着他。你那天连裤衩都没穿。你们在草地上翻滚。你的屁股刚开始还放在当日的报纸上，那上边有一条快讯。快讯向全市人民报告：劳动局副局长奋不顾身抢救落水女青年。你用一种分泌物把快讯濡湿啦。"

似乎一开始就是高潮。我听到了远处的猛兽在嚎叫。拐过弯就到了猛兽馆。他说我们先去看一下用你的老情人的脂肪调制成的高级饲料。我们看到他用一根铁棍轻巧地撬开了铁笼门上的挂锁。我们猜想到中毒垂死的老虎的悲痛、愤怒和恐惧。他一进入我就嚎叫起来，嘴唇堵住了我的嚎叫，他咬我……可以肯定他那时没镶金牙……

"你们发出的声音很难听，做爱是个浪漫的、美丽的字眼，但做爱的动作和声音是丑陋的。我的照相机记录了你们的几十个动作——这使我大开眼界——我明白了你们的关系。"

我要他的全部，他退缩了，他像一条死狗。这是令人反感的。当时流行的话是：任何反动派都是纸老虎。

老虎只有残喘了。他用铁棍捅它。它毫无反应。我们猜想到老虎的痛苦。这是一个剥皮技术异常熟练的人，不是屠夫，绝对干不出如此麻利的好活。

已经闻到了猛兽馆的血腥味，猛兽管理员打开了孤零零地矗立的铁笼边的白色小屋，拉着手拖进去整容师。他拉开了电灯，月光从房屋的缝隙中退却，满室通亮，如同白昼。他关切地问整容师：

"你很不舒服吗？"

整容师回答："不，我很舒服。"

"你们俩绝对是久经训练，否则绝对干不出如此精彩的好活！太刺激啦，我的照相机滑溜溜的，它也在流汗。"

他躺着像一条死狗。我希望的不是死狗，不是纸老虎；我希望的是真老虎，能够吞掉我的猛虎。于是我折磨他。他笑嘻嘻地问我：

"你舒服么？"

我说："不，我不舒服。"

猛兽管理员指着立在地上的高腰胶鞋、挂在架上的白大褂说：你们"美丽世界"有工作服，我们也有。我们穿上工作服时都像圣洁的天使。每天早晨，我穿着胶鞋，披上白大褂，走进这里——他推开一扇小门——为猛兽们准备早饭。即便全民食素，我们这里也是吃肉。他拉开一个冰柜，整容师看到红色的牛肉，白色的猪肉，光腚的鸡兔。我们有时也搞些活鸡活兔，扔进铁笼，供猛兽们捕食。否则它们就退化成家畜了。几十年来，我天天有肉吃。这叫做"因祸得福"。他打开一个壁橱，指着电炉、铁锅之类炊具和酒瓶、盐罐、五香粉之类调料说：国家主席吃白菜，我照样吃肉。

是的，我不舒服。我折磨着他的肉说。他的血使我发了疯，我说了几百句最下流的话挑逗他。我还往他脸上撒尿。

"我原来想女人的嘴巴只能唱歌。"

我把尿撒到他脸上，他发了疯。

"无论你说什么，男人的脸也不是尿罐。"

"尽管照相机大汗淋漓，但我还是让它记录下了你的尿落在他脸上的惊人现象。"

猛兽管理员指着墙上的几十张照片说：这就是它们。这只老虎叫安安，东北虎，雄性，一九五九年生，一九六四年因患心肺综合症病故，它的尸体制成了标本，现存放在东北大学动物标本室。它的骨头大部分被剔掉了……这只小虎叫屯屯，是安安的儿子……那一位是它的姐姐，名叫丹娘——一个女英雄的名字，你知道吗？它现在当了祖母，在铁川市动物园颐养天年……那头雄狮是非洲赠送的，旁边是它的儿子……这就是我们的两只宝贝！左边这只叫元元，右边那只叫方方。那只东北虎是它们的妈叫康康，那只刚果狮子是它们的爸爸，这是它们刚出生时的留影……我有它们的相册……我希望你认真地看三遍。你可以看到市报上发表过的那帧照片，那是它们的满月留影……到了这里，你可以看到一个惊人的变化：它们的毛色突然光泽耀眼了，它们的神情一扫过去的萎靡温驯变成桀骜不驯，逐渐具有了真正猛兽的英武风度……想知道这变化的原因吗？这要从你我签订合同时开始。你的下脚料发挥了巨大作用！在铁笼子里养出真正的猛兽，我要感谢你。你我有不解之缘，你难道认不出我是谁吗？你真的认不出我是谁吗？请注意这几张晚近的照片！它们的目光已经咄咄逼人，看到它们的照片你就应该发抖！孩子们已经不敢在它们的牢笼面前逗留了。在这样的猛兽面前，人类都显得软弱胆怯。这个变化完全得力于你提供的那三袋下脚料！三袋白脂肪，三袋白金子……

整容师发现，那两只怪兽用眼睛斜视着自己。一只虎头狮身。狮头虎身另一只。与梦中的怪兽完全一样，又是一次命运般的景象再现。过去是再现历史，这一次竟像预感未来。恐怖的手把相册合上了。你永远也不想再翻看这本相册。

你到底是谁？

我是爱你的仇人；也是恨你的朋友。

整容师看了一眼还算干净的地板，带着重重的哭腔说：

"你如果要我躺下，我是不会拒绝的。"

猛兽管理员仿佛被这句话感动了，他说：

"我这辈子再也不会和人类中的雌性做爱了。因为她会使我的猛兽们患胃肠病！"

"怕我往你脸上撒尿？"整容师恶毒地笑着说。

"你往男人脸上撒尿的照片我还保留着。"猛兽管理员用下巴指指一本发黄的相册，遗憾地说，"可惜那时没有彩色胶卷。"

“我明白啦。”

“你可以把它拿走，就算我儿子送给你的礼物。”

整容师用手指按着相册的绸子封面，笑容渐渐上了脸。

歹徒已经把老虎皮剥下来，如果不是为了让虎头上的皮和虎尾不受损伤，他早就完了事。现在，我们目送着他，看他因为背着虎皮显得笨拙了的黑色身影，消融在云团般的灌木丛中。

夜色深沉。郊区的公鸡已叫到第二遍。

七

……那人跪倒在地，昂起瘦头，雪白的脸上有两点黑是他的眼，胡子从石灰缝里钻出来，胡子上方的洞，我们认为是他的嘴巴。

“张老师……玉蝉嫂子……帮我想想办法吧……”

“啊咦！方老师，你不是死了吧？”整容师惊讶地问，“我不是把你放到冰柜里了吗？”

张赤球躲在墙角上，舌头发硬，嘴唇发白，下意识地重复着整容师的话：

“啊咦！方老师，你不是死了吗？”

你看到他不好意思地把身体往后缩着，一直缩到门框上，满身的石灰掩盖不住寒酸，惶惶不安的神情从石灰里透出来，忽然间，那被人们称为眼睛的器官里滚出了两串泪，在石灰的对比下，眼泪显得焦黄。整容师叹息不已。死人也受不得委屈，死人受了委屈照样流泪。

"方老师，昨天上午本来该给你整容的，但不凑巧，王副市长的尸体运来啦，这你都知道。市委领导亲自给我下命令——只好把你存在冰柜里——真对不起，咱是老邻居，请你原谅……"

"张嫂子，"死人连连摇摆着沾满石灰和泥巴的手，说，"我不是那意思，不是那意思……"

整容师心里泛滥起一股细小的不愉快情绪，连日连夜的奇异遭遇和繁重劳动折磨得头皮覆盖着的部位比较混乱，本想清晨晚起，又撞上这死鬼！她想：俗话说"远亲不如近邻，三世修成对门"，俗话说，"得饶人处且饶人"，俗话说，"与人方便，自己方便"，俗话说，"良言一句三冬暖，恶语伤人六月寒"……

一大串金子般的俗语涌上她的心头，于是她和颜悦色地说：

"方老师，你别着急，且听玉蝉慢慢对你说。俗话说，'吃面还要论个先来后到'，何况整容这样一辈子一回的大事。你比王副市长早到，论理应该先给你拾掇，但为什么不先给你拾掇反而先给他拾掇呢？这甭我说你也该明白！"

他说："我明白、我明白。早拾掇晚拾掇一样，我一个穷中学教师，杀了我我也没有胆量去跟王副市长争先后，何况他还是我的救命恩人，市日报上报道过的。在汽车上校长就对我说，让您为我整容，是破了格，大概因为昨天是教师节。"

"前天是教师节！"一直躲在墙角上打哆嗦的张赤球插嘴说，"原说是要为你开追悼会的——哎哟，你是死人！"

"死人有什么可怕？"整容师斥责着丈夫，欧阳山本博士说："生和死之间并没有明确的界限。看起来你活着，也许早就死了；大家都认为他死了，也许他又活了。你紧张什么？"

张赤球的恐惧有所缓解，我们看到他脸上的肌肉开始松弛，嘴巴里也不流口水啦。

"方老师，您回去吧，今日一上班我先拾掇你。"整容师说，"要不你先回去看看屠小英和孩子们？整了容可就捞不到机会啦。"

"不，不……"方富贵简直是在哀鸣，"我不能见她……她怕我……"

"这是完全正常的，"你说，"中国有句俗话，叫作：'人死如虎，虎死如羊。'"

"我之所以怕你，就是这个道理。"张赤球从墙角上走过来，他的语调莫名其妙地高亢起来，好像语调里渗进了活人对死人的蔑视。

"你搬个椅子请方老师坐么！"整容师对张赤球说。

"不需要，不需要。"方富贵摆着手说，"我满身脏石灰，连我自己都能闻到身上散发着死人的臭气。"

张赤球瞥了一眼李玉蝉，说：

"老方，你客气什么！咱俩在一个办公室里坐了十几年，谁还嫌谁过？"

"我在冰柜里沾了一身尸臭……"

"我们家的墙壁上都有这种气味。"张赤球把那把自己坐着批阅模拟试卷的椅子拉过来，请方富贵就座。

他的屁股小心翼翼地搁在椅子角上。他看到张赤球去捅开炉子煮稀饭。他看到李玉蝉端着瘫痪病人的屎尿盆子去遥远的厕所倒屎尿。他听到墙洞里叽哩呱啦背书的声音。他听到隔壁一个女人在低声哭泣。他听到哭泣声心里很难过。为了解除心中的痛苦,他起身——小心翼翼地走,防止开始干结裂缝的石灰从身上掉下来给人家添麻烦以免讨人嫌——走到那张小桌边,抽出了一张模拟考试的卷子。王东红——圆圆的脸,细长的眼睛……一个不漂亮的女孩子……市中学生物理竞赛第二名……

月球上的重力加速度是地球的六分之一,一根红绳在地球上最多能挂两千克物体,在月球上用这条红绳最多可悬挂质量是____克的物体?用这条红绳在月球上沿水平方向拖拉质量为两千克的物体所能达到的最大加速度是(不计摩擦)____。

这道简单的填空题,王东红竟然没填上!怎么搞的,像这样学下去,别说是考大学,连中专都没门!物理教师不由得愤怒起来,好像那个王东红就在自己的面前。但他立刻想到,自己已是死去的人,死人是没有权利愤怒的……你又摸起了一张试卷……看着试卷,眼泪咕嘟咕嘟涌出来。涌出来的眼泪在脸上流,把石灰结成的脸壳冲出了一条条小沟。你忍不住呜咽起来。

张赤球拍拍你的肩膀,同情地说:

"老方,你已经死了,就不要为这些活人的事操心啦。"

方富贵晃晃脑袋,把眼里的泪水甩到两边。他说:"老张,我觉得还是活着好。"

"都一样,快别折腾啦。你死了,你那两个班的课我顶啦。你死了逃脱了,活着的还要继续遭罪。赶明儿我非辞职做买卖去,要不就像你一样,一头扎到讲台上,死了算啦。"

整容师倒完屎尿回来,听到方富贵喊叫:

"我没死!是校长不让我活!我还不到五十岁!我还有老婆孩子。学校正在盖宿舍,我要住住新房子!我这辈子还没吃够过猪肝!

还没喝过一滴茅台酒！还没吃过一次海参！"

他坐在椅子上，撇撇嘴，但是没有泪，于是就干干巴巴地笑。几片干了的石灰被笑下来，露出似黄又绿的脸皮。他慌忙把那几片石灰捡起来，用手捧着，嘴里轻轻地说："对不起……对不起……"

整容师宽容地说："哎，真是可怜，你们这些教书匠。可是谁又不可怜呢？"

你忽然也悲哀起来，扔下屎盆子，扑到床上就哭。

方富贵说："嫂子，别难受了，都是我不好，活着打扰你们不算，死了还给你们添麻烦。不过就这一次啦，嫂子，俗话说：'帮人帮到底，送人送到家'，我从'美丽世界'跑出来，回不去了，趁着天刚亮，街上人少，你把我送回去吧——你有那门上的钥匙。"

她爬起来，擦干眼，说：

"老方，你们男人还好，不知道一个女人多难。"

——如果屠小英这时不哭泣，整容师趁着清晨人少，把方富贵送回殡仪馆，白天给他洗洗脸，刮刮胡子，涂上点颜色，让有关领导和家属看看，推到大炉子里烧一烧—— 一部分成了灰装进匣子，一部分变成烟爬上烟囱升入太空——重新加入无穷的物质循环——如果屠小英不哭泣，一切就结束了——如果屠小英哭泣但哭泣声不穿透墙壁传过来——如果屠小英的哭泣声穿透墙壁传过来但不传入方富贵的耳朵，一切就结束了。

屠小英及时的哭泣声穿透了墙壁传入方富贵没被石灰堵严实的耳朵，我们看到叙述者脖子上拴着无法逃脱的绳索吃着粉笔继续叙述，我们注视着故事的发展。叙述者脖子上带着绳索蹲在铁笼中的横杆上，他不停地哮喘着，咳嗽着。

你们不知道我的难处……

"你们不知道女人的难处……"整容师说。

钢精锅里的水在唱歌，屠小英在痛哭。

"我知道……"方富贵抱着脑袋说，"她在哭，她一辈子没住上新屋……"她没喝过一滴茅台酒！她没吃够过猪肝！她没吃过一次海参！她一直想吃一次牛肉馅的饺子……我不能死……不能死……我要让她喝醉一次茅台酒！让她吃一副猪肝！！让她吃一斤海参！！！让她吃一盆牛肉馅饺子！！！！还有新屋！！！！！"

他几乎在喊叫。吓得张赤球够呛。

他精疲力竭地说：

"我要去找校长，告诉他我没死，我要努力工作，争取加工资，争取评上特级教师，让她……"

整容师叹着气，去盛了一碗滚烫的稀饭，端给方富贵，说：

"老方，你一定饿了，吃点东西再说。"

方富贵端着饭碗的情况很复杂。

"你说你死了也罢，没死也罢，本来死了又活了也罢，本来就活着没死也罢，"她说，"这是你的事。但市里认为你死了，殡仪馆里认为你死了，学校里认为你死了，屠小英和方龙方虎认为你死了，所以你活不了啦。"

"不，我这就去学校……"

"你千万别去，"张赤球也说，"你一去，学校就会大乱，学生们的学习会受影响。现在，学校正在要同学们化悲痛为力量，以高分数安慰你的亡灵。校长说同学们，多考上一个大学生就等于多为方老师献了一个花圈，一个最美丽的花圈。学校里正在利用您的死做文章：借您的死向社会呼吁，借此改善活教师的生活……"

"你要是不死又活了，不知要有多少人受苦受难……"她说。

"你要是又活了不死，教师们的房子又要成为泡影。"张赤球说。

屠小英的哭声请注意。

方老师面临着生死选择。

据说，有人请教大物理学家爱因斯坦相对论是怎么回事——你对我们说——爱因斯坦解释道：如果您在火车站等火车，两个小时显得很长很长；如果您跟心爱的姑娘在一起，两个小时就显得很短很短。

根据爱因斯坦的原理，我们这个早晨是漫长的。

在这个漫长痛苦的早晨里，整容师想起了猛兽管理员讲过的一个故事：很久以前，有一个海上遇难的人漂流到一座荒岛上。岛子很大，上边生满了树林，林子里有毒蛇猛兽。这个人正在发愁，突然来了一只身材高大的母猴子。她围绕着他转了三圈，这个人万念俱灰，也不怎么害怕，就问：你要吃掉我吗？请吃吧！那母猴子摇摇头，扛起他就走。这男人也不反抗，由着她走。她把男人扛到一个很大的山洞里，山洞里铺着干草，插着野花，很舒服。男人累了，倒头便睡。不知睡了多久，醒来一看，那母猴子正眼巴巴地望着自己。男人说：你要吃我吗？请吃吧。她摇摇头，从洞外抱回一大堆新鲜的野果来，有野梨子，有山葡萄，有红酸枣，有黄香蕉……她用眼睛和动作告诉男人：我不吃你，我怎么舍得吃你呢？我要你吃我为你采集的甜美果实。男人饿急了，顾不了许多，甜酸苦辣吃了一饱。正当他口有点渴时，她用一扇大贝壳端来淡水。一定是山泉，甜得像糖水一样。白天，母猴子打食去了，男人想出洞，发现洞口堵上了一块大石，推推纹丝不动，心想这老猴子力气非凡。猛兽管理员说：简捷说，从此之后，母猴子打食供养男人，夜里则与他同住一洞。天长日久，母猴子怀孕了，不久生下来一个又白又胖的男婴，母猴子生了孩子也不休息，照样上山打食。自从有了孩子之后，母猴放松了对男人的监视，白天也不用巨石堵洞了。男人抱着孩子，漫山遍野地游玩，倒也快活自在。话说这一天，母猴子打食去了，男孩睡了觉，男人便出去游玩。忽然，一条小船靠了滩，男人一见，猛然惊醒，回到人世的机会来了。他跑上前去对驾船的老大说了原委，船老大是个善心人，答应立即带他走。男人潜回洞，抱起沉睡的儿子，跑向滩头上了船。这时，男孩大哭起来。男人催促船老大赶快开船。这时，就听到岛上传来一阵瘆人的叫声。只见那母猴子飞一般地奔向滩头。男孩对着母猴子伸出了胳膊。男人催促船老大赶快开船。小船缓缓移动。说时迟那时快，母猴子伸出巨臂，一把拉住船尾。男人紧抱着男孩不松手，男孩伸着胳膊，嘴里断断续续地叫着：Ma——Ma——Ma——母猴子双眼盯着男人，那意思是说：你好狠心！几年来我上山端水喂你，入林采果养你，你病了我采来草药治你，你拉了屎我用手给你捧出去，我把处女的贞操献给了你，我为你生了大胖小子，可是你……负心的郎啊！苦哇……

> 想当初你只身流落在这荒岛
>
> 遍体鳞伤饥寒交迫性命难保
>
> 奴可怜你美男儿不忍加害
>
> 抱你回我家中精心照料
>
> 奴为你攀藤上树采来鲜果
>
> 奴为你贡献了处女珍宝
>
> 千般温柔呀万样的风流任你轻薄
>
> 你也曾枕前发尽千般愿
>
> 你说哪怕海枯石头烂白日参辰现也与我相

伴相爱在这世外桃源

又谁知枕上唾沫尚未干

誓言犹在耳畔回旋

你你你……你就要偷走我儿、抛弃奴家、做一个

没良心的贼子、忘恩负义的禽兽私奔回了人间

我问你人间又有什么好

使你狠心将奴来弃抛

你不见寺无僧狐狸弄瓦

你不见官无能乌鼠当衙

森林大火冲天起

江湖污染无鱼虾

要走你就自己走

留下我儿伴奴度残生

啊……苦哇……

　　猛兽管理员一曲唱罢，早已是泪水满面，在月光下闪烁。猛兽在月下喘息，凤尾萧萧，一片凄凉之声。

　　"后来呢？"整容师焦灼地问。

　　猛兽管理员抬起袖子揩了揩脸上的泪，嗓子因为高声歌唱而嘶哑——尽管嘶哑但依然高亢——就像川剧里的破锣声一样富有感染力——他说："母猴子这一番悲愤交加的歌唱，使那男人进退两难。"

　　母猴子说："算我瞎了眼，没看清你的真面貌。事到如今，你要走就走吧，俗话说，'强扭的瓜不甜'，'捆绑不成夫妻'，我只求你把我的孩子留下。"

男孩看着母猴子的乳房，贪婪地叫着：Ma——Ma——Ma——

男人说：不行，我舍不得孩子。

母猴说：你舍不得难道我就舍得了吗？俗话说："儿行千里母担忧！"

男人说：为了孩子的前途你放开手，让我们走。

猴子说：不行，你带我一起走，孩子需要我。

男人说：万万使不得！让人们看到我和畜生交合？啊，万万使不得。

船老大踢过一把斧头来，说：

"客官，你还是下船吧。"

男人万般无奈，一手夹住孩子，一手抡起斧头，把母猴子拉住船头的手剁掉了。鲜血迸流，庞大的猴爪落在舱里。母猴子惨叫一声，缩回臂去。

小船乘机离滩，驶向大陆。

后来，那男子抱着儿子回到故乡，心中愧疚，发誓不再娶。抚养儿子至五岁，即请老师教育。这孩子聪明异常，过目成诵，举一反三，不及弱冠，即由秀才而举人，由举人而进士，殿试之后，钦点为一甲一名，赫赫状元。回到故乡，自然热闹非凡。他说简捷说。状元问父要母。起初父推辞再三，后被追逼无奈，即告之实情。状元雇船渡海，寻到那荒岛山洞，见一具枯骨，缺一爪。状元大哭，磕头祭奠。祭奠毕，头撞石壁而死……

在这漫长的早晨里，方富贵面临着的选择如同那抱着儿子提着斧头立在船头的男人，那抱着一只猴爪、面对母亲尸骨的状元公一样，同属于逻辑学上的两难范畴。两全其美是不可能的，也就是所谓"鱼与熊掌，不可兼得"。

你不能不珍视母猴与孩子之间的神圣感情，但你与孩子之间的感情同样是神圣的。照顾感情就要背离道德。为了保全声名又不丢掉儿子就必须砍断猴子的前爪。具体的思想斗争要比这复杂多倍。

她是你的母亲但她是一只母猴子。状元公苦苦寻找母亲最终得到一只母猴子。当状元是幸福的中状元后的前途是光明的，但猴子生的状元会被舆论容忍吗？父亲砍断母亲的手是残忍的，但父亲不砍断母猴子的手又怎么办呢？作为一个状元活着是荣耀的，但作为一个人猴交合的产物活着又是极度的耻辱。找不到母亲是痛苦的，一旦找到母亲只能撞死——思想斗争要比这复杂万倍。

你要死去，但舍不得妻子儿女，忘不了美酒佳肴；你要活着，就要伤害校长，伤害同行。死不了，活不成，你捧着饭碗发呆。

张赤球目光直直地盯着方富贵的脸，说：

"我有一个万全之策，供你参考。"

在这漫长的早晨里，他们达成一个君子协定：

（1）由整容师将方富贵的原本就与张赤球的面貌有几分相似的脸稍加改造变成张赤球的面貌，回第八中学任教。

（2）张赤球保持原貌，外出经商赚钱。

（3）方富贵顶替张赤球挣来的工资和张赤球经商赚到的钱要合在一起，然后再一分为二，用来供给两家的生活。

（4）在厨房里为方富贵安一张床。方富贵享有继续与屠小英同居的自由。

当协议完毕时，墙洞里传出了这样的声音：

"beef, beef broth, steak."

——那是张家的孩子一边朗读英语一边精神会餐。

第五部

一

　　故事里说那男人抡起利斧，把母猴子的一只爪子砍断；爪子跌在船舱里，其景惨不忍睹。需要补充一点：当那只紧紧抓住船舷的巨大猴爪被砍断后，母猴子在滩上凄厉啼叫，男人的眼里流出了泪水。不管怎样，你毕竟与她同居了数年，她毕竟为你生产了一个必将出类拔萃的儿子。船儿张着满帆驶向大陆，猴子的啼哭被浪涛的澎湃声淹没，小岛也消逝在连天浪涌之中，但那只痉挛的爪子却依然在舱里痉挛着。船老大说：客官，你把那东西扔到海里去吧。海里有一群鲨鱼尾随着小船。他说：不，不！他脱下一件破衣服，把猴爪包裹起来，带回了家乡。十几年后，儿子考中了状元，苦逼他说出母亲下落，他捧出了一个包扎着红绸带的黄缎裱糊的木盒子，盒子里盛着一只干枯的猴爪。状元公捧着这只盒子到大海中的荒岛上去寻找母亲。在状元公自杀之前，他的父亲早已自缢身死。在这个故事里，死，成了圆满的手段和象征。

　　补充第二：在达成改换容貌的协议之前，李玉蝉盛了一碗大米稀饭递给了方富贵。他用颤抖的双手接过碗，米汤的香味猛然扑进他的鼻子，连日来滴水粒米不进，乍闻这人间饭食味道，他顿时陷入饥渴之海，死活问题弃置脑后，当务之急是喝粥。你狼吞虎咽的凶相给整容师和她的丈夫留下了深刻的印象。稀饭是灼热的，你的嘴巴被烫去了一层皮。第一口稀饭咽下肚，你的胃奇疼难捱。汗水滚滚从发际流下，脸上的石灰一片片掉下来，有的掉在碗里被你喝进肚子，有的掉在地上后被李玉蝉用笤帚扫出去。

补充第三：建立在"相对论"的基础上，爱因斯坦认为，时间不是一维的，它可以前进也可以倒退，可以挤短也就可以拉长——他端着饭碗，哧溜哧溜地喝着稀饭，稀饭真稀，几粒米几片菜叶，菜汤里映照出一个十七八岁的清癯少年脸。那个被解放军从炮火中抢出来的孩子已经成为高中生。虽然吃不饱穿不暖，但精神是饱满愉快的。他喝着稀饭，眼前浮现着一个苏联姑娘丰满的面容。她的头发是亚麻色的，脖子光洁挺拔，丰满的乳房一定沉甸甸的——这个白日梦后来竟奇迹般地应了验。人过三十还变化，屠小英的头发渐渐变成了亚麻色，屠小英的黑脖子变得光洁挺拔，屠小英的小乳房发育成了俄国式的、沉甸甸的大乳房。一个能够根据丈夫心中偶像的容貌和体态而改变自己容貌和体态的妻子无疑是值得眷恋的，所以，当隔墙传来屠小英的哭声时，活下去的欲望便占了上风。

补充第四是：墙壁上贴着一张发黄的市日报，报上登载着欧阳山本博士再论生死转化问题的文章和两则奇闻。一则是说中国某省一男子与一女人结婚，其妻生子后，他身上忽然出现了女性特征。经医生检查，发现该人具有男女两套生殖器官。简单手术后，该人与前妻离婚，嫁给了一位中年男子，竟然又怀孕生了一女。该人是一个男孩的亲生父亲，又是一个女孩的亲生母亲。另一则奇闻是说美国好些男子千方百计想变成女子，经简单手术后，果然就变成了体态婀娜的女子（附有两帧照片，手术前满脸胡须，喉结突出；手术后面容姣好，乳房丰满，喉结消失）。

补充第五是：整容师研究了方富贵与张赤球的脸型，发现两人面部轮廓都是高颧骨尖下巴，眼上都戴一副大眼镜。不同的是：方是单眼皮，张是双眼皮；张鼻梁上有一道伤疤，方鼻梁上无伤疤。整容师愉快地说：把单眼皮改成双眼皮比把双眼皮改成单眼皮不知要容易多少倍；在鼻梁上添一道伤疤比消除鼻梁上一条伤疤不知要容易多少倍。经过分析，改方为张的手术是小手术，比切除发炎的盲肠还简单，没必要再去殡仪馆，在家里进行即可。

补充第六是：为了创造更多的同一性，整容师在早饭之后上班之前为张、方二人刮了光头，并为方洗了澡。洗澡时方有些害臊，整容师半真半假地说：很快你就要变成我的丈夫，羞羞答答干什么？

补充第七是：整容师去商店买了两套绿色的制服。售货员问：如果你是老太婆，我会认为你是为你的双胞胎儿子买生日礼物。整容师说：很对。

补充第八是：整容师上班后把修理好的王副市长交给有关人员。他们往吊唁大厅里搬运王副市长时，她叮嘱他们小心在意，轻抬轻放，以免损坏。

补充第九是：第八中学来电话催殡仪馆，希望尽快把方老师整理好，他们要组织学生来与遗体告别。

补充第十是：晚上，殡仪馆那位与李玉蝉在整容床上做过爱的馆长通知李玉蝉：李大姐，今晚上加个班把第八中学那个穷酸拾掇拾掇，他们明天要组织学生吊唁。整容师当场就蒙了。想我了吗？副馆长轻轻地问。这一问整容师没听到，因为她利用中午回家吃饭的时间，已把方富贵的容貌改变成了张赤球的容貌。恨我了吗？副馆长轻轻地问，这一问她还没听到。原因同上。

二

改换容貌的手术在厨房里进行。漫长的午休是手术的时间。清扫厨房，安一张简易床是手术前的准备。大球小球中午在他们各自的学校就餐。张赤球帮助干了一些粗活后匆匆赶回八中值班，整容手术不需要助手——他本来想请假回家帮忙的，整容师说不需要，她说她习惯于独立工作。

厨房里一切准备就绪，为了阻止蜡美人口出恶声影响手术，整容师往她嘴里塞了三片冬眠灵——片刻工夫，蜡美人的洞穴里便传出了沉重的鼾声。

整容师把你唤进厨房，你看到她从一个酱红色手提包里掏出一个白色搪瓷托盘，摆在剁肉的案板上；掏出一瓶子浅蓝色的酒精，拔开胶皮塞子，把酒精倒进托盘，酒精在托盘里变成淡淡的豆绿色；掏出一把雪白的器械，有剪刀、镊子、钳子、大针、小针……通通放在瓷盘里，浸在酒精里，器械在酒精里变成宝蓝色，只有一件器械放出金色的光芒——它是一柄状如柳叶的刀子，躺在托盘里浸在酒精里也能看出它的异常锋利。你认为整容师那个酱红色的手提包是个万宝囊，从那里边掏出一盘子熘肝尖你也不会十分惊讶。她从酱红色手提包里又掏出了胶布、纱布、药棉、羊肠线、透明胶纸、药膏、药粉、注射器……最后，她到厨房外边去脱掉了身上所有的遮掩物。她并不想掩饰什么。她并不把你当成一个活人。她从容不迫、有条不紊地先脱大件后脱小件，一直脱得一丝不挂。你也不动声色地看完了她身体的各个部位,你冷静地观察着她,看到她唇上绿油油的小胡子,你忘记了屠小英欧洲风味的大嘴肥唇;看到她暗红色的、微微上翘的乳头你忘记了屠小英的沉甸甸的俄式乳房……正所谓有比较才能有鉴别。这叫作:孩子看着自家的好,老婆看着别人的好——在一般的范围内。

她脱光了衣服后,走进厨房来,从酱红色手提包里掏出一件洁白的大褂。抖开大褂时你闻到一股清爽新鲜、愉悦神经的肥皂味儿。弯腰从酱红色手提包里往外摸大褂时,她的臀部不可避免地翘起来——所有的短跑运动员伏在起跑线上静候发令员的枪声时都是这样翘着屁股——好像随时都要向前飞跑——也不可避免地使她的某几部分远离了你,而这一部分靠近了你——这简直可以套上物理学上伟大的守恒定律——得到多少就要付出多少——脑袋离你远了,屁股则靠你近了;反过来也一样。

奇怪的是,当她直立在你面前时,你几乎是冷静的,但当她打破了这平衡,摆出一副离弦之箭的架势时——尽管时间只有一分钟——你的冷静随即土崩瓦解。整容师臀部的辉煌光彩更坚定了你不惜一切代价争取活着的信念。那辉煌的光彩代表了活在人世的美丽趣味。

她拿着白大褂时曾经对你嫣然一笑,笑容沉重地打在你的脸上,使你感到无地自容。脸皮充血,使被石灰腐蚀过的皮肤疼痛起来。

最后,她又从酱红色手提包里掏出一副薄如苍蝇翅膀的透明乳胶手套,唧啦唧啦套上手。她脚上趿拉着两只古老的绣花缎子鞋,绣花图案:凤凰戏牡丹。左右一致。她用左手抚平右手上的手套皱纹;用右手抚平左手上的手套皱纹。一切准备就绪。她婀娜多姿站在你面前,面带微笑。这一瞬间也是漫长的。你想起了京戏演员的亮相和一幅推销痔疮栓剂的白色广告。科学被特异功能逼到墙角上,便举起了一面盾牌,盾牌上有一个篆书大字:场。

她的"场"强烈地干扰着你的"场"，使你的"场"发生混乱。你产生了强烈的腹泻感。

想当年，物理教师的母亲被战争吓破了胆，一听到枪炮声就腹泻。

"你紧张吗？"整容师微笑着问，"不要怕，相信我，为活人整容和为死人整容并无本质上的区别，区别在前者需要消毒无菌；后者需要涂脂抹粉。相信我的手艺。"

她高高地举起两只手（只差两支"化痔灵"），微笑着说，"请相信我的手。"

你感到"场"秩序正在恢复正常，她的微笑，确实起到了某种掺杂清凉药物的栓剂的作用。

"你去一下厕所。"她含蓄地说。

现在，她用一个浅蓝色的大口罩蒙住了嘴巴。她拿过一面镜子来。她说：

"照照吧，他马上就要变成另外的模样，尽管我会使你变得更美好，但俗话说，'生处不嫌地面苦'，'儿不嫌母丑，狗不嫌家贫'，'敝帚自珍'，还是请你看他最后一眼。"

物理教师对整容师充满好感，便愉快地顺从她的吩咐：让去厕所就去厕所，让照镜子就照镜子。

你在镜里看到了细长的眼睛；你恨那臃肿下垂的上眼皮。你看到了光洁挺拔的鼻子。你对鼻子充满仇恨，盼望着她在上边拉一条口子。你端详着镜子里那张被生石灰腐蚀得焕发着菜黄色的脸，就像刚刚脱壳的金蝉打量着留在草茎上的蝉蜕。

就在你端着镜子打量着镜子里的脸时，两只闪闪发光的眼睛压在菜黄色的脸皮上——她在你的头后俯下身来。一股奇异的香味从她的头发里散发出来。你沉醉在这股令人胆战心惊的香味里，每个细胞都在跳跃。她的乱蓬蓬的头发几乎触到你的颈子上，很快——也许是你刚被剃光毛发，十分敏感的头皮自己靠拢上去——她的一绺沉甸甸头发垂在了你的头皮上。比感受到自己的头发存在更要深刻、更要微妙地感受她的头发的存在。你的头皮敏感而多情，被她的头发按摩放射静电，这是物理学！毛细血管膨胀，头皮充血，一切欢乐与狂喜都是充血的伴生物或伴生着充血。你简直想哭。

她说——声音从蓝色口罩里穿出来，使声音重浊，显得更加深厚，"尽管这张脸并不怎么样，说实话我也不喜欢它，但要扔掉它，还是要慎重，请你三思，俗话说，'遇事要三思，过后赚便宜'。"

你说："我不后悔。"

镜子里她的眼闪烁着，把背景上你的脸照得一片昏暗。

她示意你放下镜子，你放下镜子。她让你躺到那块刚支起来的铺板上，你躺到铺板上。铺板嘎嘎吱吱地响着。不要怕，不响的床是不存在的，不要怕，这床足可承担两个人的重量。

"请闭上你的眼睛，"她说，你看了一眼她的脖子，"为了减轻你的痛苦，"她脖子上有两道很深的皱纹，"我给你注射一点麻醉药。"这两道皱纹唤起你几分凄凉感，"你可能怀疑我的注射技术，请打消顾虑，"她举着一支装着无色透明药液的针管，单手操纵，让十几滴药液从朝天的银针尖上涌出，"我到医学院学习过，当然是冒充医生——高级的外科医生。"她用镊子夹着一个饱含酒精的幽蓝的棉球，"人脸就是一块泥，要捏成什么样就捏成什么样，愿意看我？以后会让你看个够，"一滴酒精冰凉地落在你的鼻尖上，你倒吸了一口凉气，"请你闭上眼睛吧！"你顺从地闭上了眼睛。

你感到自己如同含着母亲的乳头即将入睡的幸福婴儿。沉睡多年的记忆蒙蒙眬眬地在头脑深处窃窃私语着。

酒精的浓烈气味使你不愉快，但酒精在脸皮上制造的凉意却使你产生一种冒险后的冰凉的喜悦——冒险与性有着密切的联系，据说第一次跳伞的男人往往伴有不自觉的射精现象，你喋喋不休地对我们说着。

"不要怕，不要怕……"她的声音来自高空，朦胧而神秘，具有催眠效果，"不要怕……"你的嘴唇不自觉地翕动着，你的声带不自觉地轻微颤动着，你不自觉地发出呜呜呀呀的鸣叫声——这是含着奶头的婴儿发出的声音。

突然，一下尖锐的刺激斩断了甜蜜的朦胧，无数根有尖嘴的虫子在你皮肉之间钻动，麻醉开始了。

"痛吗……"她问。

你不吱声，因为你的脸麻木了。你的脑子感觉到你的脸已经轻飘飘地离你而去。

"好啦！"她说，手术已经做完了。

麻醉尚未消除。嘴巴不能说话。你的脑子认为手术尚未开始，你的耳朵就听到她说：

"好啦！手术已经结束啦。"

三

三天之后的中午，整容师通知你：马上就要给你揭开蒙脸的纱布，你不要激动，我有绝对的把握相信，手术会成功的。退一万步说，不成功也不要紧，我们可以对不合适的地方进行修改。

你被黑暗憋得心情不好。手术后整容师在你脸上蒙上了大量的纱布，只留出鼻孔供你呼吸，留出嘴巴供你吃饭。吃饭是一种享受，婴儿时代的甜蜜朦胧笼罩着整个进食过程。你拘谨地坐着，胸前围着一条柔软的毛巾，你猜想那是一条花毛巾。每次吃饭前，她总是把毛巾给你围在脖子上，饭菜的气味也压不倒她头发上那股奇特的香味。你按捺不住好奇心，结结巴巴地问："嫂子，你头上用的什么香料？"

你听到她冷淡地笑着，眼前一片橘黄色，极力想透过纱布看到她脸上的表情，她说："你不要睁眼，我早就说过啦，总有一天会让你看够的。"

在纱布里你闭上眼，一片片的橘黄色依然从闭着的眼前飘过。

"我一个半老婆子啦，头发上还用什么香料，难道屠小英头发上还涂香料，那俄罗斯大美女？"

她的话里有一些不正常的情绪，你反复揣摩着。"张嘴！"她说，"喝鸡汤。"一柄瓷的汤匙触到你的嘴巴上。鸡汤很香。第二次喝鸡汤的时候是晚上，蒙着纱布，你也能感受到灯光的刺眼。她把汤匙插进你的嘴巴时，你听到了咯咯吱吱的磨牙声，咻咻的喘息声，和老虎与狮子掺杂着腥膻味儿的吼叫。

　　你盼望着开饭的时间，你盼望着这略带忧伤的甜蜜的时刻。这一刻是短暂的，其余的时间是漫长的。蜡美人在她的床上怪叫不止，好像这叫声完全是为你而发；屠小英的抽泣声间或传来，这抽泣声自然是为你而发。昨天上午，你还听到了第八中学的校长、党支部书记、工会主席在慰问你的家属。断断续续地，你听到他们与她谈论着为你举行追悼会的事。屠小英大叫着："你们总要让我见上他一面！"

　　整容师让你坐起来，端端正正坐在床上。周围鸦雀无声。蜡美人均匀的鼾声很细微，听不到整容师的呼吸声，却强烈地感受着她的香味。紧接着她的柔软的手绕到你的脑后，绷带在那里打着结。我们早就看到，在此之前，为了迎接这个新生面容诞生的神圣时刻，为了让这一庄严到宗教典礼仪式程度的时刻不受干扰，保持着绝对的肃穆，只让怦怦的激动心跳声和血液在血管里融会贯通的澎湃声成为唯一的、不可缺少的伴奏性音乐，整容师又往忌妒成性的蜡美人嘴里塞进了三片冬眠灵——如果再加三片，就有蓄意谋杀的嫌疑。灵巧的手指解开了绷带的结，又转到眼前，即旋到颔下，上扬至头顶——整容师灵巧的手为我解除绷带，节奏分明，举止优雅——你联想到母亲在织布抽取蚕茧上的丝——脑袋渐渐变小了，你听到她的心跳声强烈起来；血液在她身上飞速旋转。她听了我的心跳声，她看到我的心像水泵一样突突地收缩着。在面纱即将揭开那一瞬间，我分明地看到她灰白的脑浆在沸腾，深藏在这些灰褐色的物质里一块火柴盒大小的蓝色屏幕上，打出了一行行即现即逝的字迹。

　　我看到了你的思想！

　　你蓝色的屏幕上跳动着"上帝保佑"，闪烁着"但愿成功"，重叠翻滚着，"天啊天，胜败乃兵家常事"。

你的手在颤抖，强烈的光线射穿了最后一层纱布和眼皮，我看到你暗红色的丰满身影，你的内脏反而模糊起来。

最后的动作小心翼翼，连呼吸都屏住了，蜡美人在打鼾，狮子和老虎在吼叫，第八中学大院里的杨树上蝉儿在鸣叫。

最后一根纤维被剥离了，你感到一阵凉风扑面而来，这感觉是舒适的，也是令人震惊的。你看到她头脑中那块蓝色的屏幕上飞快翻滚着一连串欢乐的、欣喜的字眼。

你认为她的情绪有点过分。

你感到自己的面皮很娇嫩，颇似刚刚蜕皮的、淡黄色的蝉。

"你……你睁开眼睛……"整容师用最小的声音说。与其说你用耳朵听到了她近乎乞求的命令，毋宁说你用脸上娇嫩的皮肤感受到她喷过来的气息，根据气息辨出字眼，说明了这个新生的脸的极度敏感和不同凡响。它是一件至宝，保护这宝贝，就是你永远也逃脱不了的任务。

她的心在召唤我睁眼。随着纱布的被揭掉，她的内脏和血液循环的动人景象隐退了，站在你的面前是她的肉体，是她生着绿色小胡子的唇，是她周身密布的金色茸毛，是她的曾经对着你的脸撅起来过的光辉灿烂的臀部。不久之前，我曾经用这样的字眼对我的学生描述过原子弹爆炸的景象。我说：一颗巨大的光辉灿烂的火球缓缓地升起来了，但并不是太阳的初升。

"你……可以睁开眼睛……"整容师对我说，但在那一时刻，我为什么不睁开眼睛呢？很久之后的日子里，物理教师还在解答这道难题。我为什么迟迟不愿睁开眼睛呢？是我怕一睁眼睛就丢掉什么吗？是的，无论多么辉煌的臀部也代替不了人的脸，冲淡得了但毕竟代替不了对旧日面容的回忆。

"我认为……已经成功啦……求求你，睁开你的眼睛……"整容师恳求着，"你怕什么？久被遮掩住眼睛的人最怕光明，我理解你，但是，俗话说，'豆腐做好了，就要卖出去；孩子生出来，就应该养活他；媳妇进了门，难免见公婆；风筝做好了，就应该放它飞'，请睁开你的眼睛！"

再也没有理由不睁开我的眼睛啦。一个既熟悉又陌生的女人的哭声穿透墙壁传进来震荡我的耳膜。是的，正如整容师经常挂在嘴边的一句俗话说，"是福不是祸，是祸躲不过"！

物理教师像告别英雄或伟人遗容的吊唁者们的缓慢脚步一样，缓慢睁开了眼皮。在这个缓慢的过程中，他纤毫入微地感觉到：上眼皮变短了，眼睛变大啦，原先那部分被上眼皮始终遮掩着的眼球，感到空气的刺激和光的刺激。俗话说："冻疮不在眼球上生长"，但眼球是能感觉到冷的。

强烈的光线从整容师身上焕发出来，她的绿色小胡子生动活泼，隐含着恶作剧的意思。她依然穿着那件似乎永远不会沾染灰尘的白大褂，胸前印着红色的大字：美丽世界。她倒退了一步，从绿色小胡子下边放出一股尖锐的声浪，声浪的象声字眼可以写成"啊呀"或"哈咦"，这是获得巨大成功的人情不自禁地发出的狂喜的呼叫。然后，她用手背揉着嘴唇，口水把手背上的骨节都濡湿了，泪水也紧接着她咬手背的动作流出眼眶，滴到手背上。

"成功啦，方……不啊……你是我的丈夫的模样，但你是方老师的身体，我称呼你什么好呢？"她手舞足蹈地胡说八道。她把你拖出厨房，拖到那紧贴着墙壁站立多年的乌黑发亮的大衣柜前，衣柜正中镶嵌着椭圆形的、令人产生思古幽情的镜子，镜子右上方有一只凸出的凤凰，但这并不影响镜子发挥它的功能。还有一个线索，那是根原来鲜红现在黑红的线索，它吊着一个砚台大小的小镜框，镜框里镶着整容师和物理教师的结婚照。整容师是美丽的，但也是忧心忡忡的，那时她的脑子里每天都要再现数次跳河的情景以及石榴花和夹在中指和无名指之间的红乳头等等红色象征物、象征性画面。物理教师也是漂亮的，头发是中分的，光滑明溜，耳朵耸立着，好像惊枪的野兔子之类小动物的耳朵。她把你拉到镜子前，感动地说："你看看吧，太漂亮了！"

物理教师胆怯地往镜子里看了一眼，就像当头挨了一棍，眼前金花飞迸，双耳里钟鼓齐鸣，一会儿周身寒彻，一会儿又继承了上次照镜子前的感觉：小腹沉重下坠——神经官能性腹泻的前兆。

物理教师在镜子里看到什么？不用他说我们也知道。我们很平静。我们感到叙述者与叙述者笔下的男女们都患有一种毛病，这种毛病叫作：大惊小怪。方富贵明明知道并且自觉自愿地牺牲自己的面容换来张赤球的面容。我们也知道大眼睛美于小眼睛；有疤的鼻子也要比没疤的鼻子更引人注目，而且表现出一种残缺美。何况通过这一转换容貌的活动，方富贵赢得了堂而皇之的权力。俗话说"生命诚可贵"，你丢弃了一个丑陋的面貌蜕化成美丽的面貌又赢得了可贵的生命；俗话说"爱情价更高"，你牺牲了丑陋还赢来了与女人谈情与爱的权利——锦上添花——结婚的路上捡到了金条——喜上加喜——好上加好——好事成群结队地落在了物理教师的头上，你为什么还要故作悲壮？周身寒彻什么你？小腹下坠什么你？捡了便宜卖什么乖你？

我们现在可以自己往下编织这个笼子，笼中人昏昏欲睡，粉笔残渣沾在唇边，也像绿油油的小胡子。你在椭圆形镜子里看到了一张像剥了壳的熟鸡蛋一样的崭新的脸，心里的惊恐到达了惊恐的高峰——惊恐与性有密切的关系——这是我吗？这是他吗？我是谁？——这张脸的年轻与安装着它的半老身躯显得极不协调，因为是永远温暖，甚至炎热的季节，主人公随时都要比较容易地把自己的肉体暴露给我们看，所以，物理教师穿着透明的半袖衬衫，最上边的扣子没系，第二个扣子早已在连日来的颠沛流离中断线脱落，因此，椭圆形镜子里照出来的就不仅仅是一张没有皱纹、光洁、滋润、年轻漂亮的脸，而且还有那几乎是全部的、沾满灰垢（手术前整容师为他洗过澡，但人是喜欢招灰的东西）、凸着大喉结、血管子（颈动脉）青紫、皱纹纵横的老脖子。那张漂亮的脸上生着一张双眼皮的大眼睛，鼻子上有一条青紫的疤痕，一张虽然大，但的确娇媚的嘴。

物理教师逃离了镜子，他不愿意待在这狭窄的房间里，也不能走进蜡美人的洞穴——冬眠灵可以让她睡觉但不能制止她的梦呓和嘎嘎吱吱的咬牙声——也不能钻进大球小球的洞穴——那是一位应届的高中毕业生和一位初中二年级学生的领地，高考是神圣不可侵犯的，冲到街上去？到中学里去？这勇气还没生出来，他只能逃回那间厨房里去喘息。那条长长的绷带从厨房一直通到椭圆形镜子前，刚才是整容师拖走了它，它建立了厨房与卧房之间的白色的联络。那天，仿佛在梦幻中见到过的白色的搪瓷盘、蓝色的酒精、浸在蓝色酒精里呈现橘红色的刀子、剪子、钳子、镊子们，还有那些装着麻醉药的玻璃针管们，通通都无影无踪。厨房何曾是手术室？切肉的案板上砍着两把大刀，面袋里有面，米袋里有米，煤球炉子关闭着炉门。只有这块床板是再次出现的东西，它的嘎嘎吱吱的响声与梦境中的对话有联系，曾经有一个温暖的声音在你脑袋上方对你说：

"不响的床是不存在的，不要怕，这床足可承担两个人的重量。"

整容师卷着绷带，便自然地进入厨房，就像循着狗脖子上的绳索总能找到狗是同样道理。她的脸上桃花般的颜色告诉你：我太高兴啦！我太兴奋啦。

她拿着卷成一卷的绷带站在你面前，高兴地、兴奋地说：

"我太高兴啦！我太兴奋啦！"

后来，她又告诉你，想不到在如此简陋的条件下，手术竟获得了空前的成功，一切都比想象的还要好。只是面皮还略嫌娇嫩，经不起风吹日晒，不过问题很小，俗话说，"脱了壳的知了，见风就硬。"

"但是，从今之后，我如何称呼你好呢？"整容师搓着手，为难地说，"称呼你方老师，但你的脸分明不是方老师；称呼你为张赤球，但你的身体分明不是张赤球的身体。"

你也感觉到事情比较难办，一切都恍恍惚惚如在梦中，包括多年前野地里的炮火硝烟，包括大学图书馆里向屠小英展开进攻，包括在讲台上磕破前额，包括殡仪馆里的贮尸冰柜，包括石灰坑里的艰难挣扎，包括整容师臀部的灿烂光辉，包括现在还在脸部肌肉里发挥作用的麻药……世界上难道果真发生过这样的荒唐事吗？一个中学物理教师死了，从殡仪馆里跑出来，中途掉在石灰坑里，爬上来跑到同事家里，糊糊涂涂地改变了容貌？

物理教师用牙齿咬咬舌尖，舌尖告诉他：不是梦！他用手摸摸心脏的部位，心脏告诉他：是真的。你突然想出来一个冒犯道德的鉴定方法：亲一下站在面前的整容师，如果我能从这种活动中得到快乐，就证明确实有一个名叫方富贵的物理教师存在过，他依然存在着，不过是改换了容貌。

他上前移动了一步，好像初次偷盗的人一样，你感受到来自背后的巨大威胁。

她上唇上绿油油的小胡子俏皮地扭动着，引诱着我。

他鲁莽地搂住了整容师的腰，整容师噘着嘴说：

"屠小英来啦！"

你箭一般射回原位，感到万分羞愧，这一刻你忘记了自己的改换了容貌的脸，道德法庭开庭审判：像话吗？你产生这样的邪念对得起含辛茹苦的妻子吗？对得起与你同在一个办公室里上班的张老师吗？俗话说"朋友妻不可欺"。

他拘谨得不得了，汗在新鲜的面皮上流淌。整容师上前来，笑嘻嘻地说："你有一张我丈夫的脸，心却在屠小英身上。"她捧住了你的脸，端详着，如同端详一块美玉，"你不要瞎激动，它要有一段稳定的时间，哭、笑、大声说话都可导致变形。"她的眼睛里流露出的感情是一个中年女人对一个十八岁的毛头小伙子的怜爱，"我亲亲你吧，给你个'五子登科'！"你感到她柔软得不太真实的嘴唇，轻轻地舔了一下你的印堂；又轻轻地触触你左眼，然后右眼；又轻轻地舔舔你的鼻尖；最后，又轻轻地触触你的嘴巴。

她的嘴里放出的是一股激动人心、调动食欲的新鲜辣子鸡的味道。物理教师的刚刚被扩大了的嘴巴急切地想去吮吸辣子鸡味时，两边的嘴角连动了麻木基本消退的双腮一阵丝丝缕缕的疼痛。

本节即将结束时，整容师第二次把物理教师拖到古老衣柜的椭圆形镜子前，嘱咐他不要轻描淡写地，而是要严肃认真地看看这张新脸，并希望他对照着挂在椭圆形镜子上方的结婚照片仔细寻找这张复制的脸与被复制脸的差异，如发现差异当然要立即进行修改。

你必须正视这样的现实：随着这张双眼皮、大眼睛、带伤疤的鼻子和娇嫩的大嘴巴的新脸的诞生，有一批陈旧的记忆已经被埋葬了，有的正在被埋葬，幸存的也变成了插在瓶子里的花，暂时还鲜艳旺活，但枯萎凋零即在眼前。

　　屠小英又在隔壁抽泣了，类似后悔的感觉在他喉咙之下的躯干上爬动着。

　　"后悔吗？"整容师悄悄地问，她虽然还是面带微笑，但你从这微笑之后看到了低度的忌妒和善意的嘲讽。她说，"俗话说，'不要思南朝挂北国'，'一心不可二用'。"

　　物理教师突然感到自己像个十足的傻瓜，但后悔已经来不及了。

四

　　物理教师的受骗感产生的理由是：我改换容貌主要是为了换取与妻子儿女相聚的权利；但一旦改换了容貌，这权利也变得岌岌可危啦。

　　不由你分说，整容师剥光了你的衣服——叙述者的这类描述往往容易引起误会：一个爱好褪剥男人衣服的女人，究竟是个什么样的女人呢？剥光衣服之后要干什么？我们看到，整容师是没有邪念的——然后，从柜子里拿出那套和正在第八中学讲物理的张赤球身上穿的衣服一模一样的、绿色的制服。你别别扭扭地推搡着，好像垂死挣扎，或者，败兵们死守着最后的阵地。整容师无疑是在侵略着芳邻屠小英的领地，侵略者是生气勃勃的，被侵略者是软弱无力的，必然导致这样的结局：物理教师身穿厚墩墩的绿制服，好像一个摘了帽子的邮差。

物理教师第三次站在镜子前时，只感到天旋地转，什么话也说不出来啦。

整容师把他安顿在厨房里那张有毛病的床上，吩咐他闭眼休息，为了防止意外，她明确地说明，她手里捏着的两片白色小药片名叫速效安定，吃了这种安定片，三分钟即可沉沉入睡。她的话是不可抗拒的，物理教师顺从地张开了嘴巴。

下午是短暂的，傍晚与满城的灯光一起来临，张赤球与大球小球几乎是同时进入家门，就在他们进入家门时（他们虽为父子，但见面时连招呼也不打），吃了两片速效安定和吃了三片冬眠灵的同时醒来。厨房和蜡美人的洞穴毗连在一起，中间只隔着一层三厘米厚的纸板，纸板上均匀地印刷着"糖水马蹄"字样，这说明纸板曾经是纸箱，纸箱曾装过糖水马蹄罐头。物理教师翻身爬起，耷拉着头，眯缝着眼，不知身为何人，亦不知身在何处，这时他听到了蜡美人愤怒的吼叫声，还有，大球小球高声吵嚷肚饿的声音。他马上想起了睡前的经历，但你仍陷在这一切究竟是梦还是现实的疑惑里拔不出腿来。

"爸爸，你应该到厨房里去为我们弄饭！"大球和小球恶声恶气地说。

"儿子们，"张赤球说，"我们最好还是等等你妈妈，今天是星期六，她又会给我们带来牛肉，或者猪肉，或者羊肉，或者鸡肉，或者猪大肠。"

"我们有很多作业要做。"

"我建议你们先进洞去做作业，等你妈妈回来做好了饭，闻到饭菜的香味你们就出来。"

你在蜡美人一声紧似一声的嚎叫中忍受着煎熬，绿制服宛若冰凉的盔甲，压迫着还可以勉强称作方富贵下半截的身体。使你真正不安的是那张脸，它的主人正在厨房外踱步，他一边踱步一边唉声叹声（方富贵并不知道张赤球已经将他忘记，他唉声叹气的原因来自第八中学的物理课），你认为脸的主人正在为丢失了贵重的家传至宝而后悔，你想把这张脸揭下来还给主人。可立即又犹豫起来：揭掉了脸我是谁呢？

踱步声逼近厨房，你的牙齿上下碰撞。

张赤球撩开了厨房的门帘，两个身穿绿制服、生着同样面孔的物理教师对面而立，都像十足的傻瓜。

"你是谁？"

"我是谁？"

"你像我？"

"我像你？"

站在外边的物理教师恍然大悟，这个恍然大悟是错误的，他还以为整容师在厨房里新安了一面大镜子。第二次恍然大悟是由眼镜引起的：里边的物理教师的眼镜腿上缠着黑色的胶布。

张赤球痛苦地说："想起来了，老方，方老师，想不到你的变化使我如此的不舒服。"

"这是你的主意！"你感到莫名其妙地暴怒起来，怒吼使嘴角疼痛，使这张新脸极端不熨帖，"你以为我愿意佩戴你的面具吗？我随时准备还给你！"

张赤球顿时软了，我只能从他那张与我完全一样的脸上看出他的软弱和空虚，他对我说："老方，俗话说，'生米做成了熟饭'，悔之晚矣！"

这一对满口俗话的夫妻设了一个圈套，我钻了进去，就像钻进了圈套的兔子，越挣扎勒得越紧，最终会把我的眼睛勒出来。被改换了容貌的物理教师痛苦地想着。他的心里涌起了愤怒，我看到张赤球的脸上表情也是凶残的，也是傲慢的，仿佛他是我的主人，而我是他的奴仆。

笃笃的脚步声从庭院里传来，我们不约而同地把目光投向那污秽的门玻璃，遥远的霓虹灯光把她的影子映在玻璃上。这条影子首先是朦朦胧胧，其次是模模糊糊；朦朦胧胧和模模糊糊综合成晦涩、暧昧的总体印象。不知道他想什么，我想起了她头发上那股令人魂不守舍的异香；我不知道他感觉如何，在回忆起奇异的发香之后，心灵上的棱角都迟钝了，圆滑了，昏黄的夜晚开始凸现出它的温情的一面。是的，在她推开门，像一股温暖的风吹进房间之后，我们都用眼睛的正视光芒去迎接她憔悴的脸——迷人的憔悴——都用眼睛的余光斜视着对方——我们穿着一样的绿制服，我们生着一样的面孔——他简直就是我的镜子——他宛若我的孪生兄弟——他是我的威胁——在一瞬间，我感觉到，在这个家庭里，我们的权利是相等的。

她的憔悴是迷人的，更迷人的是她凌乱的头发，乱蓬蓬的头发丛生在她的头上，浅黄色的头发好像狐狸的尾巴。

她怔住了，手里提着的黑色塑料口袋沉重地跌在碎砖头铺成的地面上，发出"呱唧"声。我感觉到她心事重重，无法知道他感觉到了没有。在塑料袋落地那一瞬间，我读出了她脸上的复杂的物理竞赛试题，不知他感觉到了没有。

潜在的意识里，方富贵知道自己的来历，但潜意识上压着一种恶作剧心理、一种无缘无故的报复心理。所以，当我看到他前行时我也前行，他弯腰去捡那个黑塑料口袋时我也去捡那个黑塑料口袋。

整容师一定压下去了某种忧虑的情绪，我感觉到，不知道他感觉到了没有。我们同时听到了她虚假的大笑声。她摸一下我的脸，又摸一下他的脸，她说："你不要装了，我知道谁是我的丈夫。"

他骄傲地昂起了头。我为什么不骄傲地昂起头呢？既然我们同样衣着同样相貌，我们就该享有同等的权利。

整容师说："你们好像两个赌气的孩子。你们自认为毫无差别，但，声带是不一样的，声音是无法改变的。"

张赤球说，他的声音尖锐刺耳，他尽情地发挥着这尚存的特征，好像故意在气我，他说："球们的妈妈，你回来啦？你为什么回来得这样晚？你辛苦啦？碰上了什么不愉快的事情了吗？暖瓶里大概还有水，需要我替你倒杯水吗？遗憾的是没有茶，但是我们很快就会有茶的，只要有了钱，我们就会大大改善我们的生活，这需要老方的配合，今天学校里传说要给教师增加工资，大家都不敢相信，国家经济困难，各行各业都在强调自己的重要性，强调重要性就是要钱。第七中学高三班四个学生集体跳河，有两个淹死了，两个自己游上了岸，学生的家长扬言要控告学校片面追求升学率，逼死了学生。市日报刊登了死亡学生的遗书。校长看了报大骂，"难道我们愿意追求升学率吗？大家都追求我们不追求就说明我们教学质量差，就说明我们工作不好，教师晋级就少份名额。国家教委的文件连一张废纸都不如，为什么不制定教育法呢？谁搞片面追求升学率就依法论处。"校长说，现在，学生累得要跳河，教师累得要上吊，高中一年级就分科，学文科的根本不学理、化；学理科的不学史、地，高中毕业是初中的水平，这哪里是教育！学生骂老师，老师骂校长，我校长骂谁？简直是一团漆黑！支部书记按着校长的肩膀说：校长息怒！要是现在是五七年，你早成右派啦！校长说：要按那时的标准抓右派，十亿人里要抓出三亿个右派。这都是小郭对我们说的……

"就是啊，教育的目的和前途都迷失啦！"我忧心忡忡地说。

整容师说："方老师，所以现在大家都想方设法搞'自救运动'，俗话说'八仙过海，各显其能'，每个人都要想办法从自己的职业上捞油水，你们教师没油水，只能搞这种换容术，你去上班，让赤球去做买卖赚钱。"

我决心模仿张赤球的声音说话。

她从黑塑料袋里提出一块血淋淋的牛肉，两只浑身发青的鸡。

她说："我们应该庆贺！张，你淘米焖饭；方，你与我一起做菜。红烧牛肉、白斩鸡。大球小球！出来，把你们外婆的尿布换上。"

两个光脑袋的男孩——一个身体高大，嘴上生着绿油油的小胡子，另一个身材矮小，面貌酷肖张赤球，天哪！面貌也酷肖我啦。

整容师对她的儿子说："你爸爸在乡下的兄弟来啦，来城里做买卖，你们见见他！"

整容师的手指着我们，究竟谁是"乡下的兄弟"呢？

两个男孩也马马虎虎地对我们点头。

五

红烧牛肉和白斩鸡在饭桌上冒着袅袅的香气，但是不能吃，吃美好的食物如同参拜神祇，我们必须耐心等待。

整容师是这个家庭的太阳，没有太阳的照耀，我们都不会发光。

她在干一件应该受到舆论赞扬、应该在市日报道德专栏里大力宣传的事，她在填蜡美人那无底洞一样的嘴巴，用一种独特的食物。

我熟记着这种食物的配料：

白斩鸡胸脯肉二两，红烧牛肉二两，白米饭三两，冬眠灵三片。

我熟记着配制方法：

把鸡肉和牛肉剁成糊状，然后搅入米饭。将冬眠灵药片研成细末，撒在上述食物中，充分搅拌，使之均匀。

我们听着蜡美人贪婪的吞食声，她的牙齿不时咬住不锈钢制的小饭勺，整容师把饭勺拽出来。有如此旺盛的食欲，所以当一个月后的某个时刻，她鬼鬼祟祟地从洞穴里钻出来，捞起一根架蚊帐的竹竿充拐杖，在房间和庭院里转来转去时，我的惊讶是有限的。

她终于喂完了蜡美人，款款地走到餐桌旁，蜡美人甜蜜的鼾声在她身后随即响起。那天晚上她穿着一件肥大的圆领汗衫，双乳前挺，有坚韧不拔的感觉；她的下身穿一条米黄色的制服裤头，腿上的黄毛茂密，有柔软光滑的感觉。总而言之，她的落拓不羁的衣着并没损害她的迷人风度。

她从箱子里摸出一瓶红色的酒。家里无有启瓶塞子的工具，她用牙齿咬开了瓶盖，然后倒在一个大碗里，她说："明天，方去第八中学，张去经商，我们的合作开始了。为了这合作，干杯！"

我端起了这杯红酒，心怦怦地乱跳，对面那面椭圆形的镜子里，又一次照出了我的脸？我的脸没有了，我戴上了假面具，开始演戏啦。她的眼睛在鼓励我，灯光下，一切都迷迷蒙蒙，白斩鸡目光灼灼，在盘子里起舞。我把酒倒进喉咙，一股凉意在腹中回荡，他们的脸上都挂上了奸邪的笑容，我的脖子套上了他们的绳索。我被他们牵着走，愤怒的不是我，我方富贵、懦弱的方富贵像一曲忧伤缠绵的音乐，渐渐地远去了。

这时，又是突然间、又是命运般的这些黔驴技穷的叙述者们惯用的字眼，涌到了你们眼前，好像一堆腐朽的枯枝败叶——屠小英嘤嘤的哭声穿透墙壁，在这个房间里飘荡——以后发生的事情完全可以在市日报的副刊上发表——那面镶嵌在立柜上的椭圆形镜子，啪啦一响，碎成了几百片，玻璃碴子稀里哗啦掉在地上。

我惊呆了。我叫方富贵。我听到了妻子的痛哭，她错误地认为我死啦。我活着，我要立刻回去看她，安慰她。

整容师、我的同事张赤球以及他的两个儿子都诧异地看着那破碎的镜子。老式立柜上洞开了一个椭圆形的大嘴，嘴里是杂乱的衣物，几十片尖尖的玻璃碴子仿佛锯齿獠牙。

张赤球的嘴唇有些小动作：好像两条尺蠖在造桥。但愿我的嘴唇不做这种丑陋的运动。

整容师说："是张赤球的胳膊肘子捣碎了玻璃！俗话说，'旧的不去，新的不来'，在所有的家具中我顶讨厌这个立柜，在这个立柜上我顶讨厌这面椭圆形的镜子。现在它破了，太好啦。这是个好兆头！它在说明：咱们的倒霉日子像这玻璃一样四分五裂，好日子就要到来。"

张赤球说："椭圆是了不起的，天体运行轨迹都是椭圆，譬如地球，譬如太阳……"

伪张赤球说："什么事都不要说得这样绝对，在茫茫无边的宇宙中，人类所知道的仅仅是沧海一粟，甚至连沧海一粟都不到，你怎么敢担保，在宇宙中，有的天体的运行轨迹不是椭圆呢？你怎么敢担保，有的天体的运行轨迹不是正圆，甚至是半圆、平行四边形呢？"

"不要胡扯啦！真是三句话不离本行。"她说，"明天之后，就看你们的了，能不能吃上海参，能不能喝上茅台，能不能吃到充足的白面和新鲜的蔬菜，全看你们能不能赚到钱！俗话说得好：'马瘦毛长牵拉鬓，穷鬼说话不中听，有钱的放个狗臭屁，鸡蛋黄味鹦鹉声'，挣钱去吧。"

一副沉重的、无形的担子压在张赤球肩膀上，他嘴唇的造桥运动更加频繁。

"不要啰嗦啦！"嘴上业已生出绿色小胡子的大球说，"我们想吃饭。"

整容师找来一只景德镇陶瓷厂烧制的圆盘——这是第八中学第一个教师节时发给老师的纪念品，盘中央画着三匹瘦骨嶙峋的黑马——据说这盘是应该挂在墙上观赏，而不是像整容师这样——用毛巾揩揩盘上的灰尘，从红烧牛肉盘里拨上一部分肉，从鸡身上撕下两条腿一只翅膀——她的两个儿子眼里闪烁着绿幽幽的光芒，好像要把盘里的东西攫过去。

她说："你把这些送给屠小英和方龙方虎。"

我和张赤球面面相觑，她是吩咐谁呢？

她的目光是盯住我的，自然是让我去。我是表面上的张赤球实际上的方富贵，我端起了圆盘。

屠小英的哭声在召唤着你，持续不断的哭声往往让人感觉到虚假，但它依然强烈地吸引着你。你走到门口时，听到整容师紧贴着你耳边亲切地叮嘱，"好好安慰她，"她嘴里的十分诱人的气味使我感动，"你可以在她那里过夜，我不会忌妒的。"她的话里明显地流露出情人般的狎昵，难道就因为她对我撅起过光溜溜的屁股吗？"安慰丧夫女人的最好方法，就是拥抱她、亲吻她，同她到床上去做爱！"她对性爱的坦率态度让我吃惊，但更让我感动，她是真心实意地为我好，她头发上的异香更加确凿地说明：你什么也没有丢失，你将得到很多。"当然，这要看你的本事，我告诉你一条秘诀：她要不顺从，你就跪在地上！"

他端着那两条鸡腿、一只鸡翅、一些牛肉，走出整容师家的门口，一拐弯就是正在守寡的屠小英的门口。在远远近近的漂亮高楼的压迫下，这一片破烂的平房更显寒酸，灯光在远处辉煌，河水在黑暗中流淌，温情的夜晚里荡漾着猛兽的吼叫声。这个出现在面前的门口安装着两扇用旧棺材板子改造成的门，门上有顽皮儿童用彩色粉笔抹上的含意深长的神秘符号。谁能说清楚你此刻的心情呢？

大概是三五天前的夜晚吧？我从殡仪馆里逃出来，在河边的风景白杨林里，碰到了一个女青年和男青年在恋爱；后来我掉到石灰坑里沾了一身石灰。那晚上这两扇门是虚掩着的，但愿现在它也是虚掩着的，我尝够了敲门的苦头……门是关着的，门上有顽皮儿童用彩色粉笔涂抹的含意深长的神秘符号。

他一只手端着愈来愈沉重的圆盘，另一只手敲响了大门。

他的敲门是经过训练的……"是谁？"一个清脆的女孩子声音在门里问。你正要回答时，一团复杂的感情堵住了喉头，话是无法说出来了，两行热泪流到脸上。

门闩响亮，大门开放，方虎站在你面前。我的宝贝女儿……她身高一米五十，留着日本式的齐额短发，圆圆的脸庞上，有着细长的眼睛，一根高挺的鼻梁下，有一张小巧玲珑的嘴巴，她的臂上扎着一条黑纱，胸前缀着一朵白花，她恭敬地一弯腰，说：

"您好张叔叔。"

手中的圆盘把你的胳膊坠酸啦，喉咙里滚烫的团块还没消融，你跟着方虎往里走。你的脚愉快地踏着熟悉的每一块砖头，你的肺呼吸着不久前留下、现在尚在盘旋的我的与石灰气味混在一起的气味。方虎光滑的头发吸引着你的嘴唇，但她离你很远。

"妈，是张叔叔看你来了！"方虎喊着。

屠小英的哭声停止，只是间隔五秒左右"噘"一声，这是哭的惯性所致。

她从床上坐起来，举起手胡乱撸了两把凌乱的亚麻色头发——还没忘记撸头发，可见不是彻底的悲痛——她的眼皮红肿，脸上布满眼泪的痕迹。她为我流过泪，可是我却迷恋整容师头发上的香味，甚至被她的屁股搞得神魂颠倒。物理教师进行着严格的自我批评。她的俄式乳房并没有因为我的死去而消瘦，它们还是像从前那样丰满肥胖。她伸手拉过一把椅子，用鸡毛掸子掸掸上面的灰尘——她的痛苦是不彻底的，但这是受过高等教育的特征。我的床上还摆着我的枕头，枕头上还沾着我的头发，床头上还悬挂我们的结婚照。镜框上披着一道黑纱，黑纱是用墨汁染过的皱纹纸伪装而成。是的，我们很穷。她那时还是一个清瘦的中国姑娘，没显示出一丝一毫俄国特征。她的俄国特征是从什么时候开始出现的？是从新婚之夜开始出现的……她质问我：书呆子，告诉我，在爱上我之前，你爱过什么人没有？……

没有……骗人……是没有……这不可能……当时我搜索历史，想想对什么女人发生过兴趣……连梦想也算吗？……当然也算，梦想更可怕……我梦想过一个苏联姑娘，当时我想，要是能跟她结婚就好啦……她从床上蹦起来，那对乳房像两只男婴的小拳头，蜷缩在胸脯上……俄语系的高材生用拳头打我，要我交代和苏联女人的恋爱史，她的忌妒竟像真的一样……我从高中时的笔记本里翻出了一张从画报上剪下来的照片：一位生着亚麻色头发、大嘴如弯弯的月亮、脖子光滑、乳房丰满硕大的集体农庄的挤奶女工——苏联劳动英雄对着我们大笑……她漂亮吗？……不知道，但是我喜欢她……她翻过身去，赌气地说：找你的挤奶女工去吧，大奶牛……后来你说：总有一天我也要生出亚麻色头发，生出奶牛的乳房……你生出来了，它们带给我们的不是幸福而是祸殃……

对往事的回忆使我心中忧伤，面对着我的满脸泪痕的"大奶牛"，我情不自禁地说："大奶牛……我没死……"

她打了一个冷战，满脸涨得绯红——好像后来整容师喋喋不休地对我说起的她的石榴花的颜色，她对石榴花的那种亦悲亦喜、如醉如痴的感觉至今令我迷惑不解——我猛醒过来：方富贵已经死啦，在屠小英的圆圆的梳头镜里，张赤球穿着一身绿色的制服，端着一只圆盘，圆盘里盛着两条鸡腿、一只鸡翅、一些红烧牛肉，在慰问他的已故同事的遗孀。

"张老师，您请坐，"她毕竟是受过高等教育，尽管她现在在校办罐头厂开剥兔子皮，但修养还在，正如那俗话中说的："瘦死的骆驼也比马大"，她说，"方虎，给张叔叔倒杯茶！"

我只好放下那倒霉的圆盘，极其困难地说：

"她……球他妈让我送点菜给你和孩子……她怕你难受……哭坏

了身体……让我来安慰你……"

物理教师被悲痛压迫，语不成声，他慌忙掩住脸，泪水竟然从指头缝里往下流。

你的哭声勾引出了她的哭声，你们的哭声勾引出了方虎的哭声（方龙哪里去啦？）最后，还是她先止住了哭（她的哭已经消耗得太多了），走到你身边（她走到了你身边，你的全身都感受到……俄罗斯奶牛的腥气……只有那张掩在手掌里的脸例外），她说："张老师，您说来安慰我，自个儿反倒哭起来没完没了啦……"

她用一根手指戳戳我的肩头，说：

"张老师，人死不能复活，我知道你和老方感情好，他死了，也是命该如此。只希望大哥你多保重，别像富贵一样，累死在讲台上……"

"富贵啊富贵，自从你娶了我，就开始倒霉，我被人当苏联特务揪斗，你陪着受罪；我被赶出学校，你一个人的工资养活我们……你一辈子没喝过一滴茅台酒……没吃过一顿烧牛肉……没吃够一顿白斩鸡……本来想等孩子们工作了，挣了钱，让你吃一顿烧牛肉……可是，你竟走了……"

你还掩着脸哭什么呢？

"张大哥，您回去吧，别让嫂子惦念着。"她催我走啦。

她把圆盘里的鸡和肉倒进一个碗里，思考片刻，放下圆盘开启了墙角上一个密封着的小瓮，伸手进去掏出三只盐渍兔子头，放在圆盘里。

"张大哥，这是工厂的下脚料，拿回去煮煮吃吧。"

你再不走就没有道理了。

六

……精细的整容师认真端详着两位物理教师，左看了右看，前看了后看，好像一位送子参军的慈母。她把张的眼镜和方的眼镜调换了，又研碎了一支黑粉笔、一支蓝粉笔、一支黄粉笔，调成均匀的粉末往略显白嫩的方的脸上搓擦了几下，屋子里弥漫开粉笔的香气，她命令他们按计划运动。

两位物理教师羞羞答答握握手。方夹起纸板去第八中学上课。

道路是烂熟的，景物也如从前一样。小卖部的老板娘蹬着一辆三轮车从你身后追上来，路过你身边时，她放慢了速度，你看到车上载着摞成小山般的纸箱，有烟，有酒，有糖。你往常是不与这个女人打招呼的，她也好像不认识你。今天她却用这样的目光打量着你，你心里忐忑不安。

"吃过饭喽？"老板娘亲切地问。

"问我吗？"

"装什么孙子！"老板娘粗野地骂着，"进来人参烟了，给你留一条？"

"我从来不吸烟呀！"你有点着急地申述着。

"啊哟哟！被那给死人刮胡子的娘儿们拾掇成这个样子啦！一个大男人，连买条烟吃的权利都没有，还当浪着那两个卵子充什么数！"

"你注意点文明礼貌！"

老板娘从车上跳下来，尖刻地嘲讽着：

"哎呀，这是怎么回事，你得了病了吧？前儿见了我还色迷迷着两只贼眼，今日倒装起正经来啦！"

你只好缩着脖子挨骂。

"瞧瞧她把你打扮的，一身绿，就差顶绿帽子啦！"她诡秘地凑上前来，说，"女人是女人的仇敌，你知道。告诉你，你那位贤惠的妻子跟动物园的养老虎的老头子勾搭上啦，我亲眼看到他和她在冬青树丛里搂在一块儿……"

物理教师没有愤怒，他只是感到麻烦，好像别人拉了屎，却让你为他擦屁股。

"我给你留一条'人参'，别怕他，绿帽子都戴上啦，还怕什么！"老板娘蹬着三轮车走啦。

校工——那位曾经抬着你冲进殡仪馆大门的英雄，手持扫帚，反复清扫着第八中学的额头。一群群五颜六色的学生吵吵嚷嚷涌进大门，看到你的跟你打招呼：早上好，张老师！

张老师，早上好！

"李刚，你借我十元钱什么时候还？"你听到一个男学生说。

"下月，等我爸爸发了奖金。"李刚回答。

"要长利息的！"

"当然，一分钱也不少你的就是！"

你认为他们和她们毕竟是了不起的一代。口袋里或是铅笔盒里藏着避孕套就能说他们堕落吗？你一溜进物理教师办公室就听到小郭高声大嗓地吼叫着：道德家们何须大惊小怪！道德这玩意儿从本质上讲是虚伪的。许多了不起的大人物一旦倒了霉，就会有人揭露他们的风流韵事。为一个避孕套开除一个学生是不公正的！我们和你们，都是人，你们不年轻了，便痛恨年轻人，这是忌妒！譬如说孟老夫子，您年轻时据说是个大情种。您的老祖宗孟轲，号称"亚圣"，可他年轻时勾引过孔丘先生的老婆！孔丘先生呢，跟南子吊膀子，被南子的老公打得鼻青脸肿，仓皇出逃，急急如丧家之犬，忙忙如漏网之鱼，南子道："不行！"夫子说："吾将乘桴浮于海！"为了爱情，孔夫子都要到荒岛上去，圣人尚且如此，何况凡人乎？

孟老夫子摇晃着脑袋说：佛头着粪！侮辱斯文！后生可畏！

欢乐的气氛。物理教师们都在笑。你有如鱼入水的舒适感，过去的种种被忘却，你坐到自己的办公桌前。熟悉的手摸到了不熟悉的蘸水笔。有人拍拍你的肩，他在你耳边说：张老师，到你自己的椅子上去坐！

他是双胞胎中的一个，你的学生，你的徒弟，抬着你冲击殡仪馆的英雄之一，正在驱赶着你。

你只能站起来，看着你的学生就座。其余的人都用屁股碰着桌子沿，抱着胳膊，享受着课前的轻松。你小心翼翼地问："哪个位子是张老师的？"

双胞胎之一惊讶地看着你："咦？张先生，您疯啦？"

"不，我是问，我的位子在哪里……"

双胞胎之一站起来，围着你转圈，你听到他说："是方老师的鬼魂附在你身上了吧？你的声音……你的动作……"

死亡的气息。物理教师们都想哭。

双胞胎之一把你扶到张赤球的椅子上。

小郭说："告诉大家一个消息。为什么方老师的追悼会迟迟不能召开呢？据说有人把方老师的尸体盗走啦！"

"胡说！"孟老夫子说，"有偷金子的，有偷银子的，难道还有偷尸体的吗？"

"可能被杀牛的偷去，混在牛肉里卖了！"

"一派胡言！"

"这不是不可能的！"

你摇摇晃晃地站起来，又摇摇晃晃坐下。

"张老师，你怎么啦？"

"你的脸色很不好看。"

"请校医来看看吧。"

"算啦，那校医只会开阿斯匹林！"

"吃阿斯匹林还不如吃两截粉笔头儿！"

走廊里电铃爆响。众教师纷纷起立。

你乞求着双胞胎之一："请把我送到……我的教室里……"

"张老师，我替你一堂吧。"

"不，不……"你忽然间体会到了"英勇悲壮"的含义，双胞胎之一带路在前，你夹着教案跟随在后。

七

（1）方富贵虽然死了，但他那光华四射的讲课声每天都在走廊里回响。

（2）为迎接全市卫生大检查，教师和学生一齐动手，把厕所打扫干净，厕所门上贴上了大红的封条。

（3）住在水房里的新婚夫妻，近日生了一个女婴。新娘是未婚先孕，但从新郎的积极态度上来判断，他是女婴的亲爹。

（4）物理教师们咬牙切齿凑钱买了一只大熊猫玩具，熊猫头上用大头针插着一张红纸条，纸条上写着：赠给"水房之花"。落款：第八中学全体物理教师。

（5）私藏避孕套的男生被开除校籍。

（6）一名女生跳河自杀。

（7）双胞胎之一提议："星期日上午，大家一起去看方老师的老婆孩子，带不带礼物随自己的便，不能'人一死，茶就凉'！"

第六部

一

郊区的公鸡打了三遍鸣，灰白的晨曦已经涂在玻璃上。方富贵死去已有半个月，倒霉的气味依然在每一个墙角里、每一件家具上散发着。白天这气味要淡一些，夜色降临，它就如夜雾，渐渐地漫上来；到公鸡啼鸣三遍时，夜雾的浓重达到高峰，它的浓重也达到高峰。

此时正是倒霉气味的高峰。屠小英枯涩的眼睛疼痛难忍，死去丈夫毕竟是女人一生中的大转折——昨天你是一位妻子，今日你是一个寡妇。

伴随着丈夫死亡而来的倒霉气味是有颜色的。它是黑色的，与白色的丧服对比鲜明。它与红色格格不入。红代表着喜庆，白代表着死亡；黑是红的补充，黑是白的帮凶。前天，方虎把一件火红色的小乳罩挂在那两只桃子大小的乳房上时，屠小英把挑剔的目光投过去。

"虎子，把它换下来！"屠小英说。

"为什么？"方虎不解地问，"为什么要把它换下来？妈妈，它难看吗？"

"你爸爸刚死。"

"我爸爸刚死与它有什么关系呢？"

"我们应该为你爸爸戴孝，不能披红挂绿！"

"妈妈，没有必要。我不戴它，爸爸也死啦；我戴着它，爸爸也死啦！"

"你要把它摘下来，虎子，至少等你爸爸的追悼会开过之后再戴，否则，你的白衬衣遮不住它的颜色，人家就会笑话我们。"

方虎笑笑，不以为然地摇着头；她把它撕了下来，胡乱塞到枕头底下。

屠小英为此感到轻松。她听到女儿说：

"妈妈，你也不要这样折磨自己。爸爸死啦，我们要活下去；死人没有道理抓住活人不放松！我和哥哥商量过，为了我们的幸福，当然首先是为了您自己的幸福，您应该立即改嫁。哥哥说待几天他去借台录音机，借一盘《李二嫂改嫁》的磁带，让你听听，受受教育。老这样哭哭啼啼的，我们的健康都要受到影响！"

她看着这个光着脊背，像初绽蓓蕾一样的女儿，一种陌生的感觉突然涌上心头。她想说点什么，到底什么也没说。女儿逐渐丰满的肉体使你感到恐怖，漂亮的女儿无疑是父母的灾难；她的父亲死了，这灾难就全部砸在你的头上。

屠小英在思念亡夫的过程中，断断续续地、见缝插针地回忆着几个流传在北方农村的故事，你把它们从屠小英的叙述性思维长河里剔除出来，连缀起来，大加删除，变成几个故事梗概讲给我们——几个老掉牙的故事，但我们必须咬牙瞪眼地听着。

故事一：

很早很早之前，有一个断案如神的县官坐着轿赶路。忽然，平地刮起一阵旋风。轿夫都掩目不敢行走。县官心中好生狐疑，吩咐落轿。县官钻出轿来，四处张望，见明亮太阳照耀着朗朗乾坤，并无异常景象。县官仔细观看，忽见一抹柳林掩映着一座新坟，坟边坐着一女子在恸哭。县官趋前问话。那女子星目桃腮，满身缟素，楚楚动人。盘问之后，知道是为新丧丈夫圆坟。女子对答如流，并无破绽。县官自思：也许那旋风并不是告状的冤魂。正欲离去，旋风又起，卷动女子的孝服，露出红裙。县官喝令衙役把那女子带至公堂，严刑拷打，问她为什么孝服里边藏红裙。这女子意志坚强，受尽了老虎凳、灌辣椒水、过仙人桥，往喉咙里吹粉笔末儿……诸般酷刑，死不开口。县官灵机一动，吩咐衙役，往那女子腋下胡乱"胳肢"，那女子又哭又笑，吃"胳肢"不过，终于招供。原来她私通奸夫，毒杀亲夫，穿白衣是为掩人耳目。

故事二：

很久很久之前，有一得道之人，回家路上，见一年轻女子，身着缟素，手持芭蕉扇，一边啼哭，一边扇着坟头。他心中纳闷，便走上前去询问："这位大嫂，坟中新丧何人？"女答："奴之夫君。""已死几日？""三日。""哭则哭，扇这坟头做甚？""过路君子不知，奴与坟中死鬼有约在先，他死后，奴守到他坟头干时即可改嫁。他死了已有三日，这坟头迟迟不干，奴家扇扇它，催它快些干，也好及早改嫁！"

得道之人听罢，嗟讶不已。回家之后，把路上所见，与妻子说。其妻大骂这女人无耻。得道之人笑问："我死之后，你能守我几日？"其妻正色曰："若天丧我，令夫君先妾而死，妾终生不嫁，岂不闻'好马不配双鞍，好女不嫁二男'！"得道之人曰："真耶，假耶？"其妻发怒撒娇。

是夜，得道之人竟死。其妻痛不欲生，将亡夫装殓入棺，置于灵堂之上，并请和尚前来念经化纸，超度亡灵，早升仙界。

喧闹的白天过去了，寂寞的夜晚降临。老和尚们偷懒，回庙里睡觉去了，只留下一个小和尚守在棺材前敲着木鱼念经。那女人如何睡得着？只听那清脆的木鱼声响，梆、梆、梆、梆……好似敲着她的心。小和尚嗓音清脆，好像唱歌一样。女人想：反正睡不着，不如跟小和尚去说说话儿解闷。便起身下床，倒了一杯茶，双手捧着，走进灵堂。女人说："小师父，念经辛苦，吃杯茶润润嗓子。"小和尚扔掉木鱼接了茶，嘬着嘴唇喝。女人仔细看那小和尚，只见他眉清目秀，唇红齿白，像唐三藏一样活活地喜欢煞人。小和尚吃着茶，一双眼直勾勾地盯着女人看。女人说："小秃驴，你只管看奴家做甚？"小和尚根本不说废话，扔掉茶碗，扑上来就把女人按倒，在棺材前成了好事。

第二夜亲情更笃。小和尚说："大姐这般身躯，应该穿红绸，戴红花，干么要穿白？"

女人即脱去丧服，穿红绸，插红花，与小和尚终夜狂欢。

第三夜，一次鱼水之欢完毕。小和尚突然双手抱头，直呼头痛。女人慌得不知如何是好。小和尚说："小僧旧病复发，只怕要死。"女人急泪挂腮，问："难道就无法医治了吗？"小和尚说："要是有活人脑子一碗吃下，就能救小僧一命。"女子说："何处去寻活人脑子？"小和尚说："新死之人的脑子亦可代替！"女人急中生智，指着棺材说："这死鬼的脑子可行？"小和尚说："凑合着吃吧！"女人急寻斧头，劈开棺材，摘掉得道之人的帽子，对准那脑门正中，急切就是一斧！

只听到一声冷笑，死人从棺材里蹦出来。

这两个故事，像两条小蛇，在屠小英的思想缝隙里穿插游走，搞得她心神不宁，搅得她坐卧不安。丈夫死亡，是对女人的考验。如果飞来一个小和尚，我能抵抗住诱惑吗？一定能，一定能。屠小英认为自己被这两个浅薄加庸俗、每个字里都渗出封建毒素的故事缠绕着是很荒唐的事情。绝对不会有眉清目秀的小和尚从天而降！更没有坟

头等待我去扇干！我是名牌师范大学俄语系的学生！曾经加入过中国
共产主义青年团！并担任过宣传委员！但是，这些不凡的经历依然阻
拦不住"小和尚"和"扇坟头"的活动，它们摇头摆尾，宛若在水中
游。现在，她已放弃了摆脱纠缠的努力，任凭着那青青头皮的小淫棍
和外白内红的大浪货随意地填补着，冲撞着思维的链条和空隙。十几
天来，时时刻刻都如此。前边所说方虎把红绸乳罩挂到那两颗肉桃子
上时，你脑海里浮现出扇坟女的形象。前天，啊，前天，端着一只盘
子（盘子里有鸡的尸体和牛的尸体）走进家门的那个男人，头发没有
了，果然是一颗光溜溜的青皮和尚头！

两个像音乐旋律一样反复出现的故事难道是偶然的吗？淫乱的危
险已经命运般地降临了！

目前正是倒霉的气味汹涌澎湃的高潮，被头上和枕头上的气味是
高潮中的高潮。这究竟是一种什么物质构成的气味呢？为什么出现在
本书中的人物对气味有着特别的感受力，但对语言的逻辑麻木不仁
呢？我们把这些麻烦统统推到叙述者那颗被粉笔面儿污染的脑袋上。

尽管怪诞的景象和荒唐的气味使屠小英难以入眠，但她照样无可
奈何地履行着躺在被窝里睡觉的习惯。太阳爬升的欸乃之声响起来
了，动物园里的狐狸对着黯淡的月亮啼叫。狐狸的啼叫颇似女人的哭
嚎。屠小英惧怕狐狸的啼叫。方虎的脚丫子愉快地勾搔着她的小腿。
是起床的时候啦。

她站在床前来来回回地走着，聆听着黎明时刻的种种音响。隔壁
的声音十分清晰，大球和小球读英语的声音——beef, beef broth,
steak——老太婆的嗥叫声——整容师的骂人声——张赤球的牢骚
声——这些早习以为常，不寻常的是——连续几天了，她总是听到有
一个熟悉的声音在隔壁轰鸣着。她认为这是幻觉，是听邪了耳朵，但

这些结论都明显地具有自欺欺人的气味。亡夫的声音在隔壁轰鸣着！方富贵的声音在隔壁轰鸣着！这道薄薄的间壁墙非但不能隔绝声音，反而放大声音。一个女人的丈夫死了，尸体被送进了殡仪馆等待整容，但他的声音却每天都在整容师的家里轰鸣着——无论从什么角度来考察，这件事都是富有意味的！

二

　　专门开剥兔皮的屠小英如前所述是哈尔滨人。如前所述她身上流动着一半俄罗斯血液，在中共和苏共尚未闹翻脸之前，这简直是一种骄傲，只可惜那时她干瘦细长，半点杂种的痕迹也没有。那时她要是公开宣称自己是中俄混血，大家会嘲笑她往自己脸上贴金、搽粉笔面儿，当她的身体显出杂种痕迹时，中苏边境却开了仗。

　　如前所述，在师范大学，她是高材生，她为什么选择俄语做专业，而不选择英语或是别的什么语言做专业，只有她与她的妈妈知道。如前所述，那时她的乳房只有国光苹果那么大，方富贵撞到她的乳房上，他的头感觉到她的乳房是温暖而柔软的，其实，它们是坚硬的，凉凉的，它们因为突出，温度要低于身体其他部位。方富贵脑袋的感觉相对于他的脑袋而言也是正确的。他的头是坚硬的，他的头上是冰凉的。

那天她穿着一件淡绿色衬衫，那时她身体上的皮肤紧绷绷的。

一个愣头愣脑的男生撞进了自己的怀抱，无论怎么说都是尴尬的。屠小英心中微微不悦，但更多的是羞臊。他的凸出的脑壳上没有一丝皱纹，光滑得如同一扇倒扣的瓢，生着这种脑壳的男人十有八九是高材生——灵前敲木鱼的小和尚穿插进来——他用坚硬的头颅撞响了我胸膛里的爱情之钟。当时，他竟连句道歉的话都没说。他那时嘴拙舌笨。他现在喋喋不休——熟悉的声音穿透墙壁传过来，"大嫂，求求您啦……"他求她干什么？他求一个与王副市长有私情的女人干什么？一股火辣辣的液体在你的嘴巴里澎拜着，这是忌妒的液体。连沿着墙边飞跑的老鼠都散发着他倒霉的气味——屠小英目送着老鼠穿过墙壁，钻到整容师家里去了。爱情叙事诗又掀开一页——

——如前所述，书呆子动了感情比狮子还要勇猛，在图书馆狭窄的过道上，你与他又一次碰了头——这种情况自从"头撞乳房"事件后几乎每天都重复出现。这一次他的双眼放出绿色的磷光。有经验的女人都知道这是爱情的光芒。屠小英没有经验。她七分好奇地捕捉着磷光，她三分惊恐地躲避着磷光的锋芒。这样的强光无疑会伤害女人的眼睛，但你还是忍不住好奇去看它。与此同时，被撞过的乳房温度突然升高，膨胀的感觉使你胸前有了耻辱。屠小英不自觉地弯了腰。

叙述者对我们说：那天晚上，学校里放映一部苏联影片，图书馆里几乎没有人，关键的时刻，给图书馆的通道送电的线路恰好发生了故障，就像上次的碰撞是偶然性的产儿一样，这次事件也是偶然性的产儿。停电了，他的眼睛里的磷火璀璨夺目，像迸溅的钢花一样。不等屠小英清醒，方富贵就咬着牙（他的牙齿嗒嗒地响着）扑上来。

　　那时你几乎要休克。寒冷冻住了你的思想。腰椎被勒得巴巴地响，胃里的食物一部分下降一部分上升。这时，躺倒在地是完全合理的举动——如果上帝被方富贵搂住腰，她除了躺倒在地也别无选择——在和平的岁月里，我们坚信上帝是个善良的、有两只大乳房的中年妇女。她的眼睛是灰色的，跟渤海湾里的海水一样；她的头发是亚麻色的，跟亚麻的颜色一样（这几乎等于废话）；还有一点很难启齿……说了吧！我们请求你直言不讳。好吧，你说，其实这也是健康的表现，是生命力的表现：她的性欲是旺盛的、经久不衰的，否则她就要从金子铸成的座椅上被轰下来——上帝也抵御不了一个发疯的男人，她的意志力一经男人的搂抱，立刻化成一股轻烟——倒霉的气味竟然从高压锅的阀门里溢出，高温也难消灭它——他在隔壁和整容师窃窃私语，她确凿地认为他和整容师在议论着自己，不由得抽泣起来。她有意地把抽泣声喷到间壁墙上。这就是抗议，也就是警报，与诅咒差不多；可以理解为法术，类似特异功能；竟然像失伴的孤雁在长喉；或者如笼子里的苍狼对着月亮嗥叫。她的抽泣声总有一天会让这道施工马虎的墙壁倒塌——这是后话，暂且不提。

　　食物上涌，有一股气味冲进屠小英的口腔（你是不管我们恶心不恶心的），这是一股韭菜的气味。正当她因为满嘴的韭菜气味而生长出自卑的感情时……方富贵的嘴巴已经堵在了我的嘴上。我紧紧地闭住嘴，这是不可能持久的。她感到电一样的刺激从脊髓冲激到大脑后，嘴巴随着张开了（这时她想到了河蚌。河蚌被捉后，总是紧紧地闭着嘴，一旦把它们扔进热水里，便张开了嘴。在热水里依然闭着嘴的是死蚌）。

　　韭菜的气味给你！

　　疯狂的喊叫吐到你的嘴里！

不许你将我的气味和我的喊叫泄漏一点一滴!

它们是爱情的副产品!

喝了美酒就要准备好承受酒精的毒害!

那么,我们听到的只是你们鼻孔里发出的喘息声。

叙述者告诉我们:学校的操场上放映着一部著名的苏联影片——很久之后,我们得知影片的名字叫做《雁南飞》——法西斯的飞机轰炸着城市,楼房的玻璃被震破,玻璃哗哗啦啦响着,掉在地板上。那个漂亮女人连续抽打了那个男人二十六记响亮的耳光!男人的眼睛放射着绿色的磷光。眼放磷光的男人是打不退的!他搂住了兄弟的女人。她的身体往后仰去——像上帝一样。

你听到了玻璃落地时的声音。你看到他站起来,双臂垂着,好像站在一具死尸前。你也感到自己死啦。泪水流到脖子上。屠小英为破裂的处女膜哭泣吗?这个"?"是没有答案的。

她爬起来,心里乱成了一团麻。那时的感觉至今犹在。后来她爬起来,手按地、臀部离开地面、腿肚子离开地面……每一个动作都是耻辱的,都是肮脏的。他凑上脸来,你闻到了他牙龈出血的气味。

屠小英打了方富贵一个耳光,还顺手抓了一把他的脸,便飞一般地逃走啦。

她逃到操场上。鬼把她领到了操场上。战争结束了,战士们返回了故乡。成千上万的女人们、孩子们涌向了车站……她们都抱着鲜花。你只看到她抱着一束鲜花,腮上挂着泪水,在人群里拥挤着,被人群拥挤着,被狂喜的浪潮颠簸着。战争胜利啦。她把鲜花分给每一个碰到她的人。她是善良的。她是博爱的。她是麻木的。

"屠小英,你哭啦?"一个女同学用充满同情的语调问,她的眼圈也是红的。

"不，我没有哭！"你掏出手绢擦擦眼睛。双腿之间的耻辱使你痛恨物理系那个脑门突出的鲁莽小子。

"你的裙子怎么这样脏？"在女大学生宿舍里，那位女同学问你，"哎哟，还有你的头发！"

那时你的头发还是标准的中国式黑发，你抬起手拢着头发，腮是烫手的，手是凉凉的，手指的关节因极度的伸展现在变得疲倦而僵硬。你说："我跌了一跤……我太难过啦……"

屠小英决定再也不理那男生——她还不知道他的名字，更想不到要嫁给他——至于处女贞操的丧失，就让那小子占个便宜，我吃次哑巴亏。

当时还是视贞操为性命的年代，屠小英的损失是惨重的。

三

她听到了敲打门板之前的脚步声。丈夫刚死，荣誉接踵而来，使她不能像一般的丧偶女人一样放浪形骸。她必须像一位牺牲在战斗岗位上的英雄的遗孀一样：内心是沉痛的，表情是安详的；嗓音是沙哑的，语言是连贯的；风格是高尚的——不向组织提任何要求，有困难自己克服；理想是坚定的——我一定要努力工作，教育孩子，把死者遗留下来的担子挑起来。

白天，你坐在由校办工厂运兔子的汽车临时冒充的灵车的驾驶室里，看到河水的蓝色光芒和河边白杨林的白色树干。校长陪同方富贵的尸体坐在后车厢里，你坐在驾驶室里享受着优待。你的心忐忑不安。后来，你看到校长与校工们抬着方富贵冲进了殡仪馆。校长的手不停地抚摸着死者的后脑勺子，他的嘴唇蠕动着，他仿佛在念动咒语。校长的行为令你感动。他痛惜地摸着他的后脑勺子，因为那里边装着成群结队的物理学公式。他为丧失了一名优秀的中年教师而悲痛。

"屠小英同志，您要节哀……"校长眼泪汪汪地说，"您的工作问题我们要专门向市政府报告，一个学俄语的本科毕业生，竟然去剥兔子皮！浪费人才啊！方老师的早逝，为我们提供了向有关部门呼吁的机会，我们会趁热打铁把事情解决！"

她只是想哭。并不是因为死了男人心里难受，而是因为全身心感受到了来自党和组织的温暖。这时如果校长代表党命令她为人民的利益挖出自己的眼球，她会毫不犹豫。

"校长，学校的事情就够您忙的了，不要为我的事耽误您的时间，'人固有一死，或重于泰山，或轻于鸿毛'，老方是为人民利益而死的，他的死比泰山还重。我在校办兔肉罐头厂的工作很好，很好……"

方龙冷冷地笑着。他是一个正在待业的青年。根据一般的生物学理论，他是杂交二代，具有极大的优势。他的年龄和历史不详，他是否参加过高考我们不得而知。他就像一个奇迹突然出现在大家面前。

叙述者说他仔细地观察着这位年轻人，并用详细的语言描绘他的相貌：身高一百八十八厘米；双腿又长又健壮；腹部平坦，像一块绷直的钢板；胸脯宽阔；肩膀稍稍倾斜；两条长臂的末梢是两只笨拙的大手；脸是瘦长的，鼻子挺拔得出奇；薄而坚硬的双唇；眼窝略有些陷，眼睛活泼机警，闪烁着灰蓝色的、令人愉快的光芒；小胡子是金黄色的，头发也是金黄色的。

校长、校党支部书记、工会主席坐在几把椅子上，满脸悲痛。他们用时而悲哀、时而愤慨的语调安慰着屠小英时，你看到这个仿佛一夜之间长成大人的儿子用肩膀抵着门框、不间断地、有节奏地摇晃着身体。她听到他嘴里和鼻子里冒出的冷笑声。

校长他们分明感到了这冷笑的威胁，但谁也不敢用正眼去看冷笑者。汗水悄悄地从他们头发里爬下来，湿了他们的衬衫领子。他们的屁股扭动着，说明他们急欲告辞。

"屠小英同志，就这样吧，节哀，节哀，有人说：'方老师死了，第八中学里的杨树都很悲痛'，这话是对的……"

老态龙钟、口齿不清的校工会主席说："说起来好像传播迷信一样：今天分明晴空万里，连一丝云彩都没有，也不刮风，可那棵大杨树，就是厕所旁边那棵，突然摇晃起来，树叶子哗哗地响着，黄豆大的水珠子噼里啪啦往下掉。我好生纳闷，寻思着是下雨呢，可天上没有一丝云彩呀！寻思着是蝉撒尿呢，可杨树上没有蝉的叫声。翻天覆地地想，终于明白啦：是杨树在哭！此事要不是我亲眼所见，任凭谁说我也不会相信。这可是我亲眼所见，当时我正站在厕所里撒尿……"

校党支部书记及时地打断了工会主席的话，他站起来说："屠小英同志，明天我们来请您与您的孩子去与方富贵同志的遗体告别。校党总支将把方老师的有关荣誉证书转交给您。节哀，节哀……"

学校当局三位巨头嘴里说着节哀，脑袋频频点着，身体往外移动。穿过门洞时，他们的身体都显出恐惧来：方龙斜靠在右边门框上，他们的身体擦着左边门框滑出去。

"连杨树都哭啦？"方龙好像是自言自语。

已走到院子里的校工会主席回头往屋里瞄了一眼。他的脸蛋儿黄黄的，像一盘盛开的葵花。他的腿原来有点瘸。

他们梦一般出现又梦一般消逝。她回到了屋子里，迎面碰上了儿子那两只怪眼里射出的冰冷的光芒。她躲避着这光芒，好像做了什么了不得的亏心事。

儿子从后腚上的裤兜里摸出一沓崭新的、面值十元的人民币，用手指弹弹——人民币发出金属片的声音——扔在桌子上。他说："妈，你不要听这些人放屁！他们都是些没有人心的东西。《国际歌》里说，'从来就没有什么救世主，也不靠神仙皇帝'，要想吃香的喝辣的，全靠我们自己！"

扔下钱后，他把双手插进裤兜里，摇摇摆摆地向外走出。那架势分明就是一家之主。

人民币成扇面状散开在桌子上，一群群面带笑容的工农兵在纸上昂首前进。从出生到现在，屠小英还是第一次看到这么多钱。

她追到门口，再次注视着那双手插进屁股上的兜里、如同用双手捂着屁股、摇摇摆摆往前走的儿子。

她想问：这些钱是哪里来的。

但是她张不开口，而且，这位高大的英雄已消逝在沉沉的暮色里了。

这一夜她无法入眠。一会儿想念着待在"美丽世界"里的方富贵；一会儿又仿佛看到儿子正用铁棍撬着市人民银行的保险柜。女儿方虎在她的小房子里不知捣弄着什么东西。隔壁墙咚咚地响着。张家那两个小子打着响亮的呼噜。

郊区的公鸡鸣叫第三遍时，她听到了急匆匆的脚步声。

她跳起来去开门。她的心咚咚地跳着。她做好了迎接浑身鲜血的儿子的准备。

一股生石灰的气味呛着她的鼻子。借着城市的夜光，她看到门前站着一个全身雪白的幽灵。那幽灵可怜巴巴地眨巴着眼睛，幽灵说：

"孩子他妈，我没有死……你不要害怕，我原本没有死……"

如前所述，屠小英怪叫一声，昏倒在地。

四

金钱是丑恶的，但离了它不能活。你不得不用儿子摔在桌子上那一沓人民币之中的其中两张去粮店买粮时，听到它们在口袋里欻欻地响着。你把它们递给粮店里的那位姑娘，发现她用锐利的小眼睛盯了你几下子。你心里直犯嘀咕：这两张票子该不会是假的吧？如果是假的，就说明失去父亲管教的儿子已经加入了制造伪币的团伙！罪行是严重的，你开始考虑对策。你知道自己决不会出卖儿子，你就装糊涂，就说是会计发给你的工资。

卖粮的姑娘用涂着红颜色的手指甲弹着那张新票。啪啪地弹着，弹得那么居心叵测，那么别有用心，那么可怕！你看到她的另一只手伸到柜台下去做了一个动作，你猜想她一定伸手按了警报器，躲在粮店周围的警察们已经包围了粮店。你听到装着弹簧的店门嘎啦啦一声响，一股凉风直扑脊背。那黑洞洞的枪口就要抵到我的腰上了。

卖粮姑娘头发上沾着一层面粉，好像一只面缸里的耗子。她不耐烦地说：

"你还愣着干什么？"

她是让我举起手来，向警察投降。

"拿过来呀！"卖粮姑娘吼着。

你举起颤抖的手。

"拿过粮本来呀！"卖粮姑娘一把抢过你的粮本。

粮本上，户主的名字仍然是方富贵。

你背着大米往回走，还在怀疑那两张票子的真实性。

贞操是珍贵的，但丢了它照样活。

屠小英发誓不再理物理系那位莽撞的书呆子。这个决心只保持了一星期。

她在梦里也摆脱不了他的影子。她控制不了腿和脚，它们蛮横地把她的身体的其他部分，连同那努力抵抗着的大脑，一起载到图书馆的过道上。

她站在过道上，脑袋里轰轰地响，一大串狂热的俄罗斯爱情语言在胃里咕咕噜噜地响着。与此同时，两条大腿流出了汗水。

她明白了，命中注定非嫁给他不行了。

可恨的是，这小子见了她竟绕着道走。他的回避令她愤怒。

终于，操场上又放了一场苏联电影。叙述者只记住了影片中的一个镜头：一匹黑马吃苹果。

她和他又相逢在图书馆狭窄的过道上，电路通畅，电灯明亮，把他们的影子投到地板上。地板上沾染过她的那一滴珍贵的血。

"你为什么躲着我？"屠小英问，她想不到自己会如此冷静。

"因为我爱你爱得发了疯！"方富贵回答。

她也想不到他的回答是如此狡猾。

"那就说定了，我嫁给你，毕业后就结婚。"她说。

"我梦寐以求。"他说。

"那好，我们看电影去吧。"她说。

他和她赶到操场上，第一眼看到的，就是那匹黑马吃苹果的镜头。

这无疑是一个象征：一匹矫健的黑马啃吃一只青皮的苹果。吃了一只又吃了一只。黑马一共吃了两只白皮青苹果。前边我们读到过：屠小英的两只乳房犹如两只白皮青苹果。

马吃苹果之后，银幕上出现了一个丰乳肥臀的俄罗斯少妇。她的头巾里露出一绺亚麻色秀发。

方富贵珍藏着的那张剪报，可以大致判定为一张苏联电影剧照。

屠小英婚后按照剪报上的照片发展自己的身体和容貌的根据并不仅仅因为她有一半俄罗斯血统。

毕业之后，他们分配到我们的美丽城市。方富贵教物理在第八中学。屠小英教俄语在第八中学。

五

　　她一直在等待着校领导来找她，不是为了让他们帮她重新返回教室，手执教鞭站在讲台上，像上帝一样向学生们传播伟大的俄罗斯语言，而是希望他们带她和孩子去"美丽世界"与丈夫的遗体告别。

　　她等待了一个星期。

　　我们知道她的等待是没有结果的。

　　她早已死了重返讲台的念头。当年，俄罗斯语言和俄罗斯血统让她尝够了皮鞭和拳头的滋味。后来，她开剥着灰色的、白色的、黑色的、蓝色的兔皮时，终于悟到一条真理：无论什么颜色的兔子，剥了皮后都一样；无论什么颜色的兔子，最终的结局都一样。

　　于是她便有意识忘却。忘却每一个词汇，忘却每一道鞭痕，忘却每一句侮辱的话。她甚至想忘却自己的容貌。

　　屠小英开剥兔皮时悟到的真理与整容师在整容床前悟到的真理有惊人的相似之处。整容师的真理是：人无论生前处在什么位置上，死后发出的气味是一样的。

　　我的俄语早忘光了，再说，现在中学里也不开俄语。她自言自语地说着，好像校长或是某位领导人坐在她面前，请她去教书一样。

　　没有人请她去教书，也没人请她去与遗体告别，于是她开始盼望去重新剥兔皮。

　　她走不出家门，因为她还没有跟丈夫的遗体告别。

　　星期天的早晨，她坐在床沿上发呆。儿子又是一夜没归，女儿胡乱吃了几口饭，也跑得无影无踪。这时，她除了温习那两个故事外，还思想着校办兔子罐头厂的气味。隔壁又响起了简直就是亡夫说话的声音时，她又想起了那个散发着石灰气味、全身雪白的幽灵。

她被吓昏在地后，女儿和儿子批评她：妈，你是神经错乱！人死了就是一具尸体，哪有什么鬼魂？鬼魂还会散发石灰气味？

鬼魂如果有气味，一定是石灰的气味。

她有时想，应该去隔壁找整容师打听一下，丈夫的遗体是在排着号等待整容呢？还是已被火化掉？

半上午时，一群第八中学的物理教师排着队走了进来。他们鱼贯行走在院子里，一个个哭丧着脸，活像一队囚犯。

她第一眼看到的是走在最末尾的那位光头。并不是因为他来送过一盘鸡、牛肉。他虽然走在最后，但她首先注意到他。因为他走路的姿势极像方富贵。她几乎认为他化了装来跟自己的老婆开玩笑。

走在最前头的是年近花甲的孟老夫子，他手里提着一只胖大得出奇的光腚鹅。犹如一群大鱼挤进了一只鸭的嗉子，教师们挤进房间，鸭嗉顿时膨胀起来，房间正在膨胀。椅子和凳子有限，每把椅子上一般要挤上两个屁股，年轻的物理教师——包括方之爱徒双胞胎——只好站着。他们一律面朝南，脸对着辉映着万道光华的窗户。窗户下面是那张东西向摆放着的双人床。他们本来应该坐到床沿上的呀，可是他们不，他们宁愿站着也不去坐床沿。这是方老师生前躺过的床。他曾在这张床上搂着一位半拉洋人睡觉，它曾为他和她嘎嘎吱吱鸣叫。它原本是平凡的，现在却成了圣迹。包括坐在床沿上的女人，也变成了圣迹。教师们都不去坐这张床，如我所述，是因为怕冒渎了死者的圣灵。依我们之见（我们总是以事实为根据以理论为指南，尽量推导出比较合乎逻辑的结论），他们不愿意坐在床沿上（屠小英邀请过的），一是不愿意和这位身着丧服、浑身散发着俄罗斯气味的女人坐在一起（气味往往勾起欲望）；二是不愿意把自己放在被瞻仰的位置上。还有些更隐秘的心理连我们也不能发现，听好听凭你信口开河啦。

德高望重的孟老夫子当然地坐在正中，独自享用着一把椅子。没有人去挤他的屁股并不是因为他的屁股大，而是没人好意思。教师们都比他年轻，几乎都是他的徒子徒孙，这群物理教师就像他繁殖出来的一群小猴子。教师们围绕着头发花白的孟老夫子或立或坐，俨然一群喽啰簇拥着一位山大王。我们认为这是十分荒谬的比喻。

孟老夫子怀抱着那只又白又胖、光溜溜的大鹅。长长的鹅颈沿着他的膝盖垂下去，颈上有一道红色的刀口。

他说："小英啊，富贵去啦，我很难过……本来应该我先去，可是……"他缓缓地挤挤眼，给人一种流泪的感觉。枯涩的眼窝里没有泪，只有眵，白色的眵，女人最讨厌男人眼角上的眵，屠小英是女人，是肉欲感很足的好女人，她怎么想？她没看到，她的注意力暂时集中在那只肥鹅上。它的嘴巴里和颈上的切口里往外流着一种淡黄色、半透明的水，流量的大小跟小男孩的尿流差不多。水流把鹅的嫩黄嘴巴与地面联系在一起。一位中年物理教师几乎与屠小英同时发现了这件蛮有趣味的事，但是他没吱声，因为孟老夫子正代表着第八中学的全体物理教师向屠小英表示慰问，鹅与水的问题不得干扰正题。他在想：水是良好的导体，灌满了水的肥鹅也是良好的导体，孟老夫子搂着肥鹅的手也是导体，如果现在地面上有电，电流便可沿着水流进入鹅体，由鹅体进入孟老夫子的体内。那么，他的慰问词就要卡壳，他就会身体痉挛，耳朵里冒着焦黄的烟，显示出触电的症状！

进行上述奇妙联想的，是新剃了光头的人，他混杂在物理教师的队伍里，冒充张赤球。他还联想到另一个有趣的故事，联想的由头是鹅头上的流水与童尿相似：说一个调皮的男孩，发现地上有一根电线头，便回家去穿上了绝缘的胶鞋。他想学雷锋做好事哩。电线头噼啪地冒着火花。水是能够灭火的，尿是水，电线头上的火花是火。于是他用尿去浇电线头。他全身一阵麻木。跑回家向当电工的爸爸哭诉。小男孩的爸爸说：等你上了中学，学了物理，就会明白触电的原因；但你要吸取一条教训：不要随地小便！

"我们都是穷教书匠，你明白，"孟老夫子说，"凑了点钱买了这只肥鹅，"他拍拍鹅，"哎哟，它怎么还吐水呢？"

鹅身上控出来的水在地板上流动着。坐着的教师们都站起来，看着水也看着这只突然间变黄变瘦了的鹅。

小郭说："不必大惊小怪，这是题中应有之意！"

"鹅身流水还是什么'题中之意'？"孟老夫子有些愠怒，质问小郭，"你买了只什么鹅？"

小郭坦然地说："我也知道这只鹅宰杀后，被人用大号针管往皮肤和肌肉之间灌进了两市斤水，但市场上没有不灌水的鹅；待会儿开它的膛时，还会发现它肚里有一市斤鹅卵石，是从肛门里捣进去的，同理，市场上找不到不塞鹅卵石的鹅。"

教师们啧啧连声，孟老夫子把鹅递到另一个人手里，另一个人又把鹅放到一堆劈柴上。

屠小英心里有些不快。道理很简单，鹅里的水会弄湿劈柴，湿劈柴不如干劈柴好烧。

她压抑着不快说：

"谢谢各位老师，谢谢！大家生活都很困难，真叫我不好意思。"

"一点小意思，加了水又加石头，丢我们的脸。"老夫子说，

"古人曰'千里送鹅毛，礼轻情意重'，尽管掺了假，但毕竟是只鹅，你煮煮与孩子们吃了，就算吃了我们这些教书匠的心……"

"要是富贵在天有灵，也会感激涕零的，感谢各位老师。"

她发现剃光头的张老师总是别别扭扭，那张脸七扭八扭古古怪怪，好像那张脸的后面还有一张脸。一种秘密的、神奇的信息冲击着她脑袋中的一根筋络，这根筋络在颤抖，在发声，在呼唤着逝去的往事。

小郭不识时务地讲起了一个故事：

"这是我亲眼所见，你们爱信不信。前天，市工商管理所一位女官员抓住了一个卖鹅的小伙子。女官员问他为什么往鹅肚里塞鹅卵石，小伙子回答说：这不是我塞的，是鹅肚里原来就有的。鹅卵石，顾名思义，就是鹅体内的石头嘛。女官员悻悻而退。"

"纯属胡说！"孟老夫子站起来，说，"我们该走啦，今后，家里有什么事就去找我们。张老师，你们是邻居，你常来跑跑，多照顾照顾。"

你看到他连连点头。你感觉到全身皮肤发痒。剃着光头的张老师蹊跷极了，你心里有些害怕。

教师们像来时一样，又鱼贯地走出房屋。他又落在了最后，眼镜片里有两点磷火闪烁着，死盯着你。师范大学图书馆狭窄黑暗的过道里的情景蓦然涌上你的心。

屠小英不由自主地呻吟了一声。这呻吟也是二十多年前的呻吟。

他极不情愿地随着队伍走，走了几步就到了家门。

孟老夫子说："你们两家离得真近啊！"

你看到他脸色陡变。你听到他说："是……是……"

她不知道该对他说什么好，便点点头，回了自己的家。是关上这两扇破烂的大门呢，还是敞开这两扇破烂的大门呢？她犹豫着，也好像等待着。

你敞着破烂的大门摇摇摆摆地穿越着短小的庭院。庭院里没有石榴花，也没有厕所，周围的住户都在一个厕所里解手，也就是说，你无法闭门不出。你每天都要碰撞到他那两只鬼怪气十足的眼睛上。他的身体、动作、声音都使你不舒服，也使你留恋。自从他托着盛着鸡腿、鸡翅和牛肉的艺术挂盘拜访过这个家庭后，他就变成了一个崭新的故事中的人物，你也被他拉进了故事之中，你与他共同编织着这个故事，那个青头皮小和尚的故事和那个扇坟头女人的故事变成了这个未完成新故事的有机组成部分，它们与白色的、石灰气味的幽灵搅和在一起，你预感到自己没有力量与这个故事的逻辑抗争，结局早就安排好啦。你的命运控制在笼中人手里。

刚刚望见那只把劈柴尿湿了一大片的光腚鹅，屠小英就听到耳朵后边响起喘息声。是他的熟悉的喘息。热烘烘的气息喷到了俄罗斯式的滑腻脖颈上。这气息里有股独特的腥味，是方富贵牙龈发炎的气味。她闻惯了这种被一般女人排斥的气味，它唤起了夫妻间的温情，他的手搂住了俄罗斯式乳房，他在你耳边呼唤"大奶牛"。

"大奶牛……我的大奶牛……"

"大奶牛"的力量是无穷的，它在空中嗡嗡地响。

叙述者曾提示过，"大奶牛"是方富贵和屠小英床上的秘语，他用"大奶牛"撩起她的情欲，然后就做爱。在爱的高潮上，他也呼唤"大奶牛"，或者加一个定语，变成"俄罗斯大奶牛"。

她脖子后的发际感到刺痒痒的，身体发起热来。她吃惊地感觉到，那个最隐秘的地方（完全是人为的、像造神一样），流出了滑溜溜的液体。这种现象意味深长，不容忽视。她忍耐不住地摇晃起脑袋来，亚麻色的头发像沉甸甸的亚麻色的波浪冲刷着求爱者的面颊，眼镜首当其冲。

最紧要的关头往往发生突然的变故。她摇晃脑袋时，看到了那帧披着墨染皱纹纸的结婚照片。年轻的方富贵脉脉含情的眼睛里射出讥讽的光芒。她感到身体一下子凉透了，趴在自己背上的那个人是隔壁的男人。他制造出来的梦幻般的迷醉顷刻之间变成了腻味。他竟然不知好歹地继续着猥亵动作，这种得不到回应的轻薄，进一步导致了她的鄙夷和厌恶。

尽管如此，她还是用温柔的节制动作把他从自己背后剥下来。她几乎是在哀求他：

"张老师，张大哥，我不能够……他在看着我们。"

她指着那镶在镜框里的照片。

她从他脸上没有发现羞愧的表情。完全正确，他脸上的表情不是羞愧是愤怒。他逼视着照片上方富贵的眼睛，眼睛里喷出湿漉漉的、明亮的火焰。这就是"仇人相见，分外眼红"。

"你的心我知道了……我不怪你……你也是个人嘛……"屠小英宽容地说，"我不能干对不起嫂子的事……"

"小英……"他真的流泪了，"我没有死……我就是方富贵……是你的亲丈夫呀……"

"你说了些什么呀！"屠小英感到愤怒。

"你难道听不出我的声音吗？你的左腿上有一块疤，是小时生疮落下的……"他说。

屠小英倒退着，这个陌生又熟悉的男人正在一件件数着她的生理特征和过去生活中的趣事，好像一层层剥去她的衣服。

他数说着往前逼近，你颤抖着往后倒退。

"你……你别过来……你是鬼呀……啊……"屠小英高声叫起来。

他慌慌张张地逃走了。

他如果是鬼能被人的喊叫吓走吗？

他如果不是鬼如何这样了解我？

第三个小故事又插进了这个正在继续演变着的大故事之中。

第三个小故事是鬼怪与现实的结合物。鬼怪部分说一个人的妻子死去多年，亡魂思念丈夫，得到有关方面批准，借一个新死女人的躯体还魂复生（这故事有几十种版本）。现实部分是屠小英到农村参加社会主义教育运动时亲眼所见。她的房东家有一个二十多岁的大姑娘，经常口吐白沫昏倒在地，醒来后就冒充家里已死的人说话。一会儿是老奶奶，一会儿老爷爷。据姑娘的父亲说，她出生时她爷爷、奶奶早死了，但她说话的声音、身体的动作都酷似那些早死的人。那时她还是共青团员，是唯物主义的捍卫者。她对姑娘的父亲说：你女儿神经不正常。姑娘的父亲不服气地说：她说那些陈旧的往事都是确曾发生过的。

我的心是迷惑的，但是我坚定地对那老头说：

"你女儿有神经病！"

是不是我也得了神经病？

难道张赤球得了神经病？

夜里，屠小英把方虎拉到自己身边睡觉。她感觉到心神不宁，只要一闭上眼睛，就看到一个全身雪白的人站在床前，就嗅到那亲切的石灰味。睁开眼睛则什么也看不见。

夜很深了，儿子还没回来。

六

　　他始终没给我们讲清楚第八中学的方位。在你的嘴里，它一会儿坐落在蓝色的小河边，一会儿紧傍着"美丽世界"，一会儿又好像是人民公园的近邻，而那豢养着飞禽走兽的动物园，又似乎是人民公园里的园中园。现在，又有一道立体交叉桥横在第八中学一侧，还有一家高大的豪华饭店把它的影子投到第八中学校园内，我们像弄不清楚田鼠的洞口一样弄不清楚屠小英和整容师家的出口，到处都是石灰池，到处都是砖瓦木料，到处都有起重机的巨臂，我们的城市在建设、在日新月异地变化，这就是叙述者告诉我们的一个确切的印象。

　　他继续絮絮叨叨地说：豪华饭店的影子还没投过来时（确切的说法是：豪华饭店尚未建筑时），屠小英就在一家兔肉罐头厂里上班了。

　　重新得到工作的机会，她的心情是狂喜。校办工厂的厂长是位方面大嘴、头发乌黑的老太太。屠小英第一次去工厂上班时，就感到老太太鸱鹰般锐利的目光把她从头到脚打量了一遍。在这样的目光下，屠小英感到自己被剥得一丝不挂，好像在接受着一个老鸨子对新进妓女的检查——仅仅是感觉，因为屠小英不是妓女，老太太也不是鸨母，社会主义已经消灭了妓院，第八中学虽然像所有中学一样想钱想到发疯的程度，也不敢办一家妓院——屠小英正在接受着兔子肉罐头厂厂长的检查。你认为她随时都会挂着拐棍走过来，尽管她端坐在一张裂着宽缝的办公桌后，手里没有拐棍，桌子上也没有拐棍。你看到她从一只酱黄色的药瓶里倒出一小把粉红色的药片，犹犹豫豫地填到嘴里去。这位兔肉罐头厂的最高领导人，光滑的大脸上满是痛苦的表情。尽管整个办公室里都难寻一根拐棍，但你还是感觉到她拄着拐棍来到你面前。你的衣服早被她剥光啦。她嘴里喷出了糖衣药片的气味。尽管她的手肥胖得像只蛤蟆，但你感觉到蛤蟆顷刻成鸡爪。她用坚硬的爪子戳着你身体上一切不符合中国传统的地方。

"你的皮肤为什么要这样白？"——"是新沙皇派来的白俄特务！说，你窃取了多少情报？"

"你的奶子为什么这样大？"——"你勾引过多少领导干部？珍宝岛事件与你有什么关系？"

"你一头怪毛！"——"你的电台和发报机藏在什么地方？密写药水？手枪？窃听器？"

她无疑对你极端厌恶。几乎每一个担任了领导职务的女人，都对比自己年轻、漂亮的女部下充满了刻骨的仇恨，恨不得为她们改换性别，或者往脸上和一切能够吸引男人的地方浇泼硫酸或镪水。屠小英不知道她的新领导的心理状态，她强烈地蜷缩着肉体和灵魂，她的心是虔诚的，尽管恐怖到无以复加的程度，但依然虔诚。这种状态好有一比：上帝要跟你性交，你是他创造的，你的肉体和灵魂都是他恩赐的，他要享用你，就像农夫要杀食自己养肥的母鸡。鸡是恐怖的，但鸡没有权利抗拒。你是恐惧的，你也无法抗拒。

因为她代表着神圣，代表着人民。

她继续用她的枯瘦的正义手爪指责着你的肉体。

你的心里第二次响起了遥远的、红色的、动人的、庄严的音乐。演奏这音乐的是一群士兵。有一架疯狂的钢琴在轰鸣；有三支金色的铜号在嘹亮；两把京胡在悲凉；十支唢呐在忧伤。这些乐器的合音使最原始的行为升华成为向上帝献身的圣乐。

屠小英就是在这种圣乐中被一位了不起的干部享用了。他用牙齿和手指享用你。你被精心洗涤过的肉体痛恨着他的软绵绵的生殖器。

那些往事就像一部影片：有辉煌的主题音乐；有斑斓的色彩；有惊心动魄的高潮。

他们用充满着强烈义愤、浓厚的阶级感情、火热的复仇精神的生殖器轮番逼近你的具有新沙皇气味的生殖器。

那时候音乐到达所谓的"华彩段落"。你并没有感到有多么了不起的精神痛苦。他们走了后，属于你的事情就是慢慢地爬回自己的家。肉体的痛苦是不值一提的。所以，当时你对方富贵的痛哭不十分重视，你认为他有点做作。革命年代不需要眼泪，因为革命年代鲜血都流成了河，眼泪是没有价值的。

你经过了这一次，以后就没人再麻烦你了。由此可见，即便是原罪，也可以通过某种方式救赎。

"听说你在'文化大革命'中受过迫害？"兔肉罐头厂的"女政委"（不久后屠小英听到厂里无论是剥兔皮的还是剁兔头的都这样称呼）放下刚刚输出过一口水的玻璃杯（杯子高桩圆肚外套塑料绳编织套），几乎是阴险地说。

你哑口无言。

她严肃地说："我不管你受没受过迫害，也就是说，我不会因为你受过迫害就不严格要求你。你受那点苦算得了什么？我要求你忘掉受过的迫害，拼命地干活，你干得越多，得到的报酬就越多，道理很简单。"

你想：我受过迫害吗？

"你有什么特长呢？""女政委"问，没及你回答，她又接着说，"听说你学过俄语？还有一半俄国血统？如果我们厂与苏联挂了钩，我会想起你。现在，你到第一车间去报到吧，他们会告诉你该干什么和怎样干。"

"女政委"摸起电话，对着话筒说了几句话。你愣不拉叽地看着她嘴唇的奇妙运动。她把话筒挂上了。她问你："还有事吗？"

"你可以走啦！"

第一车间是宰杀车间。车间主任是一位英俊威武的男青年，讲一口相当优美的普通话。他的位置应该在舞台或电视屏幕上。他扔给你一件黑革连胸裙，一双崭新的高腰雨靴。他还关切地问你的脚的尺寸，是为了，也确实根据你的脚长为你调换了一双合适的雨靴。

车间的南墙上有一个方形的小洞口，洞口旁站着一个与你年龄差不多的女人，你似乎每天都能见她，又好像第一次见到她。她手持着一柄黑色的橡皮锤子站在洞口一侧，洞口外悬出来一块木板，颇似体育馆里的跳水平台。车间主任对你介绍情况，他说："这是第一道工序：把兔子打昏。也叫'为兔子敲警钟'。"

主任示意那位提锤侍立的女人开始操作。

她的脚踩了一下地面上的机关，洞口里有层透明的挡板缓缓地升起来，两秒钟后，一只褐色的肥胖家兔从小洞里钻出来。她的脚松开，透明挡板缓缓落下。家兔蹲在悬空的木板上，左顾右盼，搔嘴抓须。她板着脸，半眯着眼，对准家兔的脑门，敏捷而准确地打了一皮锤。家兔"哇啦"一声，栽下木板，恰好跌进一只小铁车里。她又用脚踩了一下机关，那小铁车就沿着地上的、像拇指肚那般宽的钢轨，无声无息地滑行到一个开剥兔皮的老女人面前。她又照样表演了一番，唯一不同之处，这次被打下平台的兔子是深咖啡色而不是褐色，其他的——包括跌下悬空木板时那"哇啦"一叫，都一模一样。

"你如果愿意干这工作，我可以把她调到别的工种去。在这个岗位上，你每天要敲昏大约八百只兔子，并负责把它们分发到每位剥皮员面前。这个工作的要求不高，难点是，你手上的锤子要准确地打在兔子的脑门正中。只能打昏，不能打死；只能打一下，不允许打第二下。如果打死一只，就要扣除你当日工资的十分之一；如果一下打不昏，也要扣除你当日工资的十分之一。"

又一只草绿色的兔子被打昏，跌落在铁皮小车里。那手持铁锤的女人呼吸平稳，神色安详，连一点多余的动作都没有。

又一只兔子，亚麻色的兔子站在悬空木板上等待被皮锤击昏。

"你考虑一下，"车间主任说，"如果要在这里干，我可以先给你一百只兔子实习，练到一锤打昏的程度再正式上班。当然，实习期间是不能发给你工资的。"

你认为自己不适合干这工作，你好像怕那些黑亮、漂亮的兔子眼睛。

车间主任把你带到第二道工序。他说："按文雅的说法，这道工序的名称应该叫作'脱袍摘帽'，实际上就是趁着兔子还没清醒过来，把它的皮剥下来。"

他把你引到那位老太太面前。老太太全神贯注地工作着，仿佛没感觉到他和你的存在。

"这项工作的好处是可以坐着进行，对患有腿部静脉曲张的人比较合适。"车间主任说。

老太太从滑过来的小车里拎起一只灰蓝色的兔子，倒挂在钩子上。兔子没有死，它仅仅是昏厥，能看到它的肚子在收缩和膨胀。她拿起一根带尖的通条，在兔子腿皮上捅开一个洞。然后，又捅了几捅；然后，又捅了几捅；然后，把一条胶皮管插进洞里。一拧开关，气流咝咝地响着，气流在兔子皮和兔子肉之间贯穿流通，兔子快速膨胀，眼睛深深地陷进去，兔毛根根立起来，兔耳朵在颤抖。然后，她捆扎住兔腿，不让气泄出。然后，她用一把杨叶状的小刀从兔腹正中豁开，又在兔腿上捣弄几下，兔皮轻松地滑下来。一滴血都不流。

"这工作难度小，真正的难点有二：一是不能损坏皮毛；二是不许流血。"

老太太已经把兔子处理完毕，兔子皮放在身边的小铁车里，放上一个刻有她工号的铁牌，一推，小车跑了。把裸体兔子——它依然颤抖着，眼睛里寒光闪闪——放在身体另一边的小铁车里，放上一个刻有她工号的木牌，一推，小车跑了。

"我看你也不要犹豫啦，就在这'脱袍摘帽'吧，实在不行再调换。"车间主任说。

"我会尽我最大的力量干好工作。"屠小英眼泪汪汪地对车间主任说。

"今天就不要上班啦，"他说，"我那里有一本详尽的教材，你拿回去看看。重点看第二章，那里边有关于你即将从事的工作的意义、技术要求、操作方法、注意事项。明天早七点前来上班，误了点要扣你当日工资的十分之一。"

只用了两个小时，你就看完了教材。不愧是受过高等教育的知识分子。

一个星期之后，车间主任就当众表扬屠小英是心红手巧的模范工人。

你开始思念车间和工作。只有工作着才是幸福的。

七

屠小英必须不停地把兔皮从兔身上剥下来，才能维持住内心平衡。冰凉的手在这工作中得到温暖。五颜六色的兔毛温暖你的手；一律鲜红的兔肉温暖你的手。它们像可恶的阶级敌人一样，剥了皮心还不死。她喜欢把食指按在裸体兔子心脏的部位上，去感受那顽强的、急遽的心跳。每逢这时，你就感觉到一股新鲜的生命力注入你的体内，你的心和着它的心律在跳动，这和谐的跳动使你狂喜。你不能长久地把手指按在裸体兔子的心脏上——这样会影响你的工作效率——工作效率低影响经济收入是一个问题，更重要的是：你不愿成为落后的人——为了不断地得到狂喜，你必须不断地将兔子脱成裸体。将裸体兔子从吊钩上摘下来，放进小铁车里；在这不可缺少的工作过程中，你的食指按着它的心，你既工作着，又享受着秘密的狂喜。于是你的工作效率成倍提高。同一道工序上的老太太们，是不是恨不得像剥兔子皮一样剥掉你的皮呢？

有一天，旁边一位老太太挂起了一只乳白色的兔子。她瘪着嘴骂：

"这只俄罗斯母兔子！快看呀，俺弄了一只俄罗斯母兔子！"

老太太还说了一些极端肮脏的话，连我们这位素有恶名的叙述者都不愿转述了。

车间里的老太太们都开心地笑着，添油加醋敲打着边鼓。在这样一群老太太面前，屠小英感到自己与挂在吊钩上的那只乳白色母兔子完全同一啦。

她每遇窘急就感到身体赤裸裸的，梦中多次被人剥过皮。男人们剥，女人们也剥，连孩子们也剥。

屠小英挂着汗珠、红润的脸（工作时她总是这样）变白了，泪珠与汗珠混在一起。

车间主任（那天他特别漂亮）挥舞着手臂训斥那位老太太：

"刘金花，你工作时起哄，扣发本月奖金。"

刘金花不服气。奖金被扣了。

后来，有了不少谣言。

后来，屠小英受车间主任指教，痛打了刘金花一顿（车间主任用一个小时教给了屠小英两个武术动作）。

屠小英在等候与丈夫遗体告别的日子里，想着那富有魅力的工作。她的渴望是强烈的。

当等待瞻仰丈夫遗容的焦虑和渴望工作的烈火就要把屠小英烧焦了时，校工会主席送来了二百元钱和一张大红证书。他说有关方面整理方富贵老师的档案时，发现了他生前写下的一封遗书。遗书里说，他死后，一不要整容，二不搞遗体告别，三不开追悼会，四要把遗体贡献给医学院，供研究之用。他说这二百元钱是医学院里给的（医学院买尸体一般开价一百元），方老师的精神感动了医学院所有的人，大红证书是医学院给的——艰难的等待终于结束了。

第七部

一

张赤球目送着自己的替身用胳膊夹着纸板夹子走出了大门。他没有回头，这反倒使我有点六神无主。如果他在跨出大门那一瞬间回头看我一眼，如果他的脸上表现出愤怒和无可奈何兼而有之的表情，叙述者说：那么，观察者会产生一种主人对奴仆的、征服者对被征服者的、居高临下的自豪感。他甚至是毫无怨尤地拿起我的教案自由自在地走出了他的还是我的家门，他代替我去第八中学讲物理⋯⋯你听到在巷子里他得到了一个女人的问候："张老师，去上课？"你没听到他的回答，但是听到那女人低声的咒骂："喝粉笔末子的臭书呆子！有什么了不起？问话都不回答，绿帽子！大乌龟！"

女人的骂声把张赤球拦腰打倒，他坠落在门槛上，像骑着一匹矮得不能再矮、瘦得不能再瘦的马。马的脊椎挫痛了他的尾骨，痛楚沿着身体的中线上升，汇合在百会穴上。他想到了中学语文课本上有一篇课文《席方平》，课文里说席方平被阎罗殿里的小鬼用锯子割成两半，后来又用一根白丝绦束起来。由中学语文课本想到中学物理课本，由中学物理课本想到中学物理教师，想到自己，于是他忘记了被分裂成两半的痛苦，从门槛上跃起来。一跃不起，两跃不起。最后，他抓着门槛缓缓地把身体提起来。

瘫痪在床的蜡美人吃下去的配方食物效力过去，她清醒地嚎叫着——她每天都变换嚎叫的调子。她多么像一只歌喉美妙的青春鸟！今天她的嚎叫像冷冷的大笑。她把"冷冷"和"大笑"结合在一起，完全是有意为之。

老婆上班去了（她上班时对我们发号施令，似乎把我们两人摆在同等位置上！一分为二！我被分成了两半？）她分配给你的任务（经商赚钱）沉重地压住了你。大球小球上学去啦。你第一次感到待在家里的恐怖。恐怖的源泉是蜡美人的嘴巴。她虽然躺在床上，但仿佛洞察一切。

在这种"冷冷的大笑"里，人是难以生存的，你想逃走。

他没有逃走。他壮着胆子掀起那条大概是灰毯子改制的门帘，一眼就看到的不是蜡美人的眼睛，而是两只雪白的耗子。这是两只红眼睛、粉红嘴巴、毛色雪白的美丽耗子。它们正在啃着蜡美人的两扇耳朵。你第一次看到耗子啃人的耳朵。耗子啃着耳朵，粉红的小嘴上下、下上地移动着，与蚕吃桑叶的动作极其相似。它们见到你，并没有惊慌失措。你看到两只雪白的耗子抬起它们精致的头，好奇地打量着你。你感觉到它们对你持不欢迎的态度，因为你打扰了它们的盛宴。虽然白耗子仅仅啃吃了蜡美人耳朵的五十分之一弱，但那两扇肥甸甸的、挂着油泥的耳朵还是显示出一种狞厉的残缺美。她的耳朵仿佛是用蜂蜡塑成的，奇怪的是一滴血都不流。你咋呼了一声，它们才跷起前爪抹抹嘴，慢吞吞地沿墙而走。

蜡美人停止嗥叫大约一分钟。在这一分钟里，她的超人的眼睛死死地盯着你。你第一感觉是被这两只眼睛看穿了；第二感觉是蚀骨的凄凉。她躺在一张狭窄的门板上，由此联想到你少年时亲眼看到的那场大战——你曾告诉我们，方富贵也目睹过一场大战——房屋、树木、野草，都在燃烧，照耀着躺在门板上的众伤员。她身上的气味、伤员身上的气味、整容师头发里的气味，不分前后左右，混淆历史和现时，一股脑儿涌上你的心。应该挣点钱为老太太换一条干净床单，她毕竟亲手包过香椿芽猪肉馅饺子给我吃，人不能忘恩负义。你想。

你突然想起家中还有灭鼠药，便翻箱倒柜地找，没有找到。

张赤球为了防止白老鼠再来啃他岳母的耳朵，又没找到灭鼠药，灵机一动，便翻出整容师的冬眠灵，用蒜臼子捣碎了，剁碎一块白菜拌上冬眠灵，盛了两碟，摆在蜡美人的耳朵两边。为了调动两位白耗子的食欲，他特意往两碟白菜里各滴了三滴扑鼻香的芝麻油。然后他就准备外出做买卖赚钱了。

去做什么买卖？怎样赚钱？他茫然无知。一脚门里一脚门外，处于进退不得的尴尬境地。他想到：方富贵正在教室里冒充我张赤球讲课。假张赤球站在讲台上耀武扬威；真张赤球骑在门槛上进退两难。在这笔交易中，究竟谁占便宜谁吃亏？

正在他感到前途迷茫、心乱如麻的当儿，一个弓腰驼背的老头儿推开虚掩的破大门走进来。你觉得这个老头儿十分面熟，但一时又记不起来何时何地见过他。

"你是张老师？"老头儿问。

"您……"物理教师说着，听到远处一阵冷飕飕的巨响，抬起头来他看到一架天蓝色的起重机缓缓地歪倒了，随即从看不到的地上升腾起一股白色的烟尘。

"啊！"物理教师说。

老头儿说："我是李玉蝉整容师派来的。她让我把这个交给您。"

把一个沉甸甸的、封口处贴着透明胶纸的牛皮纸信袋拍到你的手里，老头儿便转身向大门走去。

"您不坐会儿吗？"物理教师客气着。

老头儿突然转回身来，接着你的话头说：

"坐会儿就坐会儿。"

你只好给他搬来一把椅子，让他坐在院子里。早晨八九点钟的太阳，把温暖的光辉洒在他的脸上。你看到他眯缝着眼，深深地呼吸着，宛若一只长生不死的老乌龟在吐故纳新。

这时，响起了鼠牙咬白菜的细微嘎吱声。

老头儿坐得稳妥又舒适，你站在旁边自觉多余。

后来他走了。

物理教师就先开信袋还是先窥测老鼠的问题斗争了十分钟，最后决定还是先看老鼠。他蹑手蹑脚往蜡美人的洞穴靠拢。靠近灰毯子时你听到了咚咚的心跳声。细微的嘎吱声还没有停止，这说明白耗子还在吃白菜。手触到毯子时又缩回来，缩手的同时你屈膝下跪，把脸贴在毯子下部的一个铜钱大的破洞上，单眼看到一幅美好、温存的图画。

两只白耗子对面而立，中间隔着蜡美人红光满面。白耗子长得一般大小，难分你我。你看到它们坐在各自的碟子边，尾巴往后贴在床板上。它们用两只前爪捧着白菜香油冬眠灵，愉快地吃着。怎样才能证明它们愉快呢？它们的尾巴在扭动。

如果就是这样吃，算什么美好图画？它们每吃三口白菜（已重复十几次，绝非偶然），就彼此点头致意，狭长的小脸上，那鲜红的小眼珠像钻石一样，打出一道道艳丽的光束。点头致意后，同时起跳，越过蜡美人的脸，变换了位置，再吃，跟没交换位置前一模一样。

交换位置三次后，它们就并肩站在蜡美人的肩头上，齐声呼叫着：喳！喳！喳！——喳！喳！喳！——它们喊着口号，做人立状，迈着幼稚可笑的正步，走过肋条，跨过贴在肋条上的乳房……一直走到脚尖。白耗子像走在供儿童玩耍的跷跷板上，随着它们的前行，蜡美人的两条腿也随着跷起，那两只解放脚像两枚地空导弹成四十五度角指着墙壁。

你期望看到的是白耗子安眠，实际看到的却是白耗子跑操。

失望迫使他站起来，眼睛自然也就离开了灰毯子上的洞口。毯子挡住了耗子们天真的游戏。你这时感到费这么多工夫替耗子配制两碟子食物是愚蠢的举动。你走到院子里，打开了那沉甸甸的信袋。

信袋里装着一百元人民币（全是一元面值）和一张"美丽世界"的公用信笺。信笺上写着几十个潦草的字。她会写字？她是什么文化程度？在哪个学校里学会了写字？这些古老的问题不合时宜地出现了。

信笺上的字传递了大致如下的信息：她到了殡仪馆，才想起做买卖要有本钱。她正被一件麻烦事纠缠着，脱不开身，便托人捎来一百元。她要张克服畏难情绪，不要怕失败，不要怕蚀本，俗话说，"舍不得孩子打不着狼"。

人民币和信产生了很大的力量，它们把张赤球推出了大门。

他出了家门，像初次行窃的见习小偷一样，感到仿佛置身于几十架摄影机明亮的独眼下，举手投足都发生障碍。

叙述者很早前就说过：只要拿到钱，出了家门，往东一拐跳过那条长年积存着臭水的蚊蝇沟，长年孳生着蚊蝇的臭水沟，沟里气味肥沃，沟畔青草繁茂，红花真美丽……不要走那道材料已腐朽的小木桥，要跳过沟去，七拐八拐，就到达了一个出售烟酒糖茶醋蒜酱油之类杂品的个体小卖部。

沟畔的红花跟想象中的红花一样鲜艳，它们的美丽有些过分，美丽得像生了病。物理教师不是植物学家，但也草草认识几种植物。那怒放着红花、茎秆高过人头、叶子大若蒲扇、红花一穗穗垂下，那么粗那么壮显得沉甸甸的，富有肉体感觉，那茎秆嫩黄，生着标志着生机蓬勃的白色毛毛，叶子厚墩墩的，蓝色天鹅绒一般，从上到下，几十片对称生着的叶都无衰老征兆的……都是些什么植物呢？

适才他只是假定了几十只摄影机的黑洞洞的独眼包围着自己。现在却当真出现了七架摄影机，由七个记者扛着，从不同的角度拍摄着这一片生长在臭水沟里的美丽的花草。臭水沟里的气味令物理教师很自然地联想到距此不远的第八中学教学大楼里的气味。

叙述者联想：幸好摄影机是摄不出气味的。他们拍摄的成果将变成图像显示在千家万户的电视屏幕上或者变成照片复印到画报的封面上。

摄影师们往往是只看眼前美景不看脚下道路的，所以在物理教师的眼里他们都像一些跌跌撞撞胡乱运动的物体。他看到一位上身特长双腿特短的记者宛若一只轮子滚到那道知情人都不走的小木桥上——他要从桥上俯拍沟畔的红花——你听到小桥痛苦的呻吟，看到小桥的凹陷与断裂。短腿记者扛着摄影机伴随着腐烂的材料落在臭水沟里。这过程迅如闪电，记者浸泡在沟水里时才发出求救的呼号。你本想躲开这件事，但仿佛有一种惯力，使你的身体违背你的思想——思想往后退却，身体向前冲锋。沟里的水似乎不深，但几乎淹到记者的牙齿，他又好像被什么东西咬住了脚趾，所以，不救援他他就有可能死亡。

物理教师捡了一块带钉子的木板，伸到沟中央，让记者抓住，然后用力把他拖到沟畔。

物理教师不知道，明天，市日报头版的左下角，刊出了一帧大照片，照片名曰"抢救落水者"，并配有五十字的技术说明。

二

　　现在，物理教师实实在在地、没有半点梦幻色彩地站在了小卖部的柜台前。这两间孤零零的铁皮小屋面对着几十株枝条袅袅的柳树，柳树间蒿草丛生，时有野兔和被抛弃的狗、猫出没；远处才能看到人的踪影。物理教师站在冷冷清清的柜台前，突然想："她把货卖给谁呢？"

　　女老板从铁皮屋的深层结构里钻出来，她没有往手背上擦廉价的蛤蜊油，也没有香气扑鼻更不笑容可掬。她板着白色的大脸，眼睛、嘴巴都如同脸上的伤口。

　　"哼！"你听到她鼻子里发出的声音，又听到她的嘴发出声音，"哈！哈哈！哈哈哈！"

　　他被这些涵义丰富的声音弄得浑身难受，便说：

　　"我来买盒烟……"

　　"你刚才不是说戒烟了吗？不是还摆出一副万世师表的模样招摇过市吗？"女老板尖刻地说。

　　"我没说戒烟呀……"

　　"哟，你没说，是一个戴绿帽子的家伙说的！"

　　"谁戴着绿帽子？"

　　"你没戴，是那个与野兽管理员勾搭连环的女人的丈夫戴着绿帽子！"

　　"他是谁？"

女老板收住无可奈何的苦笑，严肃地说：

"就是你！你甭跟我耍花腔。你前来买烟是假，来打听消息是真。你也不是个好东西，只要我想勾引你，两分钟就行，你信不信？所以呀，你老婆的事你就装聋作哑算啦！"

"我真的要买烟！"物理教师脑袋乱糟糟的，他想抽烟。

女老板走进深处，拿出一条物理教师从没见过的、连梦中也没见过、装潢得像皇家宫殿一样富丽堂皇的香烟。

"这要多少钱？"他问。

"你有多少钱？"她翘着一只嘴角问。

一百张崭新的一元面值人民币在你的口袋里呐喊着。它们是鸽子、它们简直就是一百只象征着世界和平的纯洁的白鸽子，想冲出衣袋，飞向湛蓝的天空。他下意识地按住绿制服的上口袋。

不待物理教师开口，媚丽的女老板嘲弄道："发了洋财啦？让我猜猜看，你有多少钱。"她眯缝着眼睛思想了几分钟，然后果断地伸出一个手指，喊道："你口袋里装着一百元钱！"

他的手更紧张地捂住口袋。

"一百张一元的钱，用一个牛皮信袋装着。"她继续肯定地说。

"特异功能！"物理教师惊叫着。在这样的半仙面前，没有什么好隐瞒的，他说："是一百元钱，与你说的完全一样。"

"这条烟恰好值一百元。拿走吧，一手交钱，一手交货。"

"这么贵？"

"要不是看你还有几分讨人喜欢处，一百元也不卖给你。"女老板满脸真诚地说。

"我不买啦……"物理教师狼狈地说。

"我早就知道你不是来买烟的！"女老板把那条烟上金色的塑料

封条一撕，一层透明的塑料纸轻盈地张开了。她又撕开了一根银色的塑料封条，又有一层浅绿色的塑料纸绽开，这时才显示出包装纸盒上真正辉煌的颜色。她揭开纸盖，捏出一盒烟。她撕开一根金线，又一层无色透明的塑料纸张开。她揭开烟盒盖，抽掉一块保护着烟嘴的金纸。她用指甲轻轻弹了两下烟盒的底部，两支烟从烟盒里冒出了头。早在她抽掉保护烟嘴的金纸时，物理教师就闻到了浓郁的香味。这是一股独特的、奇异的香味，他贪婪地扇动着鼻子的翅膀。香烟的嘴儿宛若用象牙雕磨而成。她把烟递到你的面前，分明用一种看破世情、一掷千金的态度装点着她的脸、装饰着她语言的腔调：

"没有钱活不了，钱多了也没意思，人生在世就是抽点儿喝点儿吃点儿穿点儿。"

物理教师伸出去的两根手指是僵硬的，好像两根枯瘦的粉笔。手指感觉到烟嘴是冰凉的，手腕子感觉到香烟是沉重的。你捏着这支绝对的高级香烟，心中热浪翻卷，眼球胀得眼眶子痛。你确实听到血液循环的声音：哗——哗——哗——好像风鼓舞着一面面鲜红的旗帜。

她一低头，把另一支从盒中伸出头来的香烟叼出。然后她点燃打火机，火苗炽亮无烟，浅蓝的气体在透明的机壳里抖动。

她把火焰递给你。女老板的火焰照亮了物理教师的脸。他的心里荡漾着生来第一次领略到的有悲剧色彩的温暖多情的涟漪。他的嘴显得很笨拙，吧嗒吧嗒地响，口水流到下唇上。她拍了拍你的肩头，拍得是那样轻，那样温存，那样含蓄，意味深长。你听到她从喉咙深处发出的轻轻的叹息。她灵巧的嘴叼着烟往火苗上一触，一触即发，白云般的浓烟从她的鼻孔里冒出来。

——在这个过程里，高级香烟奇异的香味一秒钟也不停息地弥漫着。它继续弥漫着。它随着一缕缕一丝丝一圈圈或白或蓝或浓或淡千变万化千姿百态的香烟弥漫着。物理教师沉醉在弥漫的香气里，腾云驾雾，飘飘欲仙。她的脸在烟雾里表现出一种神秘的朦胧，宛若披着轻纱在云团里时隐时现的观音菩萨。

物理教师被香烟的气味迷醉了。他听到她用怜爱的腔调说：

"可怜……小可怜儿……"

你仰望着那张慈悲的脸，心里没有一丝皱纹。物理教师的心境好像被金黄的夕阳照耀着的宁静湖面，荷花在那里开放白色的大鸟在那里栖息，无声的风儿像丝绸一样滑行着……你哭了……

她用手掌擦拭着他的脸，那么慢那么慢。不知什么时候她已经把你移到了铁屋子深处，你像一只温顺的羊羔，坐在一张雕花木床的边缘上，香味继续弥漫着……

"我知道你的心很苦……可怜儿小可怜……"她的饱满的胸膛距离你的脸只有一厘米，一种截然不同于整容师肉体的气味，压倒了香烟的气味，强烈地吸引着你。她本来就穿着这件深蓝色的、薄如蝉翼的短裙吗？胸脯的娇嫩穿透衣服，打击着物理教师的脑袋。似乎不是物理教师主动地把脸贴在女老板的胸脯上，似乎是女老板的胸脯贴在了物理教师的脸上……丧失了多年的激动猛烈撞击着他的心。你搂住了她的腰。

"并不是我要勾引你……"女老板气喘吁吁地说，她歪着脖子逃避着他的嘴巴说，"我只是觉得你可怜……你老婆给你戴上一摞摞绿帽子……你不知道，这地方，到了夜里，能听到老虎的叫声……"

好像金刚钻在玻璃上划动，她的颠三倒四的话，产生了尖利刺耳的效果，物理教师猛然清醒了。沉重的道德鞭子啪啪地响着，抽挞着他的灵魂。你感到恐惧，仿佛看到自己的肉体正在往深不可测的泥潭里陷落着。物理教师的胳膊无力地松开了。

松开胳膊后他随即清醒。他满身是汗，绿衣服湿漉漉的，眼镜片上也蒙上了一层水汽。擦过镜片后，物理教师看到女老板满脸桃红，腮上有一个被白粉遮掩的小疙子因为激动变得紫红。这瑕疵激起了你一丝丝难以表述的感情。她还在扭动着，仿佛还被男人搂抱着一样。女人是不一样的，他想起第一次搂抱李玉蝉时，她的身体是紧缩着的。她的嘴唇被火焰烧得憔悴了，唇缝里溢出牙齿的闪光。

地上铺着白底红花的塑料布。床头并排摆着五双鞋，都是高跟船形，一双红，一双蓝，一双黑，一双白，一双棕。床头上有一只麻袋般的大枕头。枕头上方挂着一面雕花紫木框的椭圆形大镜子！

镜子突然破裂的情景蓦然涌上心头。改换容貌的事情蓦然涌上心头。

物理教师几乎不敢看映在镜子里的脸。这张脸是灰黯淡薄的。

"你放着课不讲，跑到我这里来，就是为了这样吗？"她弯着嘴说。

他似乎听到了方富贵讲课的声音。

"我……我辞职啦……"物理教师结结巴巴地说。

"噢！辞职啦？"她惊讶地说着，还拍了一下大腿。

"是，是辞职啦？"他说，"是辞职啦。是辞职啦！"

"为什么要辞职呢？"

"我要做买卖，"物理教师像宣誓般举起拳头说，"我要赚大钱！"

"呜呀呀！"她弹出一支香烟，用嘴巴叼出来；她又弹出一支香烟，插进物理教师嘴里，点燃你又点燃她，香气弥漫，好像白雾翻滚，她说："快说说，你想做什么买卖？为什么要赚钱？"

"为什么我要没钱？为什么我不能抽高级烟？为什么我不能喝高

级酒？为什么我不能吃山珍海味？为什么我不能住高楼大厦？为什么——"

"因为你没有钱，对吗？"她插话说，"没有钱如果有权也行，你没有钱也没有权，你就只能抽劣质烟（有时连劣质烟也抽不上），喝劣质酒，吃粗茶淡饭，住破屋烂舍。这是完全正常的。"

"就像俗话说的一样，'人敬有钱的，狗咬提篮的'——这是我老婆说的。"

"你老婆说得妙极了。"女老板嘴里叼着香烟，显得风格高雅，不同凡响。她嘴唇上光溜溜的，没有一根胡须（整容师的上唇上生着一层绿油油的小胡子）。在这样的嘴唇面前，物理教师自惭形秽。她的嘴的翕动使香烟像钓竿上的浮标一样点划着，"人不能没钱，这道理不难懂，可是你想如何赚钱呢？你要做什么买卖呢？"

物理教师的手又下意识地捂住了口袋里的钱。

"这就是你的本钱？一百元？"

"我老婆刚送来的。我是来向你求教的，请你告诉我，我该去干点什么？"

"我明白啦。"女老板说，"咱俩有缘分，我不能不帮你。你不是做买卖的主儿，你以为遍地是黄金，你以为中学教师最苦，你以为做买卖不需要学问，随便一个笨蛋就能赚到钱，你只看到狼吃肉没看到狼受苦。好吧！我帮你！你把这一百元给我，我按批发价格给你四条烟，你拿去卖，卖高价，三块五一盒，卖完这些烟，你可以赚四十块钱。"

她抽出四条虽不如刚才所见那条包装辉煌但也炫人目光的烟，塞到物理教师怀里。她说："这种烟商店里永远买不到，国家限定价格每条二十五元，你如果有耐心，可以要价五十元。也就是说，这四条烟你可以赚一百元，几乎是你一个月的工资，对吗？"

物理教师点点头。他的心情是兴奋的。幸福的黄金鸟儿在头上飞翔，幸福鸟儿在盘旋，黄金鸟儿要降落在你的肩头上，是左肩还是右肩？你听到了它的金翅膀扇起的微风，还有它的响亮的歌唱。

"你……你为什么这样慷慨地帮助我？"

"我对中学教师有感情，"她既像嘲讽又像真诚地说，"尤其是像你这种家累沉重、妻子不贞的中学物理教师，我最愿意帮助。"

物理教师疑惑不安。

烟铺女老板说："我知道你在想她是个什么人？是不是女特务？是不是要把我勾引下水让我成为男特务？这座地处荒凉的铁皮小屋是不是特务的秘密联络点？她是不是每月都有大批的活动经费——你是这样想的吧？"

"不，我没有。"物理教师嘴里否认着，心里却在承认着，多少电影镜头在眼前闪过，他感觉到了汗水濡湿皮肤的难受滋味。

"告诉我，"女老板紧紧地抓住物理教师的肩膀，乌黑的也很迷人的眼睛冷冷地盯着他眼镜片里边的眼（物理教师不敢正视，他觉得自己恰如一只被雄鹰抓住的兔子），严肃地问：

"你怕死吗？！"

"不……我不怕……"

"这不完全是真话。"她宽容地笑着说，"究竟是怕死还是不怕死，你其实没想清楚。我希望你不要怕死，这是干好事情、活得愉快的前提。当你失去勇气、犹豫不决的时候，你只要一想到死亡的大门对你洞开着，那里边有花朵有音乐，无痛苦无烦恼——无论怎么走，那里都是终点——你的勇气就会充溢全身，你就有力量去争取幸福，而不是瞻前顾后、徘徊彷徨，把到嘴的肥肉丢掉——明白我的意思吗？"

物理教师懵懵懂懂地点着头，她的眼睛里那种光芒似乎也转化成一股香味，混合在她的体香里，混合在烟草的异香里——气味引导着他去认识陌生的、诱人的世界。当年，白杨树枝和花序放出的辛辣的气味，把他引进了金鱼巷十三号和一个唇生绿胡须的女人结了婚，使他过了几十年穷愁潦倒的生活，现在，生活突然间大放香气！气味要把我引向何处？

"你疑心太大，你怀疑世界上还有美好的感情，你以为我要害你，为你设置了圈套。我善于设圈套，但决不在你身上设。一个人活了半生，连一点真正的人生滋味都没尝到，多可怜，多不公道。壮起你的胆，跟我干，想弄就把我按到床上，在地上也行，想发财就出去倒卖香烟，想干什么就干什么，总之，我要把你变成一个幸福的人！"

她把裙子的下摆提起来，扇动了几下，让一股混合着虾酱气味的香气汹涌地散发出来，她说：

"有这样两条修长的大腿，我是个女特务又有何妨？"

物理教师如临深渊，双腿的颤抖不可遏止。她为我掀开了裙子，我看到了她的美丽光滑的大腿（整容师的大腿上乃至屁股上都覆盖着一层金黄色的细毛）。在这幽深不可测的铁皮小屋里，电灯熄灭了，蜡烛点燃了，外部世界被隔绝，只有蜡烛燃烧的声音和一个男人与一个女人的心跳声。她的气味发出强烈的召唤，你的心把咽喉都撞痛了。前方是香味的主要发源地，他循着气味向前摸索，好像一只瞎眼的小狗。

他触及到女老板火炭般的肉体时，周身上下已没有一丝力气，冷汗把头发都湿透了。女老板柔软的嘴唇焦灼地吻着他，鼓励着他，他继续流冷汗。

物理教师内心体验到深刻的痛苦，他感到自己已经死去了一半。从前，在妻子面前表现无能时，他是理直气壮的；现在，在女老板遗憾的叹息声中，他感到万分愧疚。当电灯再次放光，女老板像淘气女孩一样把粉红色的裤衩麻利地提到屁股上时，物理教师跪在她面前，把脸贴在她那只圆圆的膝盖上。他感到了她的手指在拈着自己的头发。

"你应该找医生看看呀，亲爱的。"她说，"怪不得你老婆去找情夫，怨不得她……"

物理教师感到自己的脸极端肮脏，这汗水、这泪水都是肮脏的液体，它们玷污了女老板的膝盖。于是他悄悄地把脸从她的膝盖上移开了。

她果然用毛巾揩了揩膝盖——她发现了我的肮脏——她又用毛巾揩揩物理教师的脸——她不嫌弃我的肮脏——她把毛巾掷到角落里——她把我抛弃了！

"也许你营养太差啦，"她说，"你到药店里去买点人参蜂王浆、鹿茸粉、鹿鞭酒之类的药滋补滋补，当然，这要钱！"

蜡烛熄灭。女老板扬起一柄电镀钢丝梳子梳理着黑瀑布一般的头发。她的藕节般的胳膊也在折磨你。

鸟儿的叫声从铁皮屋外传来。鸟儿在柳枝上鸣叫。物理教师的脸非常别扭，它也要背叛灵魂。

"我理解你的痛苦。"她说，"你还是先去卖香烟吧，怎么样？应该相信，你已经走出了勇敢的一步，前途是光明的。"

她从床下找出一只三色的旅行包，拉开拉链，把四条烟装进去。

她把旅行包递给你，意味深长地对你抿着嘴笑。

"这盒烟你带着，"女老板把那盒打开了的高级香烟塞进物理教师口袋里，"卖烟的当然要抽高级香烟。"

物理教师想起了兜里的一百元钱。女老板说："拿着你的钱，饿了应该进饭店。"

"为什么，为什么你对我这样好？"物理教师感动地说。

"我是女特务呀！"她推了你一把，说，"本来我可以把卖烟的技巧和方式告诉你。但是我烦了，另外，'教的曲儿唱不得'，你要自己去体验。"

女老板把交了好运的物理教师推出了铁皮小屋。

阳光照得他睁不开眼睛。

三

他恋恋不舍地回头望着被柳树和无名的红花遮掩住的铁皮小屋。女老板站在门口对着你招手。她的脸此时已成为物理教师心中不落的太阳。好运气往往都是突然间从天而降，使承受者的脑袋发涨发晕。

物理教师拎着旅行包漫无目标地在街上漫游，他沉醉在有关女人身体的回忆里。他在反反复复地比较着整容师和女老板的身体，总结着这两个身体上的共同点和差异点。公共汽车在他面前停下，车门打开，挤下了一群人，又挤上了一群人。

"张老师，您要去出差？"一位你从前的、已叫不出名字的学生提着十只活鸡站在人行道上问候你。

这是一位猴头猴脑的年轻人，圆圆的小眼睛愉快地眨动着，两扇耳朵愉快地扇动着，两片嘴唇愉快地翕动着。他给你的印象是：机灵但不奸诈，愉快但不肤浅。你皱着眉头从记忆的深处寻找他的名字，为什么找不到他的名字？因为两个女人的裸体在捣乱。她们都用手叉着细腰（一个浑身金黄，一个浑身雪白），在你的脑海里走来走去。她们甚至面对面地互相观察着对方的脸，好像两只准备格斗的小公鸡。

物理教师恍惚中看到（这是一个典型的幻觉）：两位赤身裸体女人的屁股上，蓬松着两簇公鸡的尾巴。

"张老师，你一定发了大财，连你的穷学生都不认识了。"提鸡的小伙子愉快地说着。

"你的名字就在我的舌头尖上打滚……"物理教师不好意思地说着。此时，那两个女人开始指责对方身体上的缺陷——你身上生了一层讨厌的黄毛——你身子像一条光溜溜的鳗鱼——你根本辨别不清身体覆盖黄毛的女人和身体犹如鳗鱼的女人谁优谁劣。她们都将富有魅力的眼睛投向你请求公断时，你的脑袋再也撑不住，它像严霜抽打后又遭阳光暴晒的薯叶一样，垂下了。他看到了人行道上的冰糕包装纸和一块沾着干痂黑血的报纸。

"我叫马鸿星，张老师，记起来了吧？"他的一只肩膀低垂，因为提着鸡；另一只肩膀高耸，因为没提鸡。鸡的屁眼朝着天，嘴巴都朝着地。鸡嘴里控出来的涎线把水泥路面都濡湿了。

　　第八中学物理教师备课办公室里连篇累牍的牢骚声轰鸣起来，与他的生活发生了密切关系的两个女人摆摆手暂时告别，脑袋里基本清晰——只残留着两缕尖锐对抗的气味：殡仪馆里难以用言语表述的邪味和铁皮小屋里同样难以准确形容的香味。随着同事们牢骚声的再现，走廊里的臭味也再现了。这臭色是绿的，臭源是学生们的粪便。抬头看太阳，凝目思往事，才想起离开教学的神圣岗位不过半天（太阳悬在正南，北京时间十二点整——喇叭里说——上午最后一节课该下啦。我本来应该把粉笔头扔在粉笔盒里，拍拍手上的粉尘，用嘶哑的喉咙说：下课。班长喊：起立！五十个学生参差不齐地站起来，向我致敬——他们用伸展懒腰和被身体带动起来的书本的嚓啦声和桌椅的乒啪声向我的劳动致敬），可感觉上却已很长很长。面对着流逝了的漫长时间，他的心头浮起了一缕很难体察的淡淡忧伤。

　　"听说你干得很不错……"他本来想说："听说你发了大财。"话到嘴边却改换了模样。

　　马鸿星换了换提鸡的手，倒退一步，将干巴精灵的身躯斜靠在路边一株碗口粗的白杨树上——树干上刷着一层白石灰——伶俐地说："还可以。念书不中用，只好干点实惠的，俗话说：'鸡走鸡道，狗走狗道'，爹妈没给咱做上颗大学生的脑袋，只能开个烧鸡铺混日子。"

　　"很好，的确也很好……"

　　"好不好就是这样啦！"马鸿星说，"在中学里时，老师对我够意思——考不上大学怨我不出材料——咱不能考上大学替老师增光——老师要想吃烧鸡咱半价供给——如果缺钱用，尽管说，多了拿不出，三百五百的还行。"

　　"不缺钱，不缺！"

"老师您别客气，师徒如父子，您别客气。"

"有事一定找你。"

"也该吃饭啦。"马鸿星抬起手腕，他的手表耀眼的明亮，"到咱的铺子里去坐坐，学生请老师喝两盅。"

"我还有急事，改日，改日……"

辞别了马鸿星，你的肚子咕噜咕噜响起来。两个女人又开始在你脑子里穿梭行走，对面挑剔。四条高级香烟变得十分沉重，怎样把它们换成钱？你方才应该向马鸿星讨点经验。你无论向谁讨经验也不能向马鸿星讨经验。下班啦，小城的人们多半骑车回家吃饭（小城不大），大街上的自行车像一股汹涌的浪潮。自行车不但占据了人行道，而且侵略了汽车道。镀镍的自行车部件都反射着阳光，形成一条银色的流水河。市长的轿车也只好忍气吞声地爬行。交警们站在路口无可奈何地抽香烟。车如潮铃声也如潮，车上七长八短的人脸上都没有明显的表情，大家都像漫无目的随车潮流动，就像后一个浪头随着前一个浪头流动。

物理教师被冲刷到建筑物的阴影里，露天的小摊上，花花绿绿的货物上落着一层明显的尘土，摊主多半都戴着金边变色镜，镜片都呈现出酱红色，镜里的眼睛都是蓝的，镜里的皮肤都是红的，摊贩的脸都是凶恶的。你看到了卖布的摊贩，看到了卖水果的摊贩，看到了卖成衣的摊贩，看到了卖眼镜的摊贩，看到了卖鞋子的摊贩……你没看到卖香烟的摊贩。

墙壁上，广告色和油漆还有彩色粉笔画着妖媚的女人（没有一个男人）举着食品和货物，对着马路上的人流微笑——你已经把长颈鹿附近的、把羊驼和野牛附近的彩色粉笔头儿吞食干净。为了满足你的欲望、为了维持你的精神，我们不得不冒着生命危险到猛兽馆附近——去狼窝虎口里偷这种高级"食物",猛兽的毒眼使我们每一个人都汗流浃背,我们握着粉笔头儿的手都被染得青红皂白如同魔爪。吃吧吃吧吃吧你这个鬼怪!你被我们感动得十分严重。你说他看到画在墙上的一个肥大女人左手高举一根焦黄的、状若大棒槌的油条,右手托着一盘金色的油煎包在微笑;肥大女人旁边有一个更加肥大的女人袒露着豪放的胸脯,啃着一只猪脚、提着一瓶冒沫的啤酒对他微笑……

肚子里的响声其实一直没有停止,物理教师感觉到了饥饿。

他为什么不吃粉笔呢?我们问。

现在,本来我应该坐在桌子旁,左手捏着一个从学校食堂里买来的因为加碱过多的黄馒头,右手捏着两根红筷子吃饭。我的对面坐着整容师,左边是大球,右边是小球。蜡美人吃了配药食物已经打响了呼噜。桌子上摆着不是牛的肉就是猪的肉(物理教师的疑问:最近一个时期,饭桌上为什么频频出现肉食?猪大肠当然也算肉食)。

他流连徘徊在众多的,顾客拥挤的饭铺、饭店、小酒馆的门口,猛然想到:我空出来的位置上,此刻坐上了一个有着我的面孔、穿着与我同样的绿衣服、剃着与我同样的光头、戴着我的眼镜、似我非我的中学物理教师。

他冒充着大球和小球的爸爸坐在我的位置上!

他冒充着整容师的丈夫坐在我的位置上!

他冒充着蜡美人的女婿坐在我的位置上!

冒充蜡美人的女婿就应该为蜡美人端屎端尿,就要侍候她喝水吃饭,这倒无关紧要;冒充整容师的丈夫就可以以假乱真和她上床睡觉!

物理教师的心脏猛地往下一沉,手里提的旅行包差点落在地上。

顿时，他感到那副本不属于自己的眼镜用双腿紧紧地夹着自己的脸。眼镜的托架沉重地压迫着你的鼻梁，汗水在爬动，周身刺痒，好像撒进了碎头发茬子，回家，回家！家、家、家……令人担忧的家，使我们百倍厌烦但又无法摆脱的家，埋葬着爱情的家，酿造着痛苦的家。失去了它不完整，家；有了它很沉重，家。

你的肚腹里盘旋着响亮的歌唱。这是一支有关家庭和爱情、幸福和痛苦的辩证之歌。歌里述说着一个被职业的枷锁禁锢了几十年、被生活的重担压迫了几十年、被动荡的社会颠簸了几十年后初次得到解放，初次腰里有钱，初次在性与爱的海滩上领略风景的中学物理教师千回百转、进退踌躇的矛盾心情。

歌声犹如花朵，在物理教师的肚子里慢慢开放，一枚枚坚硬的、像牙雕、像钻石的花瓣在肚子里大放光芒。音乐是低沉的，充满了男人的苍老疲惫的感情。这感情凄怆但令人感觉舒适——凄怆的舒适——肉体的舒适——感情凄怆到极点，肉体便背叛感情去追求自己的享乐——这种享乐是性快乐的变种—— 一方面，物理教师聆听着、品味着腹中音乐的轰鸣，另一方面则感觉着吹奏着红色的号角背叛感情的肉体的狂喜——如前所述：极端的行为都或多或少地带着性的色彩，音乐家谛听或者演奏优美乐章时、跳伞运动员（包括空降兵）第一次跳出机舱由万米高空向地面疾速坠落时、男性死囚被押赴刑场时，往往出现某种与性有关的现象——物理教师被自己的音乐托举着，被属于他自己的音乐中的矛盾托举着，像一条柔软的泥鳅在闪烁着银光的车轮之间、在闪烁着红光的人脸之间穿行。这是一种超物质甚至反物质的运动，如同一个旋律在河水旁边的白杨树林里缭绕。

——这种感觉一般人难以体验得到。一生中没有这种超然物外的感觉等于白活。所以我们被叙述者描绘的佳境迷醉；所以这段生活令物理教师自己也终生难忘。

他继续穿行着，肢体柔软得如同铁皮小屋前迎风摇摆的柳树枝条。装着四条高级香烟（可以换来人民币二百元）的旅行包提在你手里，你感觉到它轻若鸿毛。你摇摆着转动着身体，旅行包随着你摇摆转动着的身体摇摆转动，时而如流星追月，时而似乌龙摆尾。它像波浪，它像激光，它像云朵，它像爱情，在你的感觉里，它带动着你，你带动着它，它是包与烟的结合，它是坚贞与放荡的产物，它载着女老板光洁如羊脂牛乳的灵魂在运动，它变成了你身体的有机组成部分，你的血液在它的纤维和它的脉络之间流通。因此它所向无敌。它使车轮和人体发生倾斜，光束交叉碰撞，自行车和骑车的人挤在一起，摞在一起，压在一起。左边是这样，右边是这样，前边是这样，后边是这样。那不合适的、他人的眼镜夹得你的眼睛里蓝光闪烁，在蓝光中一切都轻软飘移，处于一种半真半假、半梦幻半现实的"物质形态"。

人的脸都像面具，动摇不定的嘴巴里发出的詈骂宛若鱼儿在水底吐出的、沿着赤、橙、黄、绿的海藻和珊瑚的枝杈轻轻上浮的一串串连绵不绝、瞬息破裂又随之生成的五颜六色的气泡。恍惚中有一点坚硬的、锐利的颜色显示出来：一只手，一只红色的手，按在地上。一根骨头，一根白色的状若矛尖的骨头，从胳膊的皮肉里戳出来。

有一个沉钝拙笨的打击接触了物理教师的后脑勺子，他的脑瓜子里铿锵一响，幻觉消失，超物质状态结束。他吃惊地发现自己被一群人包围着。阳光火辣辣地照耀着一张张流汗的脸，汽车喇叭"嘀嘀"地鸣叫，汽油味混杂着臭汗味。"打死他！"有人在吼叫，"一定是个神经病！""警察呢？快去叫警察！警察都去睡大觉啦？""看样子还是个知识分子。""越是知识分子越容易得精神病！""看看他的包子里装着什么！""当心，没准装着烈性炸药！""他是不是要去炸岗楼？""也许要去炸卡桑德拉大桥！""大概要去爆破市政府！""包子里也许有十万元人民币！""你们瞧！他把包搂在怀里啦！""闪开！闪开！警察叔叔来啦！"

"闪开！闪开！"两个腰扎白皮带，手提警棍的威武警察用棍子和胳膊分掰着人墙挤进来，他们挥舞着警棍高呼着，"快快疏散！不许围观！"

你看到人群里有一个身材细长，犹如一根麻秆的青年人因为被警察拨拉痛了肋巴骨恼怒地拨拉了一把警察的手腕子，碰着了警察的手表，警察仅仅使用了小臂的力量（动作小得难以觉察），警棍轻轻地敲在麻秆青年自然比麻秆更细的手脖子上。他攥着裂了缝的手脖子叫道："哎哟我的妈嘞……"一声叫拖音悠长，不知有多么亲切，转移了大多数女性骑车公民的视线。

在此之前，你搂着装烟的旅行包，像抱着祖传的镇家之宝。你的手清楚明晰地感到了香烟长方形的轮廓。它们惴惴不安，像受惊的小动物一样。在随着风飘来的沙瓤西瓜的甜味里，灰色的家鸽在一栋小楼的电视机室外天线上"咕咕咕"，低声唱着它自己的歌。一口亮晶晶的痰从远处平射过来，你的脑袋里刚刚闪过一个"痰"字时，它已经准确地落在你的鼻尖上。他的鼻翼上有一条紫红色的疤痕。现在，你痛苦地再次想起，另一位鼻子上同样有一道疤痕的物理教师打着饱嗝从饭桌旁立起身来。桌子上立着两只残留几圈泡沫在瓶底的啤酒瓶子，这啤酒是她特意高价买来，啤酒供应紧张。高价买冒牌啤酒不是新鲜事物。他的嗝是啤酒嗝，凉爽的啤酒气味从他嘴里喷出来，也从街边的小酒店里溢出来。喝足了、吃饱了，危险性增强了。他根本顾不上粘在鼻子上那口痰。你知道整容师是一个对暴露肉体满不在乎的人，她吃饱了饭，极有可能脱得只剩下一条裤衩，挺着深红色的乳头，炫耀着那一身金色的细毛，趿拉着拖鞋，在狭窄的屋子里散步。可怕的是房间那般狭窄，他即便是要躲闪也没地方躲闪——在别人的裸体老婆面前有几个人能够躲闪？——后果不堪设想！

家的音乐在物理教师的肚腹中再次轰鸣起来。他提着包子，向着密集的人群撞去。家……家……家……充满人间的厚爱又培育了人类的残酷的容器和温床。他使一群人怪叫着散开。你并没有逃脱掉，像一条脖子上拴着铁链的狗，暴怒地向人冲去，但随即打一个趔趄，铁链把狗拉回去，木桩把链子牵拉住，警察用一只铁钳般的大手，不失时机地揪住了你的脖领子。

他感到喉结被勒，嘴巴张开，眼球凸出，身体凌乱一滚，便跌翻在地。

"赶快回家吃饭！不要妨碍交通！各位公民，赶快回家吃饭！不要妨碍交通！"警察用脚踩住跌翻在地的物理教师，威严地对群众发号施令。

群众慢慢地散开了。警察像提拎一只小公鸡一样，把物理教师提到路边。堵塞的车流重新流淌，小轿车的喇叭声里，是一片舒适的、宽厚的温情。警察拖着物理教师往派出所走，物理教师死死地拖着旅行包跟着警察走。

家的音乐更加强烈地轰鸣着，但是你无力挣扎。这位虎背熊腰的警察犹如一条万里长城，巍巍乎森森然耸立在你的眼前。你的所有挣扎撞到了这长城上，都等于没有挣扎。当你的焦灼和惊恐到了极点的时候，精神和肉体不但互相背叛而且成了它们各自的叛徒。肉体的自我背叛表现在它以极度的松懈替换了极度的紧张；精神的自我背叛使它绕过无法逾越的痛苦的前途，回忆久远的往事。

物理教师被警察拖拽着前进，他的思想却飞速倒退，从八十年代倒退到七十年代，从七十年代退到六十年代，从六十年代退到五十年代……在那个白杨树散发出辛辣气味的春天里，他的倒退被胶滞住了。时间被胶滞住了。你就像一只陷在胶水里的小甲虫，在这段时间里挣扎着、徘徊着。挣扎、徘徊在辛辣的白杨树的气味里。这段时间里充溢着火红的石榴花的颜色，这段时间是火红的。在火红的时间里挣扎着、徘徊着；挣扎、徘徊在石榴花火红的颜色里。

叙述者为我们描绘了一幅有关时间的美丽图像：它一方面飞速地向前流逝着，好像汹涌的大河，它不舍昼夜奔向大海，那里是它的归宿又是它的发源地，但它并不总是向前流逝，它经常后退，飞速地后退，缓慢地后退，曲曲折折地倒退。它团团旋转，像一个巨大的球；蓬松着千万根尖锐的刺，伸向所有我们知道的和我们不知道的方向——表现在平面上，它流向四面八方，比皮肤下纵横交错的血管还要复杂一万倍。它瞬息万变，它无影无形，它表现在太阳的光芒里，它附着在彗星的尾巴上，它使鲜花开放又使鲜花凋零……它看着整容师在脱汗衫，它看着物理教师缠着胶布的眼镜在汗湿的鼻梁上下滑，它纠缠住石榴花的颜色和白杨树的气味，它是上帝的化身。上帝是特殊材料制成的。它硬起来像钻石，软起来像稀泥，也可以弹性丰富如橡皮。

横穿马路时，你的脚感觉到在烈日下变态的沥青像滚烫的橡皮一样颤颤巍巍，那位颈系苹果绿色柔软绸巾，唇上生有绿色小胡须的女青年与跌断了手腕的女青年重叠在一起，时间在扭曲重叠，嘴唇艳丽、富有弹性（好像充气的橡皮）的嘴唇艳丽的女老板加入这种重叠——好像三种不可混淆的色彩，你涂盖了我，我涂盖了她，她又涂盖了你。马路两侧生长着绿皮国槐，树干上缠着稻草绳，有一个摘去了飞檐明盖大警帽、头发花白的老警察踏着一条高凳，双手操剪，剪下一穗穗米黄色的槐花。派出所大门前洋溢着槐花的香气。有一位蓬松着黑油油坚硬头发、脸蛋红彤彤的小女警察，仰着胖乎乎的脸（鼻尖上挂着三滴明亮的汗珠，嘴角像小男孩的嘴角，生动地抽搐着），双手端着警帽，去接老警察剪下来的槐花。她的嘴里嚼着一块肥皂，五颜六色的泡沫从她的小嘴里冒出来，升上去，在槐树的枝杈间穿行。

"不要调皮！"老警察拂去碰到他脸上的一粒气泡，假装严肃地说。

"好好站着，不要调皮！"高大的警察把物理教师扔在派出所的一间拘留室里，他摇摇晃晃即将摔倒时，警察的命令喊出，神奇地止住了他的摇晃。

警察快步走向厕所。警察的背上，主要是白腰带的周围，沤出了白色的汗碱花。你望着那些美丽的汗碱花，不由肃然对警察起敬。警察在厕所里响亮地清理着喉咙里和鼻腔里淤积的脏物，同时，你还听到湍急的水流击打空桶发出的轰鸣。你感到这轰鸣与自己肚腹中的轰鸣频率一致，它们遥相呼应。它的轰鸣变成一个可怕的、亵渎爱情、破坏优美诗意的黑色象征，插在了属于小阳春的季节特征（白杨树辛辣的气味、石榴花火红的颜色、香椿芽被揉烂的香味）里，插在了午饭后的内容（整容师只穿着一条裤衩在狭窄的房间里行走，冒充的张赤球怎么可能无动于衷）里，插在了晒化了沥青、堵塞了道路、剪落了槐花、喷吐着泡沫……的现实时间之中，于是，过去的景象和另外空间的幻象欻然隐去，威武的人民警察提着裤子从厕所里走出来。

前边提到的另一位警察也走进了派出所大门。他的身后紧跟着一群人，领头是那位跌断了手腕的胖姑娘和那位被警棒敲伤了手腕的麻秆青年。姑娘用左手托着右手腕，麻秆青年用右手托着左手腕，胖瘦搭配，左右配合，产生了一种奇怪的和谐之美和雄辩的说服力。

这位警察虽不是虎背熊腰，却也是方头黑脸，猿臂象腿，一身英气，不敢近前。他一旦回过头去怒吼，尾随的人群便倒退；他一旦转过脸来，倒退了几步的人群又紧跟上来。

"滚开！"他立在派出所大门口，因懊恼而骂人，"捣乱治安！滚！你们！"

"噢——呜——"簇拥着托腕男女青年的群众吼起来，"警察叔叔骂人啦！警察叔叔骂人啦！"

虎背熊腰的警察走到大门口，高声问：

"你们干什么，哎？你们要干什么，哎？你们到底要干什么，哎？"

胖姑娘把受伤的手腕举起来，脸涨得通红，说：

"我的手腕跌断啦，怎么办？"

"你的手腕是怎么跌断的？"

"是从自行车上歪下来跌断的。"

"是有人把你从自行车上推下来的呢，还是你自己从自行车上歪下来的？"

"我也说不清楚……"

"简直是混账！"警察叔叔说，"自己都说不清楚，来找我们干什么？我们是你的保姆吗？难道你明天早晨开门碰破鼻子也要找我们吗？难道你今天夜里尿了褥子也要找我们吗？岂有此理！"

群众哄笑不止。

姑娘说："都是因为那个神经病，他乱抢包子，把我抢下来的。"

"姑娘，"警察说，"你们单位没进行法律教育吗？神经病杀了人都不枪毙，何况把你抢下车来！再说，你长眼睛呼吸新鲜空气？你难道看不到他抢包子吗？"

"难道我的手腕子就白跌断了？"姑娘呜咽着说，"我是绣花女工，断了手怎么绣花？"

"姑娘，我知道断了手是不方便的。断了手不但不能绣花，而且不能拿筷子吃饭，不能拿梳子梳头，甚至不能顺利地解开裤腰带！我很同情你——你是左撇子吗？"

"你怎么知道？讨厌！"

"啊哈，我看出来啦！左撇子方便多啦，因为你断了右手，因为你的右手原来就是陪衬物。但断了一只手总是不好，所以，我劝你还是尽快去医院——先不要回家吃饭——哪怕你的丈夫坐在餐桌旁望眼欲穿地等待你——你结婚了吗——哪怕餐桌上摆满了山珍海味，杯子里倒满了冰镇啤酒，啤酒的泡沫溢出杯外——你也要先去医院，去骨科，中西医结合……"

"你休要油嘴滑舌！"胖姑娘大叫着，"你明知道我丈夫跟着一个女人逃跑了，还来讽刺我！你落井下石！你狼心狗肺！我对牛弹琴！哎哟亲妈嘞——把女儿痛死啰……"

胖姑娘托着手脖子跑啦。警察伸出舌尖舔舔爆皮的嘴唇，龇出晶亮的白牙笑了。

失去了同伴，麻秆青年先自气馁了三分，他战战兢兢地凑上去，说："警察同志，我的手腕可是您打断的……"

"你聚众闹事，妨碍交通，殴打正在值勤的公安人员，应该罚款，或者拘留，或者判刑，"警察说，"大热的天，不愿意麻烦，饶了你，你不但不知趣，反倒送上门来啦！老李，把这个瘦猴押起来！"

麻秆青年掉头跑掉了。

群众一齐为这位不但虎背熊腰,而且伶牙俐齿的警察欢呼。

另一位警察说:"公民们,散了吧!回家吃饭去吧!慢点骑!不要闯红灯!注意安全!宁等三分,不抢一秒!高高兴兴上班去,平平安安回家来!"

群众向两位警察吹着口哨,爆着榍子,说着趣话,骂着物价,乱嚷嚷地消化在四通八达的大道上。

警察拎着你的脖子把你投进一间拘留室里。警察说:"老老实实地待着,不许破坏屋里的器具,否则——"他对着你的脸晃了晃那只马蹄般的大拳头,"把你的脑浆子打出来!"

比较不威武的警察带上门,你听到铁锁咔嗒一声响,眼前便是一团漆黑。

"老李,咱俩去'仙客来'喝两杯啤酒?"

"行啊,你请客!"

物理教师听到两位警察说着话走了。他一腚蹲在地上,头发晕,眼发花,耳朵聋,肠痉挛,心里有说不出的苦。

第八部

一

在一个模糊不清的时刻，整容师与笼中叙述者在殡仪馆大门口撞了一个满怀。你对我们说：我慌忙躬腰道歉，并且把身体撤到一边，伸出两只手，好像高级饭店大门口视顾客为上帝、像爱护眼睛一样爱护顾客、彬彬有礼的门童，在欢迎一位女贵宾。她并没说什么，只是冷冷地瞥了我一眼。我发现连日劳累的整容师气色依然很好，她脸蛋潮红，胡须碧绿，脖子上扎着一条苹果绿绸纱巾。

这条绸纱巾唤起了我一缕缕别人的旧日情思，仿佛连我都闻到了在那个古老的春天里，开花的白杨树散发出的辛辣的气味。正是受这种气味的引导，张赤球开始追逐整容师。如前所述，那时候她骑着一辆锃亮的自行车，在小城宽广的大道上飞驰，物理教师穿着99号运动服跟着自行车飞跑，从金鱼巷十三号跑到"美丽世界"或者从"美丽世界"跑到金鱼巷十三号。日月如梭，光阴似箭，那辆当年的自行车如今跑到什么地方去了？

我十分清楚人到中年之后变得泼辣尖刻的整容师之所以没有痛骂我（我几乎撞进了她的腹腔）是因为她的心情很好。近日来她比较走运：将大腹便便、脑满肠肥、看起来像个贪官污吏的王副市长整成了一副身材瘦削、容貌清癯看起来像个鞠躬尽瘁的公仆形象，得了奖金一百元；拔下了王副市长三颗金牙（下脚料），珍藏在一个秘密的地方；为方富贵进行了换容术，替换出张赤球去做买卖赚大钱。她的心里演奏着欢快的音乐，这音乐里隐隐约约地有一些凄凉的、与主旋律不和谐的音符，她感觉到了，但没有多想。

我仿佛跟随着辛辣的气味进入辛辣的春天，又由辛辣的春天迈进火热的夏天。我看到第八中学年轻的物理教师张赤球因每日发疯般地和自行车赛跑，腿明显变长，脚明显变大，第二双"回力"球鞋底子磨穿，换回了经高手修鞋匠修复好的第一双"回力"牌球鞋。他的白眼球上布满了蛛网般的血丝，嘴唇上挑起燎泡。他穷追不舍，他闯进了金鱼巷十三号，用颤抖的手接过了她端过来的一杯温茶。吃过了鬓边斜插石榴花的蜡美人亲手做的名菜：香椿芽炒大对虾。大对虾早已绝迹于市场，于是这一道名菜便成为他终生难忘的记忆。

她匆匆穿越"美丽世界"的大厅走向自己的工作间，她皮鞋上的硬胶木后跟敲击着人造大理石发出清脆的回响。殡仪馆的大门是自动开合的，整容师走进大门用鞋跟敲击大理石地面时，大门缓缓地闭合了。叙述者说他被隔离在茶色玻璃门外，但他能够看到整容师的身影。

她掏出钥匙，拧开工作室的门。就像很多电影里表现的情景一样，她关上门后，不是扑向桌子和椅子，而是把脊背靠在门板上，仰着头，下巴翘起，脖子挺得笔直，那条富有象征意味的苹果绿色绸纱巾提在手里，她的胸脯在起伏，心潮激荡冲激胸肋所以胸脯起伏，有两行热泪从她脸上滚下来。

我们认为她的哭泣是莫名其妙的，根据我们掌握到的材料，整容师并不是个多愁善感的女人，她为什么要哭泣？

我们在整容师和叙述者之间发出疑问，叙述者呆呆地立在大门外沉思，整容师背靠着门板继续哭泣。

我为什么流眼泪？我流了眼泪。她既像自言自语又像对我们诉说。欢乐使人流泪，痛苦也使人流泪，我为什么流泪？她懒洋洋地把身体从门板上移开，拖着绸巾，绕着那张重新蒙上白台布、摆上塑料花的工作台左转三圈，又回过头来右转了三圈。然后她直着眼看那盆塑料花。这是一盆金色的菊花，千瓣万瓣菊花瓣，像美女的发卷一样，低垂下来，又卷曲上去，覆盖着小部分绿叶和大部分赭红色的盆沿。她开始低声地咕噜，咕噜咕噜，起初听不清咕噜什么，后来听清咕噜什么了。

整容师看着工作台上的菊花对我们咕噜着，"别看你这般漂亮，但你是假的，假的！你空有菊花的容貌，但没有菊花的芳香；你有菊花的绿叶，但没有菊花的汁液，你是假的，你看起来风度翩翩、不同凡俗，但你毕竟是假的。哈哈！哈哈哈！"她用那条绿绸巾抽打着金菊花，与其是说抽打花朵，还不如说为花朵拂尘。她的动作，她的表情，她的笑声，都显得十分的矫揉造作，像三流电影演员的拙劣表演，看着都让我们肉麻。我们看到她把那盆花推到工作台下，花盆滚到地上，打了几个滚，奇迹般立起来，花朵依然金黄，枝叶依然碧绿，千瓣万瓣菊花瓣瓣瓣都在颤抖，好像狂笑的女人的头发在颤抖。那意念中的笑声是傲慢的、无礼的，带着强烈的挑战意味！

我仿佛看到，你对我们说，她翘起屁股，对准王副局长的黑色方脸，淋了一泡焦黄的尿，这无疑又是一个杀佛灭祖、亵渎圣灵的举动。奇怪的是，王副局长绝对没有生气，他水灵灵的脸上绽开天真的笑容。他像一个恶作剧的小男孩，她像一个恶作剧的小女孩。我仿佛看到记者处副处长双手攥着流汗的照相机，哆哆嗦嗦地抢拍着那持续了很长时间的游戏。我仿佛听到了《好一朵石榴花》的美妙乐章在他的心里低低地回旋着，在河的波浪里回旋着，在白杨树的乳汁里回旋着，在油亮的家燕羽毛里回旋着。它们都在歌唱，歌唱《火红的爱情》。当然，只有火红年代里才能产生火红的爱情。

我们仿佛觉察到，这里出现了一个技术错误：你曾说：她往王副局长脸上撒了尿后，意醉心迷地返回金鱼巷十三号，在乳房状的门钉锦前，碰到了正在等候好消息的记者处副处长。你现在却说，记者处副处长在白杨林里拍照！

她还在审判着那盆假菊花：你尽管长开不败，但你是死的，你不能像真菊花一样呼吸空气，你断裂了也不会流出水分。她的嘴审判着菊花，心却飞向了猛兽馆旁边那栋白色小屋子……我抚摸着相册发黄的缎子封面，犹豫片刻，猛地揭开。只有十足的流氓才能拍下这样的照片……我往他的脸上撒尿。前天你还躺在这张工作台上，像当年躺在绿草地上一样年轻威武。昨天，钢板下的弹射机关把你像炮弹一样弹射进烈火熊熊的炉膛……你这个魔鬼！小偷！特务！整容师抡起相册砍着猛兽管理员光秃秃的额头……她抬起脚来猛踢了一下子那盆塑料花，塑料花滴零零滚到墙角上，颠几下，再次耸立起来，花、茎、叶，都没有丝毫伤损。她抱着脚坐在地板上。花盆碰痛了她的脚趾，真正的鲜花在墙外窃窃私语，仙人掌的黄花在窗台上微笑。

我们仿佛听到了猴山上的喧闹，嗅到了东北虎尸体的血腥，那晚上皎洁的月光照耀着我们的眼睛、牙齿和指甲。

"告诉我，你为什么要嫁给你并不爱的张赤球？"猛兽管理员攥住了整容师的手腕，使劲一捏，她感到剧痛，手指张开，古老的相册掉在了用王副市长的脂肪配制成的狮虎饲料上。

她恼怒地用唾沫啐他，用脚踢他，用另一只手抓他的眼睛。他用另一只手在她的胳膊肘上捏了一下，她全身酥软，顿时老实啦。

我仿佛看到一张绿色的日历，这是一个星期六的黄昏，在灿烂的晚霞里，石榴花的消灭诞生了红石榴和绿石榴。你没答理那嗅觉灵敏的记者处副处长，撞开大门，沐浴着一片辉煌走进母亲的庭院如今它成了你记忆里的风景。你往她嘴里填塞着具有催眠功效的配方食物时，如何能不思念那倒映在养着青青河蟹的水缸里的石榴树？还有那开花的季节里，母女俩赤裸着身体在院子里的浪漫行走？香椿的干枝上萌发了杏黄色的新芽，颔下有血色羽毛的燕子飞进我家，在檩条上筑巢……如今的虱子快把你吸成了一张灰白的皮，我的曾经风流成性的娘。你消灭了虱子，又往配方食物里添加了老山参的粉末。这是关于庭院的回忆唤起了母女的深情。你躺在床上，天已黄昏。你母亲用她的丰富经验开导你：别跟自己的身子过不去！燕子在巢里啁啾，我在床上抽泣。后来乌云漫上来，春天的雨水下降。雨点吧嗒吧嗒地敲着檐瓦，一片瓦吧嗒，千片瓦吧嗒，一夜檐瓦吧嗒，清晨新美如画。属于田野的风，灌进了我们的小城，风里有槐花，风里有草芽，风里有蛙鸣，风里有爱情，风里有蝌蚪。金鱼巷里，应该出现一个提篮的村姑，亮开她甜而不腻的嗓子，叫卖时令鲜花。小城一夜听春雨，深巷叫卖红杏花。杏花早已化成了泥土，桃花也烂在树下，梨花随风翻滚，村姑也不知流落到了何处。五月里应该叫卖金黄色的苦菜花。我仿佛看到，在那个早晨，蜡美人颠着小脚跑到第八中学，敲开了物理教师张赤球的门。他正在对着镜子刮脸刮胡子，满下巴肥皂沫。他使用着一把乡村铁匠锻造的剃头刀。此刀样式笨拙却锋利无比。完全可以肯定，是因为蜡美人的到来，才使物理教师慌张中出了差错——剃头刀在物理教师鼻翼上拉开一个大口子，结了一个疤，成了他鲜明的个人标志，为几十年后替方富贵换颜整容做好了准备。

"我知道你根本不爱他，但是你却嫁给了他。"猛兽管理员松开她的手。她坐在椅子上，目光凄迷，看到他从虎豹豺狼的食品柜里摸出一块黑色的干肉，野蛮地咬了一口。从他咀嚼的动作你猜想到他的牙齿异常坚固。从他腮上隆起的条条肉棱，你断定他的咬肌久经锻炼，异常发达。她凄凉的耳朵里响着他残酷的声音：

"你是因为怀了孕才嫁给他!那时,去医院流产是一件十分麻烦的事情,要出示结婚证明,要出示单位证明,要有丈夫签字。"

她的子宫开始回忆初次受孕的感觉。它隐隐地抖动着,好像又一颗受精卵植入了子宫壁。猴山上的猴子在疯狂地舞蹈,那只跌落在木船里的狰狞大猴爪在你眼前跳跃,你抬起手捂住眼睛,呜呜咽咽地、断断续续地说:

"不……我不愿意……"

这时,带着雨的气味,捧着一束月季花,鼻子上捂着一块被鲜血浸透的白纱布,膝盖上沾着雨水和泥巴,第八中学星期天的物理教师急火火地撞开了你的门,狼狈不堪地站在了你的床前。你看到他浑身颤抖,好像一穗在春风中摇摆的花序。你当时还没意识到导致他颤抖的原因是欣喜若狂。

他的身上带着小麦花的香味,还有,从麦穰里刚钻出来的小猪娃娃的气味。舅舅……啊呀我的"舅舅"……舅舅的家里养着一只老母猪,老母猪生了一窝小猪,小猪有黑的有白的皮毛光滑好像绸缎……杀猪的舅舅最会养猪……

他齉齉着鼻子对我说:

"伯母说你病了,让我来看看你……这些花……"

他把湿漉漉的月季花放在我的床沿上。他鼻子上蒙着白纱布,多像个唱戏的小丑!他的腰哈着,多像个虾米!他的头发支棱着,多像只傻不楞登的黑公鸡!

他哭啦。眼泪流到纱布上。他的眼泪是黄的。他的耳朵好难看,多像一块豆腐皮!我多想揪他的耳朵!

"是的……我从来就没有爱过他……"整容师响亮地哭着,说。

我仿佛看到蜡美人小脚上沾着的黄泥,那时小城里有很多黄泥。

她跋涉在黄泥里，气喘吁吁，我知道她意识到自己的风流岁月已经到了尽头，找一个女婿，一半为女儿，一半为自己。那天早晨太阳露了一下脸就被雨水吞没，灰色的云团在二百米的空中团团翻滚，雨一阵大一阵小。蜡美人用最美的馅子包水饺。她还买了酒，她还炒了菜。她在下午四点钟就关上了大门，又插上了房门……

她无可奈何地看一阵那盆假菊花，脱掉衣服，换上工作服，拉开冰柜，嗅嗅熟悉的死人味，又关上了冰柜。今天没有死人要整容。

我仿佛看到，在雨声中，她闭上了眼睛。她说：

"我是与死人打交道的人，你不忌讳？"

她的笑凶险又邪恶。

"不怕！"物理教师跪在床前，像宣誓一样说，"我不怕！"

她自己把被单子猛地撩开，露出了两条赤裸裸的大腿，粗野地、像一个久经战阵的老娘们一样说："来吧！"

二

馆长有一把特级整容师工作间的钥匙。他打开了门，看到李玉蝉双手托着腮在那儿发呆。

"哎，"他轻声细语地说，"第八中学又来电话催问，什么时候可以与那个物理教师的遗体告别？"

她从凳子上跳起来，嘴巴张着像一个椭圆形的洞口。

"如果不太累，就胡乱给他刮刮胡子洗洗脸，反正是一个中学教师，又不是什么头面人物。"他靠上前去，关切地抚摸着她的头，还用潮漉漉的嘴唇吻了一下她的脖颈，"我知道这几天让那个大肚子把你累得够呛！市里领导非常满意，你是我的骄傲。"

馆长的手从背后包抄过来，按摩着她的乳房——这是他的习惯动作。往常对他的习惯动作你总是做出热烈的反应。他的钥匙打开你工作室的门；他的双手从后边按摩着你的乳房，你扭回头与他接吻，然后你们就推推拥拥地走向那张高一百厘米，宽一百厘米，长二百厘米，铺上雪白台布的整容床。你们在这张躺过无数死人的床上颠鸾倒凤、恣意狂欢。馆长是位俊秀的男子汉，也是个热心肠的好人，今年他义务献血已累计二千毫升（市日报作过报道）。他的手催促着你沿着缀满鲜花的云梯向整容床攀登。你没有攀登。

整容师在他的怀抱里旋转了一百八十度。她的额恰巧触着他的嘴唇。感觉到他吻了三下额头后你把头往后仰，眼睛望着眼睛，呼吸对着呼吸，心跳对着心跳（整容师的心脏在右边，这样的人千万里难得一个）。你的心里不是装出来的而是确实发生着巨大的悲痛，在顶头上司的怀抱里，你感到全身的骨节都松懈了，他坚强的双臂架住你的双肋，你轻得像一片枯黄的榆荚，委屈得像一个受了流氓欺负的小女孩。你哼哼唧唧地说：

"馆长……怎么办？你说怎么办？"

"亲爱的，碰到了什么难题？"他紧紧地抱着你，频频地吻着你说，"是不是又有男人爱上了你，或者是你又被别的男人迷住了？"

"瞎说！你瞎说！"整容师揪着馆长的耳朵撒娇。

"那么是什么事让你发愁呢？"

"那个……中学教师的尸体不见啦！"

"胡说！"馆长说，"有偷金子的，有偷银子的，难道还有偷死尸的吗？"

"他真的不见啦！"

"你把他放在哪里？"

"放在冰柜里。"

馆长拉开贴墙站着的大冰柜。柜里只有一些下脚料和几只黑色塑料口袋。

"你把他存放在这柜里了？"馆长问。

"是的，我把他锁在这柜子里了。"整容师答。

"难道他变成了气味挥发了？"馆长犀利的眼睛紧逼着你。

她心里感到空虚，却恼怒地说：

"你看我干什么？难道我还能把他偷回家去？即便我要吃死人肉，也要选一个肥的、选一个年轻的。"

馆长微笑着，又认真地察看了冰柜，察看了每一条墙缝每一个窗户，还钻到整容床下进行了详细的检查。

后来馆长说："你不要再提这件事，第八中学那边我负责解释。但这事无论如何都令人难以理解。"

三

　　整整一天，她的脑海里不断地浮现出那只巨大的猴爪。它躺在了裂了缝（缝里塞上麻线与油泥的混合物）的船舱里，明亮的指甲变成了明亮的眼睛，仰望着蓝天，天上的白云，盘旋的海鸥。灰色的细浪懒洋洋地拍打着船舷，缀满补丁的船帆像一面破旗，悲哀地垂着头。在猴爪的间隙里，穿插着那个周身生满金黄细毛的男婴（未来的状元郎）和他的面容枯槁、突然间苍老了几百岁的父亲。母猴子那一大段流水唱腔翻来覆去地回荡着，好像电影里的音乐。

　　我们发现她的思维习惯与屠小英的思维习惯十分相似：在故事的缝隙里思想、工作。

　　她究竟是骑车，是坐公共汽车，还是步行回到了第八中学的教师宿舍？她在人民公园铁栏杆外边徘徊了没有？高大的鱼鳞松渗出了闪闪发光的油脂，空气中弥漫着浓郁的松香她嗅到了没有？她的家距离"美丽世界"只有二百米？足有十公里——叙述者隐入了人民公园的灌木丛中，灌木丛的洞眼里露出他（她？）闪闪发光的眼睛。我们看到她打了一个寒噤，随即，东风送来了猛兽的嗥叫和猛兽口腔里的腥膻之气。

　　如果时间定在夜晚，就应该是他们开始崭新生活的第一个夜晚，叙述一开始就进入焦灼的等待：蜡美人等待配方食物，大球小球等待晚餐，方富贵等待整容师。她提着那个猪肝色的手提包昂首挺胸地走进家门。

　　你进家门之前往嘴里塞了一片乳白色的小药片，一伸脖子没咽下去，我们感觉到药片在你舌头上溶化的气味：半酸半甜，并不难吃。紧接着我们得知你富有经验地卷动舌头，刺激口腔，让腺管里分泌出大量唾液。唾液混合着药片满了口腔，你轻松地咽了下去。

他还告诉我们，你口袋里长年揣着这种乳白色的药片。当你沮丧、忧虑的时候，它使你亢奋、欢愉；当你激动、疯狂的时候，它使你冷静、温柔。

你一进房子，立即变得兴高采烈，嘴巴格外地活泼，像只蹲在电线上谈恋爱的麻雀。你脱掉皮鞋，换上拖鞋，脱掉长裤，换上一条府绸布缝制的大裤衩子。在这个过程中，六只眼睛盯着她。

她把大球和二球推进墙洞里。两个男孩嘟嘟哝哝地咒骂着什么。

城市之光一如既往地泻进房子。她看了看他的眼睛，狡猾地笑着，轻轻地说：

"怎么样？没有人识破你吧？"

他脸上挤着一层层皱纹，绿色制服上沾着一层彩色粉笔末儿。好像嘴巴里很苦，我们听到他一个劲地咂巴嘴。

"第一天难免不习惯，"她说着，走上前，举起嘴碰碰他的鼻尖。他清楚地感觉到这一点轻微的接触给了他很大的安慰，使他郁悒不快的心头出现了太阳的光芒，"你要忘掉你是你，你要时刻牢记你是他。你的脸是他的，舌头也是他的，心脏是他的，膀胱是他的……千言万语一句话，你就是他！"

他告诉我们，整容师晦涩的语言使物理教师脸上皱纹层次减少，嘴里的咂巴声也停止了。两只死僵的胳膊迟缓地运动起来。他的手胆战心惊地去抚摸整容师毛油油的肩头。她穿着一件三十支纱的圆领大汗衫，肩头半露，她的深邃幽暗的乳沟里的细毛像附着在岩壁上的湿漉漉的苔藓。

她没有任何拒绝的表示，也没有引导他继续前进的暗示。她只是放出她的独特的气味和香气洋溢的微笑。

我们听他说，在香气与微笑之中，传来了屠小英继续怀念亡夫的抽泣。梦里才有的迟滞境界出现，他的手缩起来，就像大鸟收缩了刚刚爹开的翅膀。

"男人总是如此。"她把他从梦境中拖出来，她说，"早就说过，你可以跟她继续来往，我没有道理吃醋！"

整容师用手撕着自己的大汗衫，转身走进了厨房。

物理教师脸上的皱纹又密集起来，他处在香味的发源地和哭声的发源地之间，像处在太阳和月亮的引力场之间。他无法违背物理学上颠扑不破的定理，他想奔向太阳，但忘不了月亮。物理教师用他的行动证明着定理，昭示着物理学的奥秘。

她在厨房里噼里啪啦地摔打着锅碗瓢盆。她像一个雕刻艺术家，雕刻一个人的头，目的是为了赚钱；但把这个人头出卖给他人时，却有些暧昧的痛苦。

物理教师走进厨房，看到整容师眼睫毛湿了。他又上去摸她的臂膊。她说：

"真是知人知面不知心啊！"

任何企图准确揭示男女之间感情变化的文学家都是愚蠢的，只有白描永远处于胜利的位置，叙述者说。

叙述者说物理教师和整容师在厨房里一起准备晚餐，他和她配合默契，心领神会，一举手一投足都像久经训练的亲密搭档。她需要菜刀时，菜刀就像小鸟一样飞到她的手里。他需要碟子时，碟子便如蝴蝶一般翩翩降落在他的面前。这期间小球曾两次掀动门帘，伸进来他的圆圆的脑袋说话：

"爸爸，妈妈，晚饭还没好吗？哥哥在拆墙！"

门帘突然降落。他和她相对着脸。厨房里香气弥漫，锅里的油吱吱地叫着，炉子里明亮的煤炭火焰舔着锅底，好像性情暴烈的小兽鲜红的舌头在舔着牺牲者的白骨。

她猛地扑上去，亲着物理教师的嘴，并且迷乱地说：

"我的丈夫……我的亲丈夫……"

我感到他的嘴是贪婪的，他搂抱我的胳膊有力，而且紧张。整容师说，我的心里有仇恨、有欲念、有恶作剧。但最主要的是一种对男人的渴望。在很早的时候，我曾被这种心情驱使，扑向了他的怀抱，后来我拔了他的牙，开了他的膛。我认为自己不是一个淫荡的女人。从本质上说，男人喜欢淫荡的女人。这好像是一场猫与鼠的游戏。他外出做买卖至今未归，我其实也在担心。但我不盼望他回来，不对，不对，我还是挂念着他。我是不是爱上了这个有着他的脸，但并不是他的男人呢？我无法回答你的问题。是不是从一开始决定为他改换面貌时我就想到要和他同枕共衾呢？我说过了无法回答这个问题。一切都是凑巧。凑巧他死了，凑巧他要我为他整容，凑巧他被王副市长挤进了冰柜……我是不是有意勾引他？难道觉察到了他对你身上气味的迷恋了吗？

"你……真香啊……"他迷醉地说。

也是有一张这样的脸的男人，多次地批评我身上有一股死尸的气味，他说连我的牙缝里都渗出死尸的气味。毫无疑问，他的赞美使我的心陶醉，你可能不知道，女人比男人更渴望赞美。女人也比男人更慈悲。他既然迷恋我的香味，我为什么要吝啬？你大概不知道，女人的真正的气味只有被男人搂抱和搓揉时才能放出，就像美酒被摇荡，才能洋溢酒香，就像花朵被揉烂才能提出香精。你不要挑剔我前言不搭后语，谈论这类问题，国家总统也是语无伦次，而我，不过是一个普通妇女，只受过中等教育。他紧紧搂抱我时，我的心在冷笑。他的下体滚烫时，我也滚烫，但我的心依然在冷笑。屠小英的哭泣抵不过我头发上的气味。屠小英仿佛感觉到了什么，她的哭泣声突然大起来，好像墙壁被洞穿，有了声音通行无阻的渠道。他哂我舌头的嘴突然松弛了，他的胳膊也死了，他的温度开始下降。我听到哭泣声变成了得意的冷笑。她站在我面前，站在他背后，挺着她的俄罗斯大奶牛的乳房，炫耀着她的亚麻色假洋毛向我挑衅。我想，不能退缩。我搂抱着的是我的丈夫！他的脸是我丈夫的脸！她无耻地说：他的身体是我丈夫的身体；她对我如数家珍般地细说他的特征。她开始拉他、拽他，他降温继续，继续降温。我对她吼叫：找校领导去！连小学生都知道你丈夫已经死亡！他的尸体已经被医学院的学生用刀子切得四分五裂！校里没有人知道他的生殖器上有一颗黑痣。你敢去找校长吗？她停止了哭泣。她可怜巴巴地哆嗦着，那两只俄式乳房沉重地坠弯了她的腰。你不要问我为什么这样狠毒，女人与女人之间没有温存。同性恋？我不知道同性恋的心理状态。你不要责备我。我抚爱着他，对她又怜悯起来，她身着黑衣，一个受人尊敬的寡妇，含冤而去。我比男人更了解女人的痛苦。他又疯起来，他的温度持续升高，他的温度越高我越感到伏在床板上、咬着被单子、强咽下哭声的屠小英值得同情，好像我抢走了她的男人，我不会撒谎，我当时就是这样想的，尽管我用疯狂回报他的疯狂，尽管我用高温回报他的高温……

门帘又一次被掀起，伸进来小球圆圆的头，他说：

"爸爸，妈妈，你们搂在一起交配，全不管我们肚子饿不饿！我告诉你们，哥哥已经把墙壁打通了！"

他和她在小球的干涉下，不得不分开，各自品咂着对方口腔里的气味，仓促地把晚饭摆上了饭桌。

她召唤出大球小球，又调配好蜡美人的食物。

她与物理教师一起为蜡美人填食，蜡美人的牙齿经常咬住饭勺不松。她看到他满脸冒汗，躲躲闪闪地生怕碰到蜡美人的眼睛。

大球小球在饭桌旁急速进食，整容师说：

"你们好没教养，你爸爸还没回来，你们就先把好菜吃光啦！"

大球脸上沾着砖缝里的灰，他抹抹脸说：

"妈，我爸爸不是早就回来了吗？"

小球说："妈是被爸爸在厨房里咬昏了脑袋。"

兄弟二人扮着鬼脸，钻进墙洞去了。

我让他坐下来。我看到他脸上的皱纹又增多了，缠着胶布的眼镜滑下来，使他不得不经常把眼镜往上托。他的眼告诉我他的心又离别了他的身体，穿透墙壁，悬在隔壁的上空，注视着他的女人。

她脱掉汗衫，露出双乳，用毛巾揩着乳沟里亮晶晶的汗水。她说：

"不勉强你，你可以去看她。"

他站起来，低着头不敢看我的胸脯。羞愧的样子那么明显。我自然不会漠视他对我双乳的那种既迷恋又不得不克制迷恋的态度。他悄悄地走了。夜晚之光从城市的上空倾泻下来。院子的门和房子的门都敞开着。要么是一个大发横财地回来；要么是一个在隔壁碰了一鼻子灰狼狈不堪地回来；要么是他蚀了本垂头丧气地回来，对我诉说做买卖的艰难，我不会谴责也不会鼓励；要么是他宿在旧日的温床上不回来，像他原来想象的一样美好；看起来像邻居通奸实际上是物归原主。对任何一种结局——即便他们两人同时回来，同时挤上我的床——我都持一种随其自然的态度。

隔壁的声音暧昧又肉麻。叙述者说整容师用脱脂卫生棉堵住了耳朵。然后，她就那样光着背吃饭。失去热度的菜汤上浮着一层乳白色的油脂，好像洗大肠的脏水。她把菜汤倒进饭碗里，又往饭碗里倒进一些酒，一些酱油一些醋，用筷子搅拌一番，端着碗，哧溜哧溜喝起来。

我们听说：她喝着汤，眼泪噼噼啪啪掉在碗里。你为什么要哭？她破涕为笑，对我们说：

"这问题多幼稚！"

四

市日报新闻：

东北虎惨遭杀害

（本报讯）我市人民公园猛兽馆内，一只九岁的东北虎被歹徒剥了皮。据有关方面专家分析，这只老虎先被浸有剧毒农药的牛肉毒死后，又被剥走了皮。专家们分析，行凶的歹徒是借白日游园之机，潜伏在园内，夜间出来行凶。市委市政府对这起案件高度重视。在当前大搞精神文明建设的时候，竟有人利令智昏，凶狠毒辣，干出这样的坏事，这是我们城市的耻辱。在市委市政府的领导下，公安机关正在积极搜捕剥虎皮的歹徒。

市日报新闻：

东北虎沉冤未雪管理员自缢身亡

（本报讯）不久前，本报披露了市人民公园猛兽馆内一只九岁的东北虎被杀的消息，引起了全市人民的极大愤慨，大量群众写信给报社，强烈谴责不法分子的罪恶行径，并强烈要求公安机关积极努力，尽早把犯罪分子抓捕归案，端正社会风气，平息民众怒火。本报记者今晨得知，猛兽馆管理员见到虎的无皮尸首时，当场昏倒。苏醒后即手舞足蹈，胡言乱语。公园领导为了保护他的健康，把他关在一间静室里，并请医生精心治疗。前天，他恢复了神志，看护人员见他病愈，便经请示领导同意，放他出来继续工作。今晨，前去猛兽馆为猛兽喂食的饲养员发现他已经在东北虎的笼子上自缢身亡。

市日报述评：

猛虎被剥皮之后……

自从本报报道了人民公园猛兽馆内那只威武凶猛的东北虎被歹徒剥皮致死的消息后，全市八十万人民在愤怒之余，都进行着痛苦的反思。

一、孩子们的眼泪

记者怀揣着一摞小学生写给报社的信件，走访了市育红小学。校长和教导主任热情地接待了记者并向记者介绍了有关情况。

校长说："育红小学是我市历史最悠久、教育水平最高的一所重点小学。现任省委副书记刘长劲、生物研究所所长苏敬文、著名儿童文学作家牛化虎，都是育红小学的毕业生。"

校长说这所小学的办学宗旨之一是：绝不片面追求升学率，绝不把学生关在教室里变成畸型的书呆子。教导主任说，他们注意儿童的生理特点和心理特点，经常组织学生参加课外活动。譬如：春游、爬山、逛人民公园。人民公园里的猴山和猛兽馆，都是育红小学师生们熟悉的地方。学生们能叫出每一只猛兽的名字。因此，东北虎被剥皮的消息传来，很多同学难过地哭起来。

校长用手指着校园内一块巨大的黑板。记者看到，黑板上用彩色粉笔画着一只斑斓猛虎，上写红色的童体大字：康康，安息吧——教导主任告诉记者，康康是东北虎的名字。黑板下，摆着一个用柳条编织的花篮，记者看到，花篮里盛着一束束枯萎的花和七条香酥鸡腿、三条红烧小带鱼、一堆动物形状的饼干、一堆各种颜色的糖果……

校长说："孩子们省出自己的食物，来祭奠康康的灵魂。"

教导主任说："歹徒的恶行伤害了孩子们纯洁的心灵，如果他的良心还没有完全泯灭，他应该自我谴责。"

校长说："我们要把后代培养成富有人道主义精神，富有同情心和怜悯的人。而人与大自然是一个整体。可是有的人不但滥伐原始森林、滥捕野生动物，连动物园里老虎也被活剥了皮……野蛮啊野蛮！"

记者向校长提出请求，希望能与孩子们直接谈谈。校长答应在课间休息时，安排记者与孩子们见面。

下课铃响了。教导主任把十几个脖子上系着红领巾的一年级小学生带进办公室。他（她）们的小脸蛋都绷得紧紧的。

一个胖乎乎的脸上生着两只黑黑的大眼睛的女孩未及开口就哭起来，教导主任摸着她的头安慰了好久才止住了她的哭声。她哽咽着说：

"记者叔叔……元元和方方好可怜……它们的妈妈死啦……"

（元元和方方是东北虎和非洲雄狮的杂交儿，本报曾登载过它们的照片。）

一个小男孩问："记者叔叔，那个坏蛋，那个坏蛋抓到了没有？"

记者对这位也叫康康的小男孩说，因歹徒狡猾，暂时还未抓获归案，并要他相信警察叔叔一定能把歹徒抓住。小男孩插嘴说："为什么不调黑猫警长？要是调来黑猫警长，一分钟就能破案！"

当记者问到如果把歹徒抓到该如何处置时，康康咬牙切齿地说：

"把他剁成肉酱，拌在元元和方方的饲料里！"

当然，如果歹徒被抓获归案，司法部门自然会依法对他进行惩处，记者对孩子的讯问目的是让大家看到孩子们对这种残杀珍贵动物的不法行径的痛恨。

二、虎尸旁跪着的老人

记者在得到康康被剥皮的消息后，曾驱车赶到现场进行过拍照。因碍于版面和美学上的问题，照片一直没能发表。经过数日的讨论，大家认为不能为自己遮丑，因此今日发表此文章时，配发当时的照片（见二版）。记者赶到现场时，一大群公安人员也同时赶到。离康康居住的铁笼很远时，记者就闻到浓重的血腥味。铁笼周围站着一些穿白色工作服和高腰水靴的工作人员，从他们的脸上看不出他们的内心活动。康康被剥了皮的尸首横躺在铁笼里，因为虎尾巴被连根切走，虎身显得很短。昔日华毛蓬松、尾巴高扬、咧眦一啸地动山摇的山大王，如今变成了一条血淋淋的死耗子。虎尸旁边跪着一个面色漆黑的老人。他双臂下垂，脖子挺着，脸微微仰起，目光凄迷，不知在看着什么抑或谛听着什么。一位公安人员小心翼翼地钻进铁笼，拍摄踩在一块比较洁净的地面上的黑红的血脚印。又一位小心翼翼的公安人员钻进铁笼，用戴着雪白手套的手捡起了一块嚼得烂乎乎的肉（牛肉），放在一个白色的盒子里。后来苍蝇们飞来了。大群的苍蝇乌云般压下来，好像全市的苍蝇都得到了信号，集中到这里来聚餐。它们伏在虎尸上、伏在地面上、伏在铁笼上。虎的鲜红尸身变成了黑色的、蠢蠢欲动的怪物。那位跪在虎尸旁边的老人也被苍蝇包围了，但是他一动不动，好像一尊黑石头雕刻成的人像。记者看到歹徒逃走的路线，也由苍蝇明显地指示出来：他（也不排除歹徒是个女性）是沿着水泥小径、跨越冬青和黄柏树篱、绕过熊猫馆、跳过铁栏杆"逃之夭夭"的。沿着他逃走的路线往前看，恰巧可以望见"美丽世界"高耸入云的大烟囱。

后来，记者看到人民公园的党支部书记刘某吩咐几个年轻的工作人员用一块大白布把虎尸蒙起来，并建议记者们到办公室里去喝茶。记者们向他提问，他很少从正面回答。又待了一会儿，那几个给虎尸蒙白布的青年人抬来了一副帆布担架。为防止虎血弄脏担架，担架上蒙上一层塑料薄膜。当记者问将如何处理虎尸时，刘回答说，要请示有关方面领导才能决定。

记者看到虎尸被抬到了一排仓房里，据一女工作人员说，这是动物园里的冷库，她还说每天光喂猛兽的肉就需要九百多斤。

那位老人还跪在原地不动，苍蝇们因为失去了食物，焦急地飞舞起来。几位穿着严密的工作服，戴着特大口罩和墨镜的人背着"青蛙牌"喷雾器钻进虎笼喷洒灭蝇药。有一位工作人员把老人架起来。他突然哭嚎起来，像个大发脾气的小男孩一样在地上胡乱打滚，滚得全身上下都是虎血、虎屎、虎尿。刘某只得下令把他抬出来。

记者从刘某那里得知，这位跪在虎尸旁的老人是猛兽馆的管理员，在猛兽馆工作了二十多年，本名早已被大家忘记，因为他经常站在猴山下摹仿猴子们的动作和声音（学得惟妙惟肖），所以年轻人给他起了个外号："老猴子"。

至于"老猴子"的政治面貌、个人历史，刘某也说不清楚，只知道他原先有一个很不错的儿子，后来被汽车轧死了。

三、"老猴子"何许人也？

记者被"老猴子"爱虎如子的精神所感动，很想对他进行专题采访，但不幸他已神经错乱。年轻人把他从虎笼里拖出来后，他就大喊大叫，说自己就是东北虎，被剥皮剁尾仅仅是酷刑的开始，紧接着的酷刑是从肉里往外剔骨头，因为骨头是像黄金一样贵重的药材，对风湿病、腰疼腿疼关节疼具有神奇的疗效。边说着他就趴在地上学虎的跑、跳、摇头摆尾，嘴里还发出嘶哑的啸叫。他的叫声引逗得那两只狮虎（元元和方方）也啸叫起来。这是两只既像虎又像狮的巨大猛兽，它们在笼子里疯狂地蹿跳着。它们的脑袋碰撞得钢铁的笼子喀啦啦发出巨响，使旁观者胆战心惊。有两个公安人员拔出手枪攥在手里；没拔出手枪的公安人员也把手按在枪套上，随时准备拔出手枪。老人在狮虎的笼外踞伏着说："元元，方方，我的孩子……你们要复仇啊……"狮虎把头顶在笼子的铁网络上，凄凉地咆哮着。它们的眼睛里，好像流出了悲愤交加的、绿色的泪水。

"'老猴子',胡闹什么!"我们听到人民公园的党支部书记在喊叫,"出什么洋相?回去!"

他从地上爬起来,腰佝偻得很厉害,双眼神秘地闪烁着,好像鬼火一样。

记者举起照相机,对准了他的脸。他忽地立住脚,昂起了头,闪烁不定的目光变得执著而明亮,的确焕发出迷人的光辉——这样的光辉应该属于热恋中的年轻人。他的嘴一咧一咧的,闹不清他是准备哭还是准备笑。黑漆一样的脸上也渐渐洇出青春的嫣红来。记者听到他自言自语地说:"好机子……好机子……好一架漂亮的机子一架好漂亮的机子!"

他突然像猛虎捕食一样扑上来——那般衰弱佝偻的身体竟能爆发出如此的敏捷——记者未及按快门,照相机就被他抓到手里。他拿着机子飞一样地逃窜着。他跳过树丛,翻过假山,一边跑一边欢笑着。他的动作他的声音的确都像极了一只发了疯的老猴子。记者、公安人员、公园里的工作人员一起围追堵截,才把他抓住,从他手里夺出相机。

刘某下令让人把他抬到一间空房子里关起来。记者胆战心惊地听到他拍打包了马口铁的门板发出的哐哐的响声,还听到他吼叫:

"还我的机子!还我的武器!我再也不拍你们的风流景啦!不,我要揭露你们……"

据公园里的工作人员反映,这位猛兽管理员有玩相机的瘾,他有一架破旧的傻瓜相机,后来被猴山上猴子抢去摔坏了。

记者带着满腹疑问找公园领导人了解这位管理员的情况。支部书记刘某三年前刚由市郊一个乡里调来。他说三年来这位管理员像个哑巴一样埋头苦干,而且成绩卓著。他成功地进行了狮虎的杂交,搞出了元元和方方这两个被全市人民喜爱的宝贝。刘某说狮虎杂交成功在中国还是第一次，在世界上也很少（非洲一个国家级的动物园与某大学生物系联合进行过杂交试验，但只生了一只小狮虎，而且三天就死亡了）。他的工作为人民公园带来了声誉也带来了经济效益（看狮虎的人络绎不绝）。刘某义正辞严地谴责谋虎剥皮者。他说歹徒不仅仅是害了一只猛虎，还害得一个优秀人物神志失常；如果说猛虎还有价格，可以花钱买到，一个优秀人物则是无价之宝，花多少钱也买不到。

记者到公园人事科调阅猛兽管理员的档案。管档案的女科员把"老猴子"的档案从一个落满灰尘的柜子里揪出来。令人吃惊的是，档案袋上的姓名格里，竟然只写着"猛兽管理员"五个字，好像这就是他的姓名。更令人吃惊的是：猛兽管理员的档案袋里装着几张发黄的破报纸，除此之外，什么都没有。

记者就此向女干事发出疑问，她扬了扬拔成一条线的眉毛，神色不悦地说："我是刚调来的。"

再问下去，她就用小剪子磨指甲的吱吱声来回答啦。

四、虎骨哪里去啦？

记者在采访过程中，不幸纠缠在虎骨问题上。据一位工作人员反映：

连续几天来，办公室里电话不绝，除了有关心罪犯是否被抓获的热心人打来的电话（只占十分之一），其余的电话全部与虎骨有关。

记者就此采访党支部书记刘某，每次去每次扑空，问及刘某的下落，被问者要么摇头，要么说不知道。

为了证实传闻的真实性，记者说服了一位掌管冷库钥匙的保管员，让他打开冷库。记者掀起盖虎尸的白布，发现担架上只剩下一堆破破烂烂的虎肉，虎骨是一根也没有了。记者向保管员打听虎骨的下落，保管员说不知道，并且说冷库共有多少把钥匙他也搞不清楚。他还说：您何必多管闲事呢？你相信我们公园的领导不会贪污虎骨。他们会把虎骨送到该送的地方。

记者问："送到中药店里？"

他不高兴地说："你耍弄我傻大头？"

记者问："这只虎是被剧毒农药毒死的，虎骨里肯定有毒，他们不怕？"

"早化验了，不是剧毒农药，是一种麻醉药。"

"他们不怕被麻醉？"

"您好啰嗦！"

记者查阅了辞典，那上边写着：虎骨，中药名，虎的骨骼。性微温，味辛，功能祛风湿，强壮筋骨。主治筋骨屈伸不力，游走疼痛，足膝痿弱等症。本品含磷酸钙、蛋白质等成分。

你并没有什么了不起嘛，虎骨。

不，它非常了不起。

五、他为什么自缢？

据看守过猛兽管理员的小王反映："'老猴子'神志不清的时候，经常大呼：'哎哟！痛死我啦！他们剔我的骨头啦！他们剔我的骨头啦！元元，方方，别忘了给我报仇哇！'我那时还故意逗他：'老猴子，谁剔你的骨头？'他紧紧地缩成一团，好像真被剔了骨头一样，'他们，他们，他们拿着杀牛的刀子来啦……'他死命地往床底下钻，拽都拽不出来。我说：'得了，老猴子，你别瞎咋呼啦，人家要的是虎骨，虎骨能治病，要你这几根猴骨干什么？难道猴骨也能治病？'他说：'他们杀了三只猴子，把猴骨混进虎骨里送礼，他们还喝猴脑……''他们是谁？''他们……他们……'后来医生给他打了针，他就睡着了。睡梦中他浑身抽搐，好像真的有人在剔他的骨头……"

记者还采访了另一位看护"老猴子"的工作人员，他说："前天早晨，'老猴子'的神志恢复了正常。他说：'我已经好啦，告诉领导，放我出去工作吧。'领导同意了，他就出来了。可谁知这老家伙会寻短见呢？嗨，这个'老猴子'！"

记者赶到出事现场时，"老猴子"的尸体已被解下来。他蜷缩在一张帆布担架上，小得令人心酸。他是用裤腰带吊死在虎笼子的铁桁杆上的。

猛兽馆里的工作人员都神色黯然。猛兽馆里的猛兽们在噪叫。元元和方方站在笼子里，眼望着这边，它们的喉咙里发出低沉的呜咽，好像遥远的雷声在滚动。

记者终于见到了党支部书记刘某，他的指头缝里夹着香烟，看到我进去，他什么也没说，把一张纸条推给我。

纸条上写着两行曲里拐弯的大字：我的尸体给元元和方方吃！！！

"是遗书吗？"

他点点头。

"你们打算怎么办？"

"这么大的事，我们也不敢做主。"他又换了一支烟点燃，用一种听起来很像嘲讽的口吻说，"精神确实可嘉。"

记者还亲自观看了"老猴子"生前居住的小屋。这是一栋立在猛兽馆旁边的白色小房,房子里摆着工具和饲料。一张小床,一个盛过肥皂的旧木箱。木箱里有半箱子纸灰,一个尚未烧尽的相册缎子封面埋在纸灰里。

他就这样死了。

亲爱的朋友们,我们生活在这座美丽的小城里,我们经常于深夜里听到猛兽们的吼叫,但我们却不知道他的辛劳。我们经常挽着女友的胳膊、或者搂着爱人的肩头、或者与妻子儿女一起,流连在猛兽馆里,我们观看猛虎的英姿,我们欣赏雄狮的风度,我们端详狮虎的异相,我们嘲笑恶狼的阴险(它们躲在黑暗的洞里很少露面),我们惊讶豹子的慵倦……可是我们不知道有一位连姓名都迷失了的老人。

本文应该结束了,但事情没有结束:

虎皮和剥虎皮的罪犯你在哪里?

虎骨(也许真的混进三架猴骨)你在哪里?

"老猴子",你叫什么名字?

五

　　物理教师跌跌撞撞地回来了。整容师放下碗，把大汗衫披在裸着的肩膀上。她端坐着不动，听着那失败的呼吸声渐渐靠近了自己的耳朵。

　　她没有回头，冷飕飕地说：

　　"怎么样？为什么不在她床上过夜？"

　　他在她背后，坦率地说：

　　"她……她骂了我……"

　　"骂你什么？"

　　"骂我……"

　　"骂什么？"整容师挖苦道，"骂你流氓？无赖？调戏寡妇？对不起朋友？"

　　"她骂我'吃着碗里的，看着碗外的'……"

　　整容师猛地转一个身，双腿分在椅子两边，下巴搁在椅子靠背上，牙齿闪烁着，小胡子绿油油的，她用嘲弄挑逗的口吻说：

　　"可是你碗里的也没吃到。你不过仅仅舔了舔碗边。"

　　他回头望望洞开的门，听到她轻蔑地说：

　　"难道中学物理教师都阳痿吗？"

　　他关住了房门，想了想，又拉开房门，蹑手蹑脚地走到院子里，几乎没有声响地关上了大门，又蹑手蹑脚回来，几乎没有声响地关上了房门。

"你很像个行家里手！"

"不，不是，我是个新手……"

他逼近啦。他扑到了我面前，把我和椅子一起搂住了。这个男人拼出了全身的力气，椅子的靠背挤痛了我的肉。我的心不痛也不痒，有感觉的只是我的肉。如果他此刻回来敲门怎么办？没有答案，随他的便。

他把我从椅子上掰下来，用他的瘦骨头把我抱起。身体悬空多么迷糊。他把我抱进厨房。随他的便。把我放在他那张摇摇欲坠的床上。随他的便。他在纸板那边弄出响动。随他的便。他跑出去拉灭外间的灯。随便。

床的响声如此大，随便。他低低地哭着，随便。如果他敲门敲不开，要报复，去了隔壁……整容师摇着头，把这些念头甩出去。一切随便。

叙述者说：这是一次痛苦与欢乐交织在一起的偷情，对方富贵来说是这样，对整容师来说也是这样。当高亢凄厉的号角响彻骨髓之后，他们几乎同时昏倒在床上。昏倒后他们交叉着胳膊，死死地搂抱着，两颗心脏挤在一起，错综复杂地跳动着，好像两个因为萌角头顶发痒互相碰撞的牛犊子。

他们就这样搂抱着做梦。他们的梦与一般的梦比较起来有很大的差异：如果一般的梦是一般技术拍摄出来的黑白照片，他们的梦就是用特殊技术拍摄出来的全息照片。

我们看到叙述者躲在笼子阴暗的角落里，窥探着物理教师和整容师的全息梦境，并听着他把他看到的杂乱无章地转述给我们。在他的语言的浊流里——在他的嘴巴和我们的耳朵之间，经常插进一个老女人的身影。她满头肮脏白发，身上沾满屎尿，虱子团团簇簇，在她身上滚动。她是多重叙述的总枢纽，所有的声音、气味、颜色、动作，都是她盒子里的私产，她是一部大型电影的总导演，一个庞大乐队的总指挥，一位统率三军的总司令。

整容师之梦

她站在人民银行高高的柜台外边（柜台与房间的顶棚之间拉着用铅笔杆那样粗的钢条编织成的钢丝网），脑袋的重量几乎全部消失。她畏畏缩缩地偷看着关在钢笼里的两位银行职员。她感到自己的脑袋宛若一个灌满了氢气的气球，脖子则变成了牵拉气球的细绳。气球要上升，身体要下降，导致的后果是脖子被愈拉愈长。一个男职员穿着一件雪白的衬衫，脖子上扎着一条玫瑰色的领带，领带上卡着一支金黄色的别针。一个女职员穿着黑色的绸衬衫，脖子上扎一根白领带，领带上卡着一支金黄色的别针。忍受着脖子被强行拔细的痛苦，她靠在了钢丝网下端的一个方形的小窗户上。钢丝里的男女青年对望一下，交换了一个会心的笑容。她感到全身冰冷，那男女职员的笑容使他们的身体上放出猛兽馆里猛兽的气味。这时她感到那氢气球接连不断地撞击天花板，并发出嘭嘭嘭嘭的空空洞洞的巨响。她的手死死地攥住手提包的带子，感觉到汗水沿着金色细毛涔涔下流，汇聚在鞋子里。这时她听到笼子里的人在对话：什么气味——是女人的气味——是腐烂尸首的气味——是花的异香！——是死尸的臭气——她使劲地缩着身子，生怕看到那两位职员的脸。一只生着绿毛、手指弯曲、指甲破碎的大手伸出来，大声说："拿来！"她顺从地拉开手提包的拉链，摸出一个装过雪花膏的白色小瓷瓶，放在那只大手里。她看到那只大手捏碎了瓷瓶，从破碎的瓷片里拣出那三颗金牙。金牙的光芒四处飘舞，好像一群金色的蝴蝶在房间里飞翔，这时她感到脊背上硬邦邦的一阵冰凉，回头看时，那位女职员戴上了一副大得出奇的眼镜，双手端着一支乌黑的大手枪，枪筒弯弯曲曲戳在自己的肚子上。女职员说："老实坦白，金牙是哪里来的？！"她感到枪管积极地钻进了自己的子宫，翘着准星的枪口像公鸡的脑袋，在里边歪来斜去，并啄食着什么。她惶恐不安地扭着屁股，忍受着枪口在子宫内制造出来的如煎如熬的骚乱，她说："是我舅舅留给我的……"女职员把枪口猛烈地拧着，并且咬牙切齿地骂："撒谎！你这个从死尸嘴里拔牙的女妖精！"她像忍受着粗暴的强奸一样忍受着女职员的扭动，委屈的泪水哗哗地流出来。他挺着大肚子从天花板上降落下来。整容师像遇到救命恩人一样对他伸出了手。他拍拍女职员的肩膀。女职员立即躬身退到一侧，那弯弯曲曲的枪管也随即萎缩着退回，跌在地上，是一条死蛇，蛇的一只冰冷的眼睛阴险地大睁着。他张开大嘴，指着缺牙的豁子说："这是我的牙，是我送给她的，她是我的外甥女。"女职员诺诺而退。他脱掉上衣，指着肚子中间一条从双乳之间开始到阴处结束的拉链，说："拿袋子来装吧！"然后，他拉开拉链，闪着幽幽蓝光的银灰色脂肪和肚肠像一堆堆搅和在一起的鳗鱼，蠕动着、鸣叫着，一咕嘟一咕嘟地涌出来。她被那股子难闻的、热呼呼的腥气熏得直想呕吐。它们往外涌着、涌着，把他的身体盖住了。她陷在脂肪和肚肠的层层纠缠和包围之中，到处是黏腻，到处是尖的钻动，她感到身体上的每一个窍门都受到被侮辱的威胁或正在忍受着侮辱。她爬着，哭着，手极端厌恶的但也必须抓，皮肤极度厌恶的也无法躲避。但最使她恐怖的是它们的见孔就钻。她无法容忍它们的入侵，于是，她紧紧地闭住嘴巴，用一只手捂住下体的孔洞，另一手的拇指紧紧地堵住肛门。

物理教师之梦

他忽然感到有一只温暖的手轻轻地落在自己的背上，然后重重地往下施加压力。一低头看到的是整容师酡红的双颧，咧开的嘴巴，还有肿胀的嘴唇。他的身体僵硬起来，整容师眼睛里流露出不满和嘲讽。这时，他听到空中的笑声。那只手捏着他的脊背上的皮肤，轻轻地把他提起来。他第一次感觉到自己的身体轻得不如一片鸡毛，并且，紧接着体验到凌云飞行的乐趣。耳边沙沙地响着风吹动松针的响声，还有，悠远的钟声。他看到身体的下面是无数蘑菇状的巨大云朵，万道霞光照耀着它们，使它们变成了鲜艳的秋天的俄罗斯森林。在两片黑云的挟持下，太阳像一只金黄的眼睛，照耀着我梦中思念过千万遍的、美丽又富饶、凝重又苍凉的俄罗斯大地。你激动的泪水盈满了眼眶。她站在一群乳房如罐的花奶牛群里对你招手。她生着那样温柔的眼睛，天蓝色的眼睛；她生着那样光滑的头发，亚麻色的头发；她生着那样丰硕的乳房，俄罗斯乳房……红色的"康拜因"在一望无际的原野上收割黑麦，高音喇叭里交叉播放着震耳欲聋的《莫斯科郊外的晚上》和《东方红》。你看到她，好像看到生离死别又邂逅相逢的情人。晚霞像一抹鲜红的眉毛，她的眉毛像鲜红的晚霞。她张开双臂，像展开翅膀的白鸽，向我飞来。她的白裙鼓满了风，她的秀发在飘动，她扑到了我怀里。她流着眼泪说："我等你等了二十年。""你还是孤身一人！""是的，你呢？结婚了吗？""没……没有……"物理教师结结巴巴地说，"没有……"他的心像被针尖扎着，一阵阵忧伤像滔滔不绝的浪潮涌上来。她哭着说："二十年来，我写给你五千多封信，可你连一封信也不回。我每天都到山上去望你，可只能看到一团团烟雾、一片片火光，有时候我梦到你死啦，就从梦中哭醒，泪水把枕头打湿了，我的心也剧痛……"物理教师把俄罗斯情人紧紧地抱在怀里……你们穿着结婚的礼服向教堂走去，教堂门口站着两个手持红缨枪、腰扎红皮带、留着短发的女人：左边那位是屠小英，右边那位是整容师。

整容师之梦

我在街上行走，起初好像穿着裙子，后来又好像穿着工作服。我提着一只黑色塑料口袋在街上行走。袋子沉甸甸的滑溜溜的，我的手指又酸又麻。好像是谁让我把这袋子"下脚料"送到市政府去。我看到了那栋豆绿色的小楼，楼顶上竖着几十根电线杆子，杆子上缠绕牵拉着蛛网般的、闪亮的天线。天线的中央高挺出一根旗杆，旗杆上高挑着一面大红旗。市政府的大铁门两侧站着俩身穿绿色制服的男人，他们都剃着同样的光头，都戴着眼镜，腰里扎着红皮带，手里都攥着红缨枪，胳膊上都缠着红袖标……他俩一模一样。我突然想起了他们的来历，趁他们没注意，我想低头从大门口溜进去。但两杆红缨枪几乎同时戳到了我的胸脯上。左边的红缨枪尖挑着我右边的乳房，右边的红缨枪尖挑着我左边的乳房，两杆红缨枪交叉着。我胆怯地退回来，低头看到两只乳房都被戳穿，露出丝瓜瓤子一样的结构，一滴血也不流，流出来的都是乳汁。我提着沉甸甸的口袋在市府街上徘徊着。看到一群群身穿红呢子工作服、黑色尼龙紧身裤的美丽女青年抬出一张张蒙着白台布的餐桌，搬出一把把电镀靠背的折叠椅，摆在大街上，摆在市政府前的大广场上。穿着白衣的男人端着一盘盘香气扑鼻的鸡、鸭、鱼、肉，穿梭般行走。一眼望不到边的餐桌，震耳欲聋的碰杯声，人们都在拼命地吃、喝，成群的人弯着腰呕吐，一边呕吐一边往嘴里填食物。我混在一群衣衫破烂的人群里，与他们一起贪馋地望着美味佳肴。耍龙灯的也来了，跑旱船的也来了，扭秧歌的也来了，耍猴子变戏法的也来啦。一个小女孩被拴着小辫吊在一棵松树上，有人在推她的腿，使她悠荡起来，悠得很高很高……有人高喊："饺子来啦！饺子来啦！用老虎肉包的饺子来啦！老虎肉饺子！"一盘盘包成小老虎形状的饺子冒着红色的蒸汽落在餐桌上。那些人挤成了一团……有人高喊："狮虎来啦！元元和方方来啦！"我看到从人民公园那边，飞奔来两只毛色斑斓、眼放凶光的猛兽——一只狮头虎身——一只虎头狮身——它们咆哮着，跑起来身子一蹿一蹿，速度不比马快。大吃大喝的人们愣了三秒钟，便突然炸了营，有的往餐桌下钻，全不顾桌上淋漓的菜汤和地上肮脏的呕吐物。有的往前跑，有的往后退，有的原地打哆嗦。狮虎出笼啦！狮虎出笼啦！街上的人都在吼叫。满城的人都在乱蹦乱蹿，有的跳下河，有的爬上树。小轿车像被猫撵着耗子一样见洞就钻。有两辆小轿车撞在一起，慢慢地肚皮贴着肚皮立起来，又慢慢地肚皮朝天跌在地上，八个汽车轮子朝天空转着，汽车肚皮里冒出了黑色的油烟，然后蹿出了焦黄的火苗。有一辆大卡车撞倒了一座二层楼。我被人群裹挟着逃跑，我并不十分害怕，我隐隐约约地感觉到狮虎对我无恶意。转眼之间，大街上变得空空荡荡，只剩下我一个人和遍地流淌的酒浆与漂着拳头大彩色油花子的菜汤。狮虎大踏步走过来，它们的尾巴拖在街上的脏物里，湿漉漉的，黏糊糊的，真恶心人。它们围着我转圈，我也转圈，我怕看不到它们的眼睛。但我悟到我转圈等于不转圈——总有一只狮虎威胁着我的背后。我退到一个墙角上，使劲往后靠，墙壁哗啦啦倒塌了。狮虎又围着我转圈，我眼前发了黑，冷气从背后袭来，是猛兽馆里的熟悉气味羼在冷气里向我袭来。完了，它扑上来了。它们就要把我撕开，一口口吃掉，连骨头都嚼烂咽下去……一个熟悉的声音在天上喊："放下你手中的袋子！"

物理教师之梦

我起初在河边的白杨树林里行走着，绕过一株树，又绕过一株树，再绕过一株树……有的树生着雪白的皮肤，有的树生着金黄色的细毛……它们都生着一对乳房……不是我对着它们走去，而是它们对着我迎面扑来……我匆匆忙忙地躲避着它们……我看到了美丽的、蓝色的河水。河边立着那个把自己遮得严严实实的清洁女工，她端着一簸箕避孕用具，对我说，又好像自言自语："现在的年轻人，简直不成体统！""是不成体统！"我好像自言自语又好像回答她。在我背后两棵树在冷笑，我感到万分羞愧。河里有好多小船，船上都立着光头赤脚的渔夫，渔夫手里都提着黑绳结成的大网。他们把网撒下去，又把网拖上船，网里都是面色灰白的中学生。有的戴着眼镜，有的没戴眼镜。头发都贴在头皮上。我对着渔夫大喊："放开我的学生！不许捕捞学生！"渔夫们好像全是聋子，对我的喊叫连半点反应都没有。我的学生们在网里团着身子，有的头朝下，有的头朝上，有的头朝南，有的头朝北……他们的头都朝着立体几何学所揭示的所有方向和所有的方向可能性。他们都圆睁着鱼一样的灰白眼睛，我不知道他们是不是在看着我……后来，河水干涸了，河底的淤泥被太阳晒干了，裂着极不规则的花纹。全市人民都在河底低着头弯着腰，好像寻找什么。他们寻找什么呢？原来他们在找鱼。有一条剪刀状的鱼尾冲着天空也冲着我的脸摆动着。鱼的身体干结在淤泥里。我跪下，用手指抠着鱼尾周围的泥土。泥土很硬，把我的指甲都磨秃了。我找了一根枯树枝，用牙齿咬出一个尖头，然后小心翼翼地抠着。鱼身渐渐显露出来。底下的泥土也渐渐湿润起来，渐渐变成了黑色的泥巴，泥巴里噼噼地冒着黏稠的气泡，有一股腥味，一些金黄的小泥鳅狡猾地钻跑了……我扔掉树枝，用手挖起泥巴来，我迟早会挖出这条鱼，也许它是一条红鲤鱼。

整容师之梦

屠小英甜言蜜语，把你哄骗到第八中学校办兔肉罐头厂里去。偌大的车间里空荡荡的，只有你们两个人。你们的声音激起轰轰隆隆的声音巨浪。地上十几根管子里，有节奏地往外喷吐着滚烫的蒸汽。她用近乎猥亵的口吻说："我们为什么不剥光了衣服呢？我跟他在一起从来都脱光衣服。"你很响亮地笑了。你心里暗想：要论剥光衣服，她只能算个见习生，她不知道我从小就喜欢光着身子在太阳底下散步。你没有说什么，一弯腰就把裤子褪到了脚下。你跟她在进行着一场脱衣竞赛，结果是胜负难分。也就是说：当你一丝不挂地站在车间里时，她一丝不挂地站在你的对面。你惊讶地发现她的丰美异常，具有难以抵抗的诱惑力——不但男人受诱惑，女人也受诱惑——你禁不住想伸出手去抚摸她的肉体——就像见到艳丽的花朵禁不住想把鼻子凑上去嗅嗅气味一样。但是你克制住了自己的欲望，用深呼吸和大口咽唾液克制欲望。你冷冷地说，并且举着一根手指，像举着手枪，瞄准她的胸膛，用冰冷的语言宣判她肉体的死刑："你皮肤的颜色太难看啦，白得像猪肠子！你的乳房太大啦，像两个水罐子！"她的脸顿时涨红啦。她红着脸说："这是不由人的意志为转移的事；我多么想像你一样遍身生毛，像个猴子，嘴上生胡须，像个男人！"她的话里渗透出来的讥讽使你不悦，正想挑选些更加刻毒的语言对她的身体进行攻击时，她却息事宁人地揽住你的胳膊。她说："我们不要争论啦，女人是无法对女人进行公正评价的，一个女人的身体好不好，只有男人知道。"你感到了一种报复后的快感。并且意味深长地重复道："说得对，是只有男人知道！"她拉着你参观车间里的设备，从第一道工序介绍到最后一道工序。后来，又站在了第一道工序的机器旁。她站在操纵台上，笑眯眯地指着一块与方形小窗口下沿连接在一起悬在空中、犹如跳水平台一样的木板。木板上沾着兔子的毛。她手里提着一柄圆圆的橡皮锤子，脸上的笑那么真诚，那么迷人。她说："你愿意把脸贴到木板上吗？你必须把脸贴到木板上！你没有理由不把脸贴到木板上！"你把脸贴到木板上，双眼竖起来，看着她的笑脸。她问："你听到了什么？"你听到了爱情的音乐。她说："如果听到爱情的音乐，就请你闭上眼睛。"你闭上了眼睛。她说："我现在开始报数，当我报到十三的时候，你就会甜蜜地睡去！"你在轰轰烈烈的音乐声中，听着她清楚地报数："一、二、三、四、五、六、七、八、九、十、十一、十二，"这时候她稍微停顿了一下，你看到那十二个已经报出的数字，像十二个清晰的脚印，印在金黄的沙地上，"十三！"这个数字是吼出来的，随着这一声吼，你感到耳边扇来一阵风，随即，你的太阳穴上受到了一下沉重的打击。你知道自己被打昏了，但头脑是清楚的，被打昏的是指挥运动和言语的能力。你看到自己的身体歪倒在地，脑袋从木板上揭离，你听到皮锤击中太阳穴时嘴巴里喷出的、像兔子交配时发出的潮湿的、痛苦的叫声。叫声像弯弯扭扭的蛇在车间里缭绕着。她提着皮锤，弯下腰来，把脸贴到你的左胸上，谛听你心脏的跳动声。如果你的心脏还在跳动，她就会继续用皮锤敲打你的太阳穴，你无声地冷笑，感觉到她贴在你左胸上的耳朵，感觉到她的侧歪在你肚子上的沉甸甸的乳房。你的心脏骄傲地在右边跳动。她站起来，扔掉皮锤，懊丧地说："连兔子都不如！"她拖着你的两只脚往车间深处走……她用开水除掉你身上的所有的毛发……她取出你的心脏……她把你的头卸下来扔到一个筐里，筐里有几十只兔子头……她把你煮熟了，切碎了，和兔肉搅拌在一起，装进罐头瓶子里……你从筐里看着她……你在数百只透明的瓶子里望着她……

物理教师之梦

他坐在那棵生着金色细毛状苔藓的白杨树下，凄凄艾艾地向你转述一个梦——他的脸跟你的脸完全一样，他穿着跟你一样的绿衣服，说话的腔调都跟你完全一样——你疑惑地想：他是我还是我是他——他说："伙计，你已经把我的脸糟踏得不像样子！你趁着我不在家，给我戴上了绿帽子——嘻！什么'朋友妻不可欺'！男女之间的事原来就是胡闹，还是让你听听我的梦，俗话说，'梦里有黄金'——我刚才躺在草地上睡着了，一个生着亚麻色头发、挺着漂亮的大乳房、身上焕发着新鲜牛奶气味的女人对我说：'有一个古老的美丽传说，说人只要看到麻雀单步行走——麻雀总是双腿并拢往前跳，跳呀跳呀它不会像小鸡那样左脚迈出，右脚落地，左脚再迈出，右脚再落地，小鸡走路跟人走路一样，麻雀只会跳呀跳——她说人只要看到麻雀像小鸡一样往前走，就会有好运气降临，它走一步你交财运，走两步你交官运，走三步你交桃花运，走四步你身体健康，走五步你精神愉

快，走六步你工作顺利，走七步你智慧倍增，走八步你妻子忠诚，走
九步你名满天下，走十步你容貌变美，走十一步你妻子美丽，走十二
步你的妻子和情人和睦相处，亲如姐妹。但是决不能看到第十三步，
如果看到它走了第十三步，前边的所有好运气都将变成加倍的坏运气
降临到你的头上！'说完这话她就走了。"

他用手指抠着泥土，抠出了一条小鲫鱼，小鲫鱼半死不活地摆动
着尾巴，垂死挣扎地翕动着腮盖。

"你看到麻雀单步行走了吗？"你问他。

他的眼泡里汪着泪，呜咽着说："看到了……她刚走，就有一只
麻雀落在了我面前。"

"它走了多少步？"

"十三步……"

"就走了十三步？"

"就走了十三步，然后它一耸翅膀，飞到树上去啦！"

"你打算怎么办呢？"

他仰起脸来，看着杨树干上伸出来的一根胳膊粗的横枝，说：
"我想还是上吊的好……我半辈子没交过一点好运气，我再也受不了
坏运气的折磨了。与其让坏运气折磨死，不如我自己吊死。听说人民
公园那位猛兽管理员就是因为看到麻雀行走十三步才自缢身亡的。"

你看着他的脸，就像看着自己的脸。

"伙计，咱们认识了一场，求你一件事，在我临死前。"

你看到两片乌云把太阳挤成一条细缝，金光灿烂，照耀着庄严的
大树和肃穆的河流。他说："请你把我的衣服带回去，天国里拒绝穿
制服的人进去。"

他脱光了衣服，从地上捡起一段旧麻绳，挽了一个套，挂在树枝

上。然后，身体猛地往上一蹿，头颅就钻进了绳套，身休也悬了空。麻绳子勒进他的脖子，颈骨破碎了，舌头吐出来，眼睛瞪出来了，双臂顺从地沿着大腿外侧下垂，十分舒展。

整容师和物理教师同梦

这个梦令我十分气恼！他从横杆上蹦下来，盘腿坐在铁笼的底板上，用两掌外侧把失落的彩色粉笔末儿刮拢起来，堆成一个尖尖的小坟包。他珍惜地用沾了唾沫的指尖粘来粉末放进口里嘬着，好像品咂粘有蜂蜜的指头一样。他说："她梦到他也梦到张赤球在一个遥远的地方大发了利市。赚了成千上万的钞票，随即采购了大批优美的食品，有生肉，有烧鸡，有海参……他和她在梦中咂着舌头，口水流到了腮帮子上。财大气粗的张赤球就从腰里抽出了一支教鞭，像威胁中学生一样，把教鞭高高地举在头上：你们干的好事！他和她在严肃的教鞭下颤抖。她梦到自己说他梦到她说：你是屠小英的丈夫呀！她知道自己在混淆黑白，他知道她在混淆黑白。他和她紧接着看到高举教鞭的发了财也黑了心的人冷笑着向邻家走去，他和她知道他要用金钱敲开她禁闭的门户，然后开着报复的快车长驱直入。那两扇用棺材板子改造成的破门上有儿童用彩色粉笔涂抹上的神秘的符号。她和他同时跳起来，她和他都知道每个人都在忌妒，心里都酸溜溜的如同老陈醋。还有，他和她他蹲在一扇黑板下吃着五颜六色的粉笔末儿……

究竟是谁在吃粉笔的头儿呢？

……

叙述者抓了两把粉笔面儿掩进嘴去，粉烟儿横飞，他说物理教师和整容师紧紧搂抱在一起，各自沉浸在自己的全息梦境里不能自拔，说他和她的梦开始互相渗透，好像一场交欢，不但使两个肉体而且使两个灵魂建立了密切的联系。他和她共同听到用纸壳板隔开的厨房的另一半里，有窸窸窣窣的声音。他们感觉到蜡美人从沉湎日久的床铺上爬起来——这几乎又是一次伟大的死而复生的奇迹——他们都看到奇迹放出熠熠光辉，都想应该立即从床上跳起来，去分析奇迹的原因，庆贺奇迹的产生，但肉体与他们的精神再一次如此强烈地背道而驰——他们愈是想起床，身体贴得越紧，恨不得把对方塞进自己体内或是钻到对方体内。

在叙述者的语言浊流里，我们看到蜡美人摇摇晃晃地站起来，起初还需要扶着墙壁行走，很快就不需要扶着墙壁行走。她的走态稚拙可爱，一片天真。我们观看着她的行走，就像观看我们的独生子女在我们眼前蹒跚学步一样。我们的心宽大而欣慰，我们的精神放出善的浓郁气息，我们心中充满爱，我们的心里一片温暖的阳光。

六

市日报那位穿着石磨蓝叫花子服、戴着四方形大眼镜的年轻记者在"美丽世界"守门员的陪同下，钻进了整容师的家门。这是深秋的一个夜晚，城市里的所有树叶都在秋风中瑟瑟发抖。

如前所述，这是一对领导道德新潮流的恋爱者，有现代万无一失的避孕技术做着安全保险，他们肆无忌惮地做爱。记者是一位候补青年作家，如前所述，守门员是原第八中学业余女子排球队的主攻手，外号"二郎神"。

她说："李师傅在家吗？"

整容师披着一条棉毯子坐在一把嘎嘎吱吱的椅子上，目光呆滞地看着闯进门来的两个年轻人。蜡美人弓着腰，嘴里低声咕哝着什么，在房间里走来走去。

女青年把小伙子拉进来，说：

"李师傅，这位是市日报的记者——专写死亡与爱情的——他去过我们'美丽世界'——我是守门的小吴呀，李师傅，咱们在一个单位工作——我是第八中学毕业的，张赤球老师给我上过物理课，我头脑简单四肢发达学不好对不起老师的辛勤培育——咱们天天见面，李师傅——张老师悬梁自杀，我真难过，他老人家的音容笑貌都在我脑袋里演电影——我知道您很难过，我也难过——他叫小花，很像个姑娘的名字对不？因我太男性，所以他就叫小花啦。从前我姥姥家有一只小母狗名字就叫小花，好可爱啊，一见男孩就摇摆尾巴。它是个哑巴狗，从来不叫，它有个癖好：把男孩子的鞋子袜子叼到窝里守着，它趴在男孩子的鞋子袜子后边，眼泪汪汪地不知道它在想什么……"

那位叫小花的记者把"二郎神"拽到一边，弯腰鞠了一躬，自我介绍道：

"李师傅，我是市日报的记者。"他掏出一个蓝色小塑料本子在自己面前晃了晃，"不久前，我们报纸报道了第八中学中年物理教师方富贵累死在讲台上的事迹，并掀起了一个营救中年中学教师的运动。据说市政府正计划拨款建造教师住房，提高教师工资，挽救在高考的生死场上挣扎着的教师和学生的性命—— 一波未平，一波又起——张赤球老师吊死在教室里的消息传出之后，社会震动，我们新闻界更是百感交集，忧虑万分。报社领导准备大造舆论，掀起第二个营救运动高潮，为此，我特来采访——我知道您此刻的心情一定十分沉重——为了那些即将死还没有死的中学教师们，请您强忍悲痛，接受我的采访。"

他打开录音机，按下红键，录音机的工作指示灯放出红光，磁带刷刷地转动。整容师端坐不动，脸色惨白。他关掉录音机，在采访本上急速地写着："……记者看到，自缢身亡的张赤球老师的妻子披着一条破毯子在椅子上发抖，她的眼睛里滔滔不绝地流着泪水……死者的老岳母因为过度悲恸而神经错乱……她佝偻着身子，像被人打怕了的小狗一样贴着墙边行走，嘴里不停地嘟哝着：'赤球啊赤球……你是生生给累死啦……你是活活给瘦死啦……狗娘养的校领导……一年到头不让你喘气……'……记者还看到，这个三代同堂的五口之家，只住着一间半房，老人住着厨房的一半，两个儿子则睡在墙洞里……"

他关了录音机，与"二郎神"交换了一个眼神。"二郎神"拍着屁股说：

"市里那些大肚子光会耍嘴皮子，说的比唱的还要动听——反正他们都住着小洋楼，吃着香的，喝着辣的，连拉屎都有人给擦屁股。"

整容师披着毯子端坐在椅子上，好像一尊沉默的泥菩萨。

记者问："李师傅，您能从一个中学教师遗孀的角度，谈谈对片面追求升学率的看法吗？"

整容师好像一尊石菩萨。记者在采访本上疾书着："……谈到片面追求升学率的问题，这位在殡仪馆工作了几十年的市一级劳模气愤地说：'我丈夫就死在这上头。这几年他一直送毕业班，而毕业班每月只有一个星期天，号称'大休'，校领导强令老师每天晚上都要去学校坐班，连国家规定的寒暑假也被剥夺得几乎干干净净。最近，学生也死，老师也死，我看非到了几百名教师和学生集体自杀，那些老爷们才能真正深入到基层学校，看看他们把教育办成了什么鬼样子！'……记者对死者家属的愤极之言并不能完全赞同，但她反映的问题确实令人吃惊。据悉，本市高中一年级即将开始分成'文科'和'理科'，学'文科'的根本不学高中物理、化学；学理科的根本不学地理、历史。也就是说：不学一切与高考无关的东西。记者曾与有关学校的领导探讨过这样的问题：为什么中央三令五申不准提前分科、不准片面追求升学率，社会舆论也接连不断地掀起批评浪潮，可为什么不起作用呢？校领导为难地说：片面追求升学率的危害，我们并不是不知道，可又有什么办法呢？市里把高考升学率作为衡量学校工作好坏的唯一标准，我们有什么办法？我们也想减轻教师和学生的负担，可是不敢……"

记者问："李师傅，请您谈谈您对张老师自缢身亡这件事的想法——固然这样问法等于往您流血的伤口上涂碘酒。"

整容师披着毯子，一动不动，连眼珠也不转，好像一尊木菩萨。

记者的笔在采访本上疾书："……死者的遗孀愤愤地说，'我准备到市政府广场上去自焚！让那些被酒精灌糊涂了的官老爷们清醒清醒，哪怕他们能清醒一分钟也好！'……"

记者站起来，合上采访本，装好录音机，说：

"李师傅，谢谢您的配合，我们会把采访录的小样提前给您看，您同意后我们就见报。"

他很想与整容师握手，但整容师紧紧地裹着毯子，哪里去找她的手？

郊区的公鸡打了三遍鸣，灰白的晨曦已经涂在玻璃上。方富贵死去已有半个月，倒霉的气味依然在每一个墙角里、每一件家具上散发着。白天这气味要淡一些，夜色降临，它就如夜雾，渐渐地漫上来；到公鸡啼鸣三遍时，夜雾的浓重达到高峰，它的浓重也达到高峰。

此时正是倒霉气味的高峰。屠小英枯涩的眼睛疼痛难忍；死去丈夫毕竟是女人一生中的大转折——昨天你是一位妻子，今日你是一个寡妇。

伴随着丈夫死亡而来的倒霉气味是有颜色的。它是黑色的，与白色的丧服对比鲜明。它与红色格格不入。红代表着喜庆，白代表着死亡……

第九部

一

物理教师被两位警察推进派出所的拘留室里，脑袋撞到墙壁上，当场痛了个半死。他哎唷哎唷地惨叫着，还用双手捂着脑袋，仿佛他不捂脑袋沸腾的脑浆就会顶破脑门蹿出来。他听到警察在门外大声警告："老老实实地待着——不许破坏室内器具——否则把你的脑浆子打出来——"他听到警察的脚步声渐渐远去，才把捂着脑袋的手松开。

室内光线很暗，前后都有窗户，但高而小，还装着像羊腿那般粗的铁窗棂。眼睛适应了房里的黑暗后，他看到屋子里摆着一张人造革包面的破沙发。沙发不知经过了多少屁股的摩擦，米黄色人造革上涂抹着一片片黑色的污垢，绽开的革面接缝里，露出了沙发里填充着的旧棉絮。

他爬起来，坐到沙发上，两条胳膊搭在沙发扶手上，疲惫的身体得到极大的安慰。他仔细地体会着坐在沙发上的幸福。

肠胃咕咕鸣叫，他感到了饥饿。被警察的巨手切断的幻觉又继续下去：整容师仅仅穿着一条半透明的裤衩，在狭窄的房间里行走着。那位有着跟我同样的脸、穿着跟我同样的绿制服、戴着我的眼镜、坐在我的位置上的像我其实不是我的家伙眼睛里闪烁着贪婪的火星，像咬一样地盯着她哆哆嗦嗦的乳房和遍身的金色细毛……

好像有尖利的爪子猛挠了一下他的心脏——我感受到了极端的痛苦，嘶哑的嚎叫和黏稠的泪水同时从嘴巴和眼睛里喷出。我要回家，我要回家——家的音乐在物理教师心里轰鸣——我待在这里干什么——物理教师从沙发上弹起来，扑到门边，用拳头擂打着铁的门板——放我出去，我要回家——你这个傻瓜！我是个傻瓜！——铁门板嘭嘭地响着，门外的市声悠悠地飘来，你筋疲力尽，罗圈着腿挪到沙发上去，干脆闭上了眼睛。

物理教师处在双重痛苦的煎熬中：一想到她和他，啊！上床啦……流氓！娼妓——他用手抓挠着自己的头——这叫精神痛苦；肠胃咕咕地鸣叫，眼前发黑，嘴里泛臭，四肢酸软，手指颤抖——这叫肉体痛苦。

他预想不到要在这间拘留室里待一天零一夜。肉体痛苦战胜精神痛苦又一次雄辩地证实了马克思主义的真实性。物理教师看到绣着"物质第一，精神第二"金色大字的长大红旗在自己头顶上高高飘扬。临近第二天黄昏时，他脑袋里的屏幕上翩翩起舞的全是美味食品的广告，以金毛裸体女人和假张赤球偷情为主要内容的电视连续剧暂停播放。众多的美味食品广告中出现频率最高，也最使他倾心的是一碗热气腾腾的牛肉面。

当一抹血红的霞光从窗棂间射进来时，他意识到那两位粗心大意的警察已经把自己遗忘了。肠子和胃已经不叫唤了，因为叫唤也没有用。你感觉到它们在肚皮里昏昏沉沉地躺着，偶尔响一下的吱呀，是它们无可奈何的呻吟。不但那黄色电视连续剧再也没有重演，连美味食品广告也不再跳跃着出现，而是懒洋洋地出现，并且两个广告之间留有长长的空白，填充这空白的，是无数跳跃不定的针尖大的光斑。你的眼睛懒洋洋地搜索着拘留室——看似漫无目的，其实目的很明确——你在搜索可以吃的东西。你的眼睛在墙壁上移动，石灰和着沙土、麻丝儿抹成的墙皮能吃吗？如果是观音土还可以吃。你的眼睛在天花板上滑动，用泡沫塑料制成的天花板能吃吗？你的眼睛在地板上滑动，混凝土能吃吗？木头的窗框能吃吗？铁窗棂子能吃吗？人造革能吃我能吃掉一个沙发。在幽暗的墙角上，你看到了自己的旅行包。旅行包里有香烟，香烟能吃吗？对，香烟能吃！俗话说："一支烟赶上个肉包子！"我有四条烟！八百支！八百个肉包子啊！狂喜。你像残留在枝头的枯叶，在朔风中哆嗦着，这是狂喜的伴生物。

他本来想跳过去，实际上是爬过去。颤抖的物理教师之手撕开旅行包拉链，把四条高级香烟一条条掏出来。快速地抓，抓不破就咬，咬破一层塑料包装纸，扒开纸盒，挖出一盒烟，摸到封口的银线，抖开，剥开烟盒，捏出四支烟，焦黄的烟丝令你满眼生辉，高贵的香味刺激出了你两行清鼻涕。

这时，你才绝望地想到：没有火。

物理教师绝望地坐在破沙发上，看着窗上那道霞光由金红变为绛紫，从窗户望出去，在几十颗卵形的明亮树叶间隙里，有一颗早出的星斗。它像火星一样闪烁着。它仿佛在你脑子里的屏幕上闪烁着。家的音乐已变成一些片断的杂音，火的音乐愈来愈热烈。音乐犹如熊熊大火在燃烧，古老的祖先们围着火堆跳舞歌唱……钻木取火！我是个笨蛋！算什么物理教师。

他抖擞精神开始工作：从破沙发里掏出棉絮，捻出几根捻子；脱了一只鞋子，套在手上；把棉花捻子摆在水泥地板上；把鞋子按到棉花捻子上。准备就绪，他跪在地上，屏住呼吸，凝望着远古的篝火，默默地祈祷着。然后，他俯下身去，闭着眼，把全身的力气都集中到那条胳膊上、那只套着破旧的胶底布鞋的手上。他的胳膊发疯般地推拉着，手按着鞋子快速有力地搓着挤在鞋底与水泥地板之间的棉花捻子。热量透过鞋底烫得他的手掌好痛！你闻到了一股烧焦胶皮的气味，并感到从鞋底上挤出来的黑烟扑到眼睛里。你揭开鞋底，捡起一根棉花捻轻轻地吹起来。窗外的星星愉快地闪烁着。在拂拂的吹动下，一粒小小的火星从棉花捻中央放出金子般的光芒，并渐渐扩散。你赶紧用一团蓬松的棉絮把这珍贵的火种包起来，并随之加大了吹气的重量……一束蓝色的小火苗调皮地升起在棉絮的边缘上，照亮了物理教师满脸的汗水、满眼的泪花和苍白地哆嗦着的嘴唇。

他躺在沙发上，把香气馥郁的烟雾大口大口地咽下去，肠胃在欢唱，心肺在狂舞，肝脾在高歌。幸福的烟雾贯通全身。物理教师陶醉了，他的脑屏幕上重复打出教育中学生颇为有效的警句：天才来自勤奋，知识就是力量。他曾经设计了几十种取火方式，一半利用摩擦生热的知识，一半利用光学上的聚焦原理。想不到真地用上了。

为了免除取火的艰巨劳动，他一支接一支地吸烟。尽管过量的尼古丁已经使他嘴里发苦、极想干呕、头脑发涨。

第二天下午，他呕吐了十几次。头几次呕出一些发黄的涎线，后几次呕出了绿色的胆汁。连他自己也感到拘留室里烟臭味难以忍受。他挣扎着爬到门边，把嘴巴贴在门与门框的缝隙上，贪婪地吸着外面的新鲜空气。

死的念头像只金蝴蝶在他眼前翩翩飞舞。金色的蝴蝶在拘留室里翩翩飞舞，它的眼睛红红的，宛若两颗暗夜里的烟头火，对着他眨眼。蝴蝶一次又一次落在他的肩膀上，并用卷曲的、肉感的须子搔动他的耳朵。

这是被整容师拧过不知多少次的耳朵……也是被蜡美人拧过一次的耳朵……她拧着我的耳朵，把我拖到挂在院子里阳条上的床单子前，大张旗鼓地说："小杂种！睁开眼睛看看，这是什么！"……床单上有一串牡丹花，一个半放的鲜艳花苞旁边，有一团洇开的鲜红，蜡美人的手指点着那团鲜红说："好好看看，这是什么！"……是红墨水？"就他妈的忘不了红墨水蓝墨水！告诉你书呆子，这是俺闺女的血！你弄出来的俺闺女的血！俺闺女可是个货真价实的黄花闺女！你要是敢把她玩玩扔掉，我就拎着这条床单去找你们的领导！"……她在床上的表现令我胆战心惊……她一把揭开被单，凶恶地说："来吧！"她的嘴里喊出的淫荡话语羞红了我的脸……从这一时刻起，我就嗅到了她身上、头发上、连牙缝里都渗出的殡仪馆里的死人气味……

门外响起金属的咔嚓声，他以为是幻觉。猛地被推开的铁门夹住了他的头他以为是幻觉。外边的新鲜空气涌进来，外边的光涌进来，他还以为是幻觉。

前日认识的威武警察对着你翘起的鸵鸟屁股踹了一脚，骂道：

"反革命，你要放火吗？"

拘留室里的烟雾呛得警察吭吭地咳嗽，他退到门边，一手抓着一个瘦骨伶仃的白脸青年的脖颈，一手扇着鼻子前的空气。他大声吼着：

"老石！老石！前天抓的那个神经病怎么还关着？"

不太威武的前日那位警察拎着一条滴水的小手绢出现在门口——他双手上沾着肥皂泡沫——满脸稚气地笑——他笑着说：

"我还以为你已经把他处理了呢！"

"我忙得屁眼里蹿火，什么时候处理？"威武警察不高兴地说，"我还以为你早把他处理了呢！"

"好啦，好啦，人是我们俩抓的，处理也要我们俩处理。"不太威武的警察说，"等三分钟，我把手绢洗出来。"

威武警察把那个瘦青年拴在一棵树上，警告说：

"蠢贼，老实待着！你敢调皮我敲断你的腿！"

警察把你提拎到审讯室，你把装着三条零五盒香烟的旅行包提拎到审讯室。

"你是神经病吗？"

"我不是神经病。"

"不是神经病，破坏交通秩序，造成恶劣后果，该当何罪？"

"我不是故意……我想回家……"

"判决如下：罚款一百元，拘留三天。"

"是通知你的单位来送罚款，还是你现在就交上？"

物理教师毫不犹豫地摸出那个装着一百张崭新一元面值票子的牛皮纸信袋，递给威武警察，不太威武警察递给你一张罚款条子，幽默地说：

"拿着，也许能从公款里报销。"

威武警察挥挥手，厌烦地说：

"没你的事了，走吧。记住：横穿马路时要看信号灯，要走人行横道！"

你提拎着装有高级香烟的旅行袋，高高兴兴地走出派出所大门，你感觉到自己头重脚轻，好像在白云之上飞翔的小鸟。你已经把赚钱的事、把妻子很可能正在与你的替身通奸的事忘记得干干净净，你听到自己的心在欢呼：

"自由万岁！"

二

　　尼古丁的麻醉作用丧失了一半时，小鸟从白云之上跌落在地上。你五内生烟，闻到了新鲜河水的气味，城市之灯齐放华彩，照耀白杨树皮银光闪闪，脚下是铺着水泥，水泥上又镶嵌着鹅卵石的本市甜蜜爱情路。你好纳闷我怎么来到了这里？白杨树辛辣的气味唤起尘封多年的感觉，但随之而来的是口干舌苦，肠胃里溢上来的气体与死人的气味极为相似。因上述种种，新鲜河水的气味更加强烈，河水的诱惑使我如投火的飞蛾。他穿过白杨树林，向河水奔驰，因眼睛的错觉导致脑袋与树干相撞。树的间隙里绿色的流萤如优雅的乐符，编织着属于白杨树的音乐。男人和女人的身体与树干黏结在一起，与草地重叠在一起；他们的歌唱、呻吟与打桩机的铿铿声潺潺的流水声重叠在一起。

　　物理教师扑向河水，好像一头从沙漠深处走出来的骆驼。他扔掉旅行包，跪在河边，把嘴插进河水里，嗞嗞地吸着，小鱼小虾进入你的肚腹。是因为极度劳累并不是因为干渴感消失，你抬起了插在水里的头。膝盖和叉开的巴掌深深地陷在河边的淤泥里。一只丰满的青蛙跟你的姿势相似，它伏在你身体右侧的一蓬水草上，好奇地观察着你。你感觉到鱼在肠中游，虾往心头撞。腥气如潮的河面上荡漾着金钉般的星影。你感到难以支撑的眩晕上了头。一股浊水冲上喉咙，从你的鼻子里、从你的嘴巴里蹿出来，哗啦哗啦泻下河。小鱼小虾重返故乡。从鼻孔里喷出的水里有一股淡淡的血腥味。物理教师不是因为痛苦才双眼落泪。你把喝下去的水如数吐出来。肠胃清清爽爽，喉咙清清爽爽，鼻道清清爽爽。那一瞬间轻松无比，水波噼噼细响，水草滋滋生长，蝼蛄在潮湿的泥土中鸣叫，青蛙弹射下河——嘭——群星摇荡。

他费了一些力气，从淤泥里拔出双手和双膝，难以忘怀的旅行包躺在青蛙身边，你提起它，却把青蛙扫下河，身后一声水响，吓了你一跳。

你对这片白杨林没有好感情，有诸如恐惧、仇视、忌妒之类的坏感情。你拖着冲刷干净了内部的身躯，穿越白杨树林时听到夜行的鸟儿在树梢指着的天空中鸣叫，还有，一片片的性和爱的声音。

物理教师迷失了归家的道路。我无家可归。有家难归。他很愤慨地想：这好像是一个精心设计的圈套……灯火辉煌的电影院前，自行车并排立着，只见一大片光明，数不清有几千几万辆。影院内部的声音传到比较静寂的广场上来，显得宏大响亮：——站住——举起手来——你这个败类——噼里啪啦——好像打翻了餐桌——女人在尖叫——叭叭——是两声枪响——这是部什么样的电影呢？物理教师徘徊在电影院前的广场上，看着电影院大门口坐着两个穿着蓝咔叽布工作长袍、嗑着瓜子的无聊中年女检票员和电影院大门上方悬挂的巨幅电影广告：一个蒙面女郎举着一柄金色小手枪，瞄着一个举起双臂的胖大男人。女人的乳房是被过分夸张了的：在衣衫里它们高高挺出，宛若两支长矛。广场的边缘上有好些小摊贩。有卖水果的小摊贩、卖瓜子的小摊贩、卖香烟的小摊贩，还有一个卖馄饨的小贩。简易的锅灶里劈柴在燃烧，火苗明亮温暖，照耀着我灰白的肠胃。案板上摆着两溜白碗，每只白碗里都蹲着一只绿色的搪瓷汤匙和一撮白盐、十几段芫荽梗、三两只红虾皮、一蓬紫菜。你无法不对这个馄饨摊发生浓厚的兴趣。以至于你冒冒失失地挤上前时挨了一顿臭骂——还差点被那位膀大腰圆、胳膊上刺着一条黑龙的青年英雄打成肉饼。

事情是这样的：物理教师往馄饨摊前冲锋时，伸手拨拉了一下（后来才发现）一个身着雪白纱裙的、身体修长的女青年的屁股。女青年和她的身穿黑衣的男朋友每人端着一碗馄饨在喝。女人的屁股上都装着警报器——你一摸她就一声尖叫。女青年一声尖叫，身体一跳。她的白裙上印上了一个黑手印。物理教师双眼盯着小摊贩，正要张嘴问价，就感到腿骨一阵奇痛。女青年用木头的凉鞋跟敏捷地踹了他一脚。"流氓，你乱摸什么？"女青年骂着。男青年看看女友的屁股，把馄饨碗掼到案板上，大吼一声："好哇！"就挽起了肥大的衣袖，露出了刺在胳膊上的两条张牙舞爪的黑龙。他的马蹄般的大拳头往物理教师肩膀上轻轻一放，物理教师就瘫在了地上。"我把你打成肉酱！"男青年咆哮着。女青年拉住了男青年，说："算了，龙哥，好汉不打癞皮狗！""不，我不能忍受这奇耻大辱！"男青年说。他身高一米八五厘米，唇上有一抹金色的小胡子，女青年捅了男青年一拳，说："混蛋，龙哥，你没看到他快要死了么！"女青年拉着男青年走了，她临走时还对着物理教师的头啐了一口唾沫。男青年说："爷们儿，饶你一条狗命！"

你万分羞愧，趴在地上想主意。想来想去，还得厚着脸皮爬起来。卖馄饨的老头儿怜悯地看着你。你喘息着说：

"老伯，行行好……给我两碗馄饨……"

老头儿给你盛上馄饨后，说：

"师傅，咱小本经营，赊不起，你还是先交了钱吧。三毛一碗，两碗六毛。"

物理教师搜遍全身，也没找到一分钱。

　　老头儿说："师傅，不是我老头抠门——要是前两年，吃两碗馄饨算什么——咱是小本经营。请原谅。"

　　你想到了旅行袋里的香烟——如同绝路逢生——你拉开包子，拿出一盒烟，抖抖索索地递过去——你看到自己手上沾满了河边的绿色淤泥，不仅肮脏，还散着腥臭——高级的、华贵的香烟与这样的脏手显得极不相配——老伯，我用这盒烟换您的馄饨——老头儿用狐疑的目光打量着物理教师，从头看到脚，又从脚看到头，然后，坚定不移地说：

　　"不换！"

　　他从老头的眼睛里看出了自己的价值，心中万分凄凉。无奈，只得提着包子一步步离开，馄饨的香味恶毒地笑着，背上连连中着小摊贩们的势利之箭。

　　你想起了妻子经常说的一句俗话："狗咬提篮的，人敬有钱的。"我有三条零五盒高级烟，卖了就可以换成钱。我要买下那案板上摆着的所有馄饨！

　　他选择了一个离电影院不远的十字路口——这里游荡着一些闲散的人，一群人提着大蒲扇在下棋或看别人下棋，一位卖烟的女人坐着高凳，守着一辆用婴儿车改装成的小烟车，几个提着扇子、肌肉松弛的老女人与她拉着闲话。

　　物理教师在下棋男人们和女烟贩之间蹲下，拉开旅行包，把三条又五盒香烟摆在面前，等待着买主。

　　白色的飞蛾在路灯的光圈里碰撞，地上落着一片白蛾的尸体。你的眼睛看到那些骑在车上的女青年上下运动的健腿时，也曾让整容师和小卖部老板娘的腿在脑子里一闪念；也曾因为看到拉着手散步的夫妻让家里的情景一闪念。都是一闪而过，你的全部精力用在卖烟上。

稀稀疏疏的人从你面前走过，你观察着他们，研究着他们，寻找着可能的顾客。

他第一次知道，观察行人极为有趣——如果腹中不饥饿、心中无烦恼将更为有趣——他们或她们身体各异，服装五颜六色，容貌有俊有丑也有说不清是俊还是丑，年龄有大有小，步态有笨有巧，步速有快有慢，脸上表情各异，有的微笑，有的忧虑，有的麻木——最多的是麻木。

你听到那位女烟贩每当有行人贴着她的烟车走过时，必定要问讯："买烟吗？"果然也有几个人买了她的烟。你悟到：装哑巴是卖不了香烟的。

我要高声喊叫，用我的久经训练的嗓门喊叫：卖烟啰——卖烟啰——卖高级香烟啰——贱卖高级香烟啰——我必须高声喊叫，等到那位留着络腮胡须的中年人走到我的面前时我就喊叫。他走过来了……他一步一步走过来了……他的眼睛已经注意了我……该喊啦……该喊啦……中年络腮胡子吼了一声，把一口痰吐到马路牙子上，然后，咳嗽着走过去。

物理教师痛恨自己的羞怯，用手指拧大腿上的肉。奇怪的大腿毫无反应，好像不是你的大腿而是别人的大腿。你怕什么？你站在讲台上，手持教鞭，对着几十双枪口一样的眼睛高声宣讲，你的声音在教室里回荡，你羞怯过吗？你不是一直在教育学生，革命工作没有高低贵贱之分，无论干什么工作都是为人民服务、都是人民的勤务员，卖烟也是为人民服务，卖烟者自然也是人民的勤务员，为人民提供优质的尼古丁，让有烟瘾的阶级兄弟感到幸福和快乐，这是光荣的事业，你羞怯什么？

必须喊叫！你命令自己，喊叫！

物理教师伸直脖子，像公鸡啼鸣一样嘶叫一声：

"卖烟啦——"

下棋的人们抬起头来往你这儿看，过往的行人往你这儿看，与女烟贩聊天的女人往你这儿看，女烟贩则站了起来，又坐下。

一语喊出口，你勇气倍增，你想：还有什么呢？事情到了这步田地，还有什么呢？喊吧！你滔滔不绝地喊叫起来，"卖烟啦——高级香烟——贱卖高价香烟——贱卖名牌高级香烟——贱卖货真价实的名牌高级香烟——"——好像几天来所受的委屈都在这喊叫中得到了补偿。你确实是累了，确实是饿了。

先是有一个看棋的人走过来——下棋的人明显地厌恶你的喊叫——蹲在你面前，捡起一盒烟，问：

"冒牌的吧？"

物理教师仿佛几分钟之内就锻炼成了一个油嘴滑舌的烟贩（如果不是饥饿难挨，他会表现得更为出色），他用两根指头夹起一盒烟，让烟盒上的光滑包装在电灯下闪烁：

"伙计，说话也不怕闪断舌头！岂不闻，'士可杀而不可辱'！你说谁卖冒牌香烟？多么遗憾输了你的眼色！要是冒牌香烟，你挖出我的眼睛当泡踩，割下我的脑袋当球踢！"

那人说："得了你，哥儿们！岂不闻：'十商九奸，嘴怪心坏'！烟是好烟，多少钱？"

"四元一盒，不必讨价，要买就买，不买就去！"物理教师干巴利索地说。

"哈！你可真狠！"那人把玩着那盒烟，对下棋的人喊，"哎，过来买烟啊，好烟！"

一群人拥上来，路边的人也挤上来看。

女烟贩挤进来，拿起一盒烟，双眼顿时发了绿，她蹲下，从前后左右的人手里把烟夺下来，放在旅行包里用两条胳膊护着，问：

"多少钱一盒？"

"四元！"

"好吧，我全要啦！"女烟贩把旅行包抓起来，提着就要走。

周围的人嚷着："你干吗？你干吗？你凭什么？拉屎还要排号呢？你一人独占？想转手卖高价呀？不能卖给她！卖烟的，别卖给她，我们都要买！"

女烟贩抓着包子不松手，说：

"五元一盒，我全要！"

物理教师说："君子一言，驷马难追。我不能卖给你，我宁愿四元一盒卖给他们。"

女烟贩还要争竞，提包被几个人抢下，还有人在她脚趾上跺了一脚。她恼怒地说：

"把你的营业执照拿给我看！"

"母老虎，你算什么？仗着你女婿是工商所的你就敢横行街市？不要理她！"

下棋和看棋的人把三条零五盒高级香烟分了。身上带着钱的当场付款；身上没带钱的回家拿钱。物理教师感到自己跟这群公民之间通过一笔交易建立起了一种亲密的友谊，他的心里很温暖。

这时，有人喊："卖烟的，快跑！母老虎把工商管理所的人叫来了！"

物理教师被一群人推着跑进一条小巷。他听到女烟贩的喊叫声。架着他的胳膊的人说：

"快跑，被他们抓住你就倒了血霉啦！"

你让他们架着、推着，脚不点地，犹如腾云驾雾。拐了一条巷又一条巷，穿过一条街又一条街。后边的喊叫声不但没有拉远反而愈逼愈近。不但有沉重的脚步声，还有摩托车引擎的轰响。

"别在大路上跑！"有人喊。

你被拖拉到田间小径上。你感觉不到脚在何处。你想我如同一条被人拖拉的死狗。我随你们的方便吧。你感到上半截身体钻进了玉米地，锋利的玉米叶子锯着你的脸，还把你的眼镜片锯割得吱扭吱扭响。

"伙计，他们抓不到你啦，自个儿慢慢跑吧！"架着你的人说完，便松了手，弯着腰钻跑了，你顺从地躺在了玉米地里，再次感到身体无比轻松，好像一朵蒲公英的小伞儿，飘呀飘呀，飘飘摇摇地落在了土地上。

三

你清醒过来不知身在何处，沉思良久，才有了关于摩托声和脚步声的回忆。摸摸衣袋，确实摸到了几张软沓沓的人民币，这说明你是在现实生活的怀抱中，而不是生活在虚幻的梦境里。

天上繁星如豆，闪烁跳动，数不清的多、说不尽的热闹。银河斜着一大道灰白，两边都是深厚的幽蓝，星星则如悬挂在幽蓝绒布上的珍珠。珍珠般的露珠吊在玉米叶片的边缘和尖尖上。蝈蝈站在新秀出的玉米缨子上响亮地鸣叫，节奏分明，像一条刻度清晰的有机玻璃尺子。远处传来"吭吭"的大狗叫声和"昂儿昂儿"的小狗叫声。玉米的叶片和穗子纹丝不动，一点风都没有。他不知道夜已深到什么程度，四周的动静，尤其是蝈蝈那立体的鸣叫使夜显得沉静之极。你感到蝈蝈的叫声渗入你的脑髓。

你爬起来，腰痛脚软，晃晃荡荡，碰撞得玉米棵子嚓啦嚓啦响，三晃两晃，就莫名其妙地栽到地上。你的脸贴在了潮漉漉的土地上。你的鼻子嗅着大地的腥甜气息。你感到自己的脸比土地还要凉。

后来，他抓住一棵玉米坐起来，为了给凉透了的身体补充热量，他违背良心，掰下几瓣娇小的玉米棒，剥掉皮，吃只有大拇指那么粗、又甜又脆、汁液丰富的玉米嫩棒。吃一棵你就把屁股往前蹭一蹭，一直吃到肠胃绞痛时为止。

尽管肠胃绞痛，他还是感到身上有了骨头，肉上有了坚硬，脑子里有了润滑剂。他没扶玉米棵子就站起来了。走路不太摇晃了！不头晕了！眼睛不冒金花啦！耳朵里不嗡嗡啦！蝈蝈不鸣叫了！玉米叶子哗哗地响起来，你突然感到恐怖，后来你鼓励自己："怕什么？死都不怕，还怕什么？"你坚定地沿着玉米垄沟向前走，两行玉米扶持着你，玉米们在风中舞动的叶子抚摸着你的面颊、肩头和双耳。天地间响着风。黑乎乎的舞叶表现着风。风送来村庄的信息和雨的信息。

他对我们说：并不是我说书的人成心跟物理教师过不去，是大自然跟他过不去。星星格外明亮本来就是大雨的前兆，只是没想到来得这样快，现在它们都惊惶不安地哆嗦着，银河里黑雾弥漫，犹如黑水溢出堤坝，无穷地迅速弥漫，黑暗有几多？黑暗知多少？物理教师还未走出玉米地，乌云已经遮了天，所有玉米叶子都像漆黑的鞭子，只有空间是灰白的。漆黑的鞭子在灰白的空间里噼噼啪啪地抽着，它们不会怜悯你的皮肉。你庆幸自己戴着眼镜——它已经不用双腿夹你的脸了，这说明在这几天里你的脸已经干瘦了——风很大，但有间隙，很像涌动的潮水，在风的间隙里，远远近近地响着沙沙的摩擦声，空气冰冷彻骨。还有，像石磨转动一样的呼噜声似乎在天上响。天边一道金色的闪电，把万物都显出来。闪电抖动着，持续时间很长。玉米一棵棵面貌狰狞，不似值物像动物。闪电过后并无震耳的雷，只有嗡嗡的、好像敲打空油桶一样（但要强大无数倍）的颤动声。后来闪电和雷的呼隆声在天地间混成一片。一阵劲风吹过，你感到玉米都弓着腰伏在地上。劲风吹过，是片刻的肃静，一只鸟不知在什么地方凄厉地叫了一声，宛如中了枪弹，灭亡前的最后一叫，——这一叫不但渗入了你的脑髓而且渗透了你全身的骨髓，使你沉浸在死亡的感觉里。到了这时刻，你的蹒跚行走，已经成为麻木的、机械的运动。你的眼前没有道路，你的行为没有目的，你是一个挣扎在天地暴动大潮里的活幽灵。

第一阵雨点大而稀疏。颜色是银灰色的。速度是可以捕捉的。它们把黑的空间划出千百条痕迹，敲打得玉米叶片啪啪响。响声稀疏、大而无力。第二阵雨密集急促，还夹杂着小颗粒的冰雹。玉米叶子叭叭的响声凸出在玉米叶子刷刷的响声里。几颗冰雹敲在他长出了半公分头发的光脑袋上，他哧哧地吸着气，感到很痛。眼前一片冰水世界，耳朵外是喧闹的世界。衣服早贴在了皮上，脚陷在泥里，他还在朝前走。

第三阵雨也就是第二阵雨的无穷继续，它密集到分不清丝丝与缕缕，它是水的柱，它是水的流，它是水的亲娘。你下吧，我往前走。

第十部

一

　　屠小英臂上缠着黑纱，亚麻色头发梳成一根肥藕形状的大辫子，辫子梢上扎着一只黑蝴蝶，腿上穿着很瘦的黑裤，脚上穿着坡跟白帆布鞋，上身穿一件肥大的黑汗衫，站在镜子前。她看到自己的脸像白色的景德镇陶瓷一样泛着釉光。服丧期间，她的脸清癯了，眼睛周围有两团泛红的黑晕。方虎说："妈妈，你年轻又漂亮，连我都忌妒！"

　　她用手攥着辫子说："虎儿，妈妈是不是该把辫子剪掉？"

　　"没有必要，"方虎说，"根本没有必要，妈妈！"

　　"这样是不是要被人说三道四？"她其实十分珍惜自己的辫子。

　　"得了，妈妈，"方虎玩着两只放在一个粉笔盒里的小白鼠，满不在乎地说，"爸爸死了，你还年轻，你应该照哥哥说的干，去恋爱，结婚。"

　　"孩子们，你爸爸尸骨未寒，我不希望你们这样说。"

　　"这是你的自由。"方虎用铅笔杆戳着小白鼠粉红的鼻尖说。

　　她摸摸自己的脸，意识到虽然身穿丧服，但心里还是希望自己漂亮些。

　　这是方富贵去世半个月后，发生在他家里的事情：屠小英身着丧服，准备去校办兔肉罐头厂上班，而她的女儿却在玩耍隔壁兄弟从秘密通道送过来的宠物。

二

在胡同里，你与整容师相遇。她上上下下打量了你一番，咋呼道：

"哎哟，方家嫂子，打扮得这么漂亮！活脱脱一朵黑牡丹！这丧服穿在你身上，比礼服还好看。只怕从明天开始，街上就要流行丧服啦！"

你好像被人点破隐私一样，血往脸上涌，耳朵根子发热。你感到整容师是在讥讽、嘲弄你。于是羞愧里就滋生了恼怒。

"你保证能找到年轻漂亮的小伙子！"她把脸凑上来，猥亵地说，"现在年轻人不愿意找处女，他们喜欢带洋味的女人——你一定很流行，很抢手！"

你感到她在转弯抹角地痛骂你。

"我们家老张昨天晚上还对我说你，他说你人长得漂亮，心地善良，性格温柔，身上有一股新鲜牛奶的气味……"她诡秘地眨巴着眼说，"你身上真有股新鲜牛奶的气味？让我闻闻，"整容师怪模怪样的脸作姿弄态地凑上来，她夸张地抽搐着鼻子，"怎么我闻到一股子兔子罐头的气味呢？"她跷起一只脚——可能是要把鞋子里的某种硌脚的东西倒出来——你认为这姿势像一条流氓公狗在撒尿——她继续说，"男人们总是'吃着碗里的，看着碗外的'。他们总是要从我们身上嗅出一些稀奇古怪的气味。你可不要勾引我的丈夫啊，好嫂子！"她立正着，严肃地说，"我老是疑心你的头发是用颜色染过的，你为什么要染它呢？他这两天在我身上趴着，嘴里却乱嚷你的名字，"她阴险地看着你的眼睛，"你要是愿意，我就把他让给你！我听说你这种女人……没有了男人熬不住，火烧火燎，像猫儿抓着一样，是吗？"

屠小英的脸皮由白转红、由红变紫、由紫换青，青里泛出白。你想哭想笑想骂想叫想打想闹想蹦想跳想撞墙想上吊。她用一只手紧紧地抓着胸前的衣服和皮肉，眼睛直直地，嘴里发出跟男人在一起时才能发出的呻吟。你的另一只手凶狠地往整容师的脸上抓去，但那凶狠未及一秒钟就变成了温柔——你的手软弱无力地从整容师的脸上滑下，落在她的乳房上时稍稍滞留一下，然后一滑到底。在整容师的嬉笑声中，你的身体倾斜着往前方扑去，整容师伸手扶住了你，你闭着眼听到她说：

"方家嫂子，我是跟你开玩笑的，你别当真呀！"

你的头旋转着。你厌恶那支撑着你的胳膊但又离不开那只胳膊。等你睁开眼时，发现自己的手紧紧抓住一棵靠着墙生长的小槐树的树干。整容师像梦一样出现又像梦一样消逝，你怀疑自己的所有器官。

我们怀疑这是叙述者玩弄的圈套。一个吃粉笔的人还值得信任吗？他说，我对你们说：这一切即便不是确曾发生过的事情，也是完全可能发生、必定要发生的事情。它可能并不一定发生在方富贵去世后半个月的清晨，可能在别的日月里。我对你们说屠小英放开小槐树贴着墙边回了家，扑在床上，百感交集的感情变成了热辣辣的泪水落在枕头上，枕头上还残留着物理教师倒霉的脑袋的气味。你们已听我说过各种各样的气味，它们以各自不同的物理和化学结构对不同的活人发挥作用，并产生截然不同的反应。这些反应也在随着每一个活人的心情变化而变化。

我假设屠小英在受到整容师欺负后趴在枕头上闻到方富贵倒霉的气味时，勾引了她对亡夫的绵绵不尽的回忆。她的心情是委屈的，需要倾诉，但活人不可能对活人倾诉，活人只能对死人倾诉。就如电影上的情形一样：一位美丽多情的寡妇，从墙上摘下结婚照片，用手掌精心地擦拭去蒙在玻璃上的灰尘，然后，把脸贴在玻璃上。她跪在床上，让冰凉的玻璃贴着自己滚烫的脸，耳边响着他的窃窃私语和调皮的笑声：大奶牛……俄罗斯大奶牛……想我了吗？

"啊啊"你惟妙惟肖地让我们听到了她被亡夫隐语撩拨出来恨与爱交织在一起的哭声，你说她嘟嘟哝哝地像个神经病患者一样说："你这个死鬼！你为什么要死啊啊你好狠心撇下俺孤儿寡妇进了那'美丽世界'独自逍遥啊啊你让那黄毛女妖精对我冷嘲热讽嚼舌头根子啊啊你活着时并不感到你的重要啊啊你死去才感到你的重要性啊啊正像那柴米油盐酱醋须臾不可离开啊啊你啊啊他每天都无理来纠缠他冒充你的声音放出你的气味啊啊他！他！他！他……叫我啊啊他知道我们所有的秘密你怎么把这样的事情都告诉了别人呢你你这个狠心的鬼啊。"

她停止了哭叫，因为她听到了完全是方富贵的哭声，在自己脖子后响起。女人在哭亡夫时百分之百地闭着眼睛，屠小英也不例外。她感觉到他的手在抚摸着自己的肩头，他的额头抵在自己的后脑勺子上。他的凉森森的泪水湿透了自己的浓密的头发让头皮感觉到，可见眼泪非常之多。他说："小英……孩子他妈……我没有死……"

你告诉我们，她猛然惊醒但没有睁眼，她明白了又是隔壁的男人前来装神弄鬼，怒火在她的心头燃烧，但她的怒火是属于整容师的，并不属于他。他有方富贵的声音有方富贵的气味有方富贵的抚摸和温存，还有属于他自己的真诚，他滚滚一脸都是泪。在迷迷瞪瞪之中，他已经把你平放在床上。

你怀抱着结婚照仰在床上，感觉到他枯燥的嘴压到了自己的唇上，他的熟练的手落在了你的乳房上。一切都如重温旧梦，关于"奶牛"的隐语嘈嘈切切在你耳边响起，你的下腹火一样烫起来。你把结婚照放在脸上，搂抱住了他的身体……当看到他匆匆忙忙地穿裤子时，你心中充满了报复后的欢愉。当看到他匆匆忙忙地穿裤子时，你感觉到强烈的内疚和对他那张像纸一样单薄的脸的强烈的反感。你感到这张脸背后还隐藏着一张脸，便举起凶狠的手，向那张假脸抓去。这一抓非常实在。你听到滋啦一声响，你看到他鬼鬼祟祟的脸上出现了四道白而深的沟子，随即，缓缓的红血从沟子里渗出来。他一声也不叫唤，任凭血在脸上流。他说："你抓吧，你抓破它，揭掉它吧，我已经对它非常厌恶……"

你对我们说，你从一切迹象判断，你认为：这场稀奇古怪的偷情，给屠小英的刺激十分强烈，她咬着他的肩膀，尝到他的血的味道，想起了多年前那场电影，银幕上，一匹俄罗斯大洋马，咔嚓咔嚓地啃着从卡车上滚下来的苹果……

三

　　她穿着引人注目的孝服，梳着胳膊粗的亚麻色独辫子，挺着俄式乳房和光洁白皙的脖子出现在校办兔肉罐头厂第一车间里时，一只黑油油的兔子恰巧被那位像法官一样公正无私的女工一皮锤从悬空木板上打跌在一辆小铁车里。女工踹了小铁车一脚，它无声地滑向前方，停在了你的工作岗位上。你吃惊地发现，在自己的岗位上执行剥皮任务的是一位陌生的、身材单薄的小姑娘。她的身躯装在工作服里使工作服显得空空荡荡。

　　你走到小姑娘身边，发现即将挨自己痛打的刘金花在嗤嗤地冷笑。小姑娘的脖子从工作服里长长地竖出来，小脑袋宛若一颗黑黑的火柴头，焊在也就如同火柴杆一样的脖子上。她聚精会神地工作，并没有发现你的到来。你看到她的枯瘦的小手把那只肥胖的黑兔子从小铁车里提出来，挂在了吊钩上。黑兔子的肚子一鼓一鼓，眼睛半睁半闭。小女孩用刀子切开它腿上的皮肤时，你感到自己的心在颤抖。小姑娘在黑兔子身上滑动的手软弱极了。这时面孔凹凸不平，鼻子通红小巧，可怕地伏在大脸中央，嘴里镶着塑料大牙的刘金花踱过来，用一根铁钎子戳着黑兔子的屁眼，活泼地说：

　　"小曼，这是只母兔子，黑皮母兔子，她很浪，像个寡妇！"

　　小女孩睁着灰色的、忧悒的大眼睛，看着腰肥腚大腿短脖子短的刘金花。小姑娘的身体在工作服里瑟瑟地抖动着。小姑娘有一张月牙形的弯弯大嘴。

你无可奈何地看着刘金花用铁钎子凶狠地戳着黑兔子的屁眼，感到自己的下体在一阵阵痉挛。她戳一下母兔子就看一下你，一直把你戳得蹲在了地上为止。

小姑娘抚摸着那张被鲜血污染了的兔子皮，呜呜地哭起来。

这时英俊的车间主任走过来。他看了你一眼，没说什么。你看到他观察着那只受了污染的兔子。他拍拍小姑娘的脑袋，说："别哭了，这只兔子不算你的。"他从吊钩上摘下兔子，扔到刘金花脚下。他说：

"神说，'你做的恶事，总有一天会受到我的报应'！"

刘金花恶狠狠地看着车间主任年轻漂亮的脸，嘟嘟哝哝地把黑兔子挂在自己的吊钩上。

车间主任说："屠小英，支部书记让你到她的办公室里去一下。"

他拉着你的手把你扶起来。

你听到刘金花的磨牙声和铁钎子戳进黑兔子肚腹的声音。

四

　　屠小英战战兢兢地敲响了"女政委"的门。

　　屋里没有一点声响，但是门却缓慢地开了。"女政委"手扶着门框，从滑到鼻尖上的金边老花眼镜里审视着你。

　　屠小英又感到老太太的眼睛在开剥自己的皮，并感到自己的下体一下一下尖锐的疼痛。

　　"女政委"点了一下头，把你让进办公室，她在你背后关上门，颤颤巍巍地走回她的椅子上坐下。你站在她的桌子对面，局促不安地看到她掏出一条红绸子手绢揩着被一圈白色的皱纹包围着的嘴巴。她银发飘飘，安详威严。

　　她用铁钎子戳着黑兔子的阴户和肚腹。你的汗水首先从腋窝里渗出来。

　　"女政委"把眼镜往上搓了搓，低沉地说："方老师去世了，我很悲痛……"她用铁钎子戳了一下母兔子的阴户。她端起保温杯呷了一口茶，掏出一条白绸子手绢揩揩湿润的、红艳艳的、像两片花瓣一样的嘴巴，说："他的一生是平凡的，但也是伟大的，他的死是光荣的，他的死使我们校办工厂的产品销售量大大增加，因此，第八中学的全体干部、教师、职工和学生都应该感谢他。"她递给你一瓶最新出厂的兔肉罐头。你发现原先的淡黄色商标签换成了粉红色商标签，标签右上方加印了一个白色圆圈，圆圈里有方富贵的头像。他在白色的圆圈里默默地望着你。她用通条戳破了兔腿上的皮，把充气的尖嘴插在伤口里。兔子在快速膨胀，兔皮与兔肉在分离。她说，"无论如何，也要坚信人民是有正义感的，人民关心教育。"你看到商标上印着金黄的大字：倒在讲台上的优秀人民教师恳求你们：买一瓶营养丰富、质量优异的兔肉吧，为了我们的正在中学里受教育的孩子们！她一刀豁开了黑兔子的肚腹，黑色的兔皮飘然而下。你扶住了她办公桌的边缘，那瓶兔肉跌在水泥地板上，焦脆地爆炸了。粉红色的兔子肉压在了粉红色的商标纸上。方富贵的脸在吃兔子肉。粉红色的兔肉汤在地板上流淌，方富贵的头像在喝兔肉汤。

"女政委"显露出不满的神情，她撅了一下电铃，一个脸上有天花瘢痕、眼神很凶的男人走进来。他对着"女政委"哈了一下腰。"女政委"用一根手指指了指那破罐头。

男人拿来工具把地板清扫了。

她把兔子皮扔在竹筐里。她点燃了一支奇长奇细的香烟。喷出一口淡淡的薄雾，说：

"尽管我不能原谅你这种失态行为，但我理解你的心情。前天，校党总支召开特别会议，专门讨论了你的问题。鉴于方富贵老师生前和死后为学校所作的贡献，鉴于你在校办工厂里的一贯表现，党总支决定提拔你担任第八中学校办兔肉加工厂第一车间副主任兼产品推销部副部长。会上也有人提议让你重操教师旧业，但我认为站讲台是没出息的。目前，国家很穷，教育要想办下去，每个学校都必须想法生产自救，所以，你目前的岗位比十个教师还要重要。"她停止说话，观察着你的反应。她越俎代庖地剁掉了兔子的头、足，开膛，扒开了兔子的内脏。你看到兔子的心脏吊在体外颤抖着。

你的心颤抖着，体内所有能分泌津液的器官都在积极工作。你恍然忆起十几年前遭到那群"风雷激"战斗队队员轮奸时的情景。

　　"很激动对吗？"她说，"激动是难免的，但冷静是更可宝贵的性恪。这是党对你的关怀和信任。从今之后，你的工资分成两部分：一部分由第一车间发，第二部分由产品推销部发。这两部分加起来等于你过去工资的三倍。会有很多人忌妒你，但你要牢牢记住，被人忌妒是一种幸福。"

　　你呆呆地立着。看到无数的他在兔肉罐头上对你苦笑。

　　"如果你没有别的要求，请带上这份表格，到第一车间你的办公室里去填写，星期三上班时交给我。""女政委"把一张入党志愿书递给你。

五

　　你的办公桌安在他的办公桌对面。他看着你的脸，嘴角上浮起了古怪的微笑。你局促不安地说：

　　"主任……还是让我去开剥兔皮吧……"

　　他拍拍你的肩膀，说：

　　"这不是我能决定的事情。坐下吧，屠副主任，坐下就会习惯的。"

"我该干些什么呢？"

"填写你的入党志愿书。"

"我从来没有写过入党申请呀。"

"这没有关系，"他说，"填吧。"

你坐在办公桌前，他倒了一杯葡萄酒放在你面前……

他接过你的入党志愿书，草草看了一眼，便塞进了抽屉。

他递给你一个牛皮纸信袋，说：

"这是你上个月的奖金。"

他说："我知道，刘金花多次侮辱过你，现在，到了给她点颜色瞧瞧的时候啦，为了确保你能打倒她，我来教你两手。"

车间主任办公室里，年轻漂亮的主任，把他的一向掩饰在笔挺的西服里的健壮身体显露出来。他说：

"第一次打击，要让她完全出乎意料，你知道该打她什么地方吧？打她的两个乳房之间偏下的地方。出拳要迅速、有力、准确，第一下一定要把她打翻在地——像用橡皮锤子打兔子一样！"

他出其不意地对准你双乳之间偏下的地方轻轻捅了一拳。你哇了一声，慢慢地弯下了腰，嘴里吐出了一些发黄的涎水。

他说："就是这样。从明天开始，你对准墙上那只沙袋，持续不断地打，一直练到连打二百拳手脖子不软、心跳频率不变为止。"

他拉开一条布帘，露出吊在墙上的一条沙袋。

"第二次打击，是用来对付她的反扑的。你一定看过苏联小说《钢铁是怎样炼成的》，还记得老布尔什维克朱赫来教保尔·柯察金那一手吧？他后来在湖边钓鱼时，曾当着林务官的女儿冬妮娅的面进行过出色的表现：他弓起膝盖，攥紧拳头，把那个塌鼻梁的花花公子打得仰面朝天跌进湖水，他听到了牙齿咬破舌头的声音。这个动作的要领是：冷静、准确、凶狠。膝盖顶她的小腹，拳头打她的下巴。记住：要巧妙地借助对方的力量。你是物理教师的妻子，应该懂得：当两个相向运动的物体碰撞在一起时，速度快的物体受伤要比速度慢的物体重得多。喷气式飞机在作超音速飞行时，一只迎面撞来的麻雀可以把飞机打穿。"

他从壁橱里拖出一个橡皮人，说：

"只要你按按墙上的电钮，它就会向你扑来，你按照我教你的要领狠揍它。"

"如果练得厌烦了，"他说着拉开一个小窗帘，显出一个经过特殊技术加工的小玻璃窗户，"从这里，你可以看到车间的全部情况。"

你把眼睛贴在玻璃上，果然看到了蒙上了一层粉红色的整个车间：披着粉红色轻纱的兔子一只接一只地从洞口钻出来，又一只接一只地被打跌在笼罩在粉红色薄雾的小铁车里……刘金花用铁钎子戳着一只母兔子的阴户……你的下体疼痛难忍，你的心中升腾起怒火……

她一拳接一拳地痛打沙袋。

她一次接一次把那橡皮人打得凌空跌回到墙边去。

车间主任欣赏地拍着她的肩头说：

"不愧是混血儿，棒极了！现在就是时候，出去教训教训她吧！"

你穿着一件深红色的真羊皮夹克衫，大红的绸衬衣领子从夹克衫领子上翻出来，腿上是紧紧绷住皮肉的苹果牌牛仔裤，脚蹬轻得像海绵一样的棕色鹿皮鞋。你一出现在车间里，所有的人都惊呆了。负责给兔子"敲警钟"的麻木女人咧开了嘴。为敲过警钟的兔子们"脱衣摘帽"的那位瘦弱小姑娘眼睛瞪得比乒乓球还圆。刘金花用铁钎子戳着一只红色兔子的阴户骂：

"快来看，看这只俄罗斯母兔子，这玩意儿被公兔子搅和得比水饺还大！"

你冷冷地拍了一把刘金花肥厚的肩头，说：

"现在是上班时间，你大吼大叫，违犯工作纪律，扣发本月奖金！"

"哟！这是哪家妓院里钻出来的个洋妞儿？靠卖肉换了个针鼻大的官，也抖起来啦！"她一铁钎子把那只红毛兔子戳出了血。

下体的痛苦几乎使你晕倒，心里火焰熊熊。你默默念叨着冷静、准确、凶狠。微笑在你脸上漾开，刘金花挺胸叠肚地叫嚣着。隔着工作服，你看到了她那两只面口袋般乳房上下跳动着。你对准"双乳之间略偏下"处短促有力地一击！

刘金花哇了一声，双手捂住胸口，弯着腰，跌抢两步，便侧歪着躺在兔子皮和兔子屎上。

你把手插进皮夹克的斜袋里，歪着脑袋，看着在地上打滚的刘金花。

你看到她脸色灰黄，眼里流绿水。她爬起来——同小说里描写的几乎一样——嚎叫着，张牙舞爪地扑上来。你默念动作要领，胸有成竹地等待着。屈起右膝，等待她脂肪厚实的小腹；攥起拳头，等待她微微上扬的胖下巴。你的膝和你的拳头几乎同时感受到了她的肉——不是你主动出击——是她撞上来的——她的四肢可笑地摇摆着，仰面朝天跌在兔子屎里。你听着半声惨叫和一声"呱唧"。

她躺在地上抖着，你走上前去，抓着灰黑间杂的毛发把她提起来，只用半边脸笑着，说：

"好好认认我是谁，免得再犯错误！"

她翻动着死鱼的眼睛，嘴里往外冒血。你一松手，她就像一张兔子皮，折叠着堆在地上。

你掏出一块红绸子手帕擦擦手，把手一扬，红绸子手帕潇潇洒洒飞起来，又袅袅娜娜地落下来。

六

你穿着一条裸出肩膀和半截乳房的红裙子，站在一辆敞篷汽车上。汽车的两边挡板上各画着一个庞大的兔子肉罐头，方富贵比脸盆还大的头像在罐头上贴着。他注视着路边的行人和车辆、高楼和大厦。他恳求关心教育的公民们购买第八中学校办工厂的兔肉罐头。他不懈地呼唤着：公民们，您有同情心吗？请您买"育红"牌兔肉罐头！公民们，您关心祖国的下一代吗？请您买"育红"牌兔肉罐头。

她站在车上，高举着一个纸壳做成的庞大"育红"牌兔肉罐头模型，对着行人车辆、对着楼房树木、对着空气阳光，热情地晃动着。你的脸上挂着美丽的微笑。

你站在车上，感到凉爽的风从乳沟里灌进来，在全身上下流动。散开的亚麻色头发随风飘扬着，连你自己也感到风度翩翩。所有的车辆都为第八中学的广告车让开道路，第八中学的广告车像一只野兔子胡碰乱撞，穿行大街和小巷。兔子罐头家喻户晓，人人皆知，销售量急速增加，第八中学的白杨树都拍手欢笑。

你站在车上，听到"女政委"的声音：经第八中学党总支研究决定，任命屠小英同志为校办兔肉罐头厂副厂长兼产品推销部部长。

在市府招待所的贵宾楼里，你与两位来自苏联的商人进行谈判。你流利的俄语和出色的风度倾倒了苏联商人，他们签约定购兔肉罐头一百万瓶。其中一位仪表堂皇的苏联客人说：

"俄罗斯的怀抱为你敞开着！"

你坚定地说：

"我的母亲是中国！"

七

叙述者说：前边告诉你们的如果不是屠小英的梦境，就一定是我的梦境。我们的心是相通的，我们的感应是共鸣的，就像俗话所说：鸟儿一翘尾巴，就知道它要往哪飞。

有关屠小英跟车间主任闹恋爱的传闻，很多人都听说过。大家都在他与她的年龄差异上犹豫不决，一个三十刚出头的英俊少年，难道真愿意跟一位拖着两只大油瓶、四十多岁的寡妇结婚吗？

有关物理教师张赤球向校领导递交了一份离婚申请的传闻也散布很广。舆论坚定不移地站在妇女和儿童一边。

屠小英发现了张家兄弟与女儿的秘密联系，他们把墙壁挖穿，互相钻来钻去。女儿养在粉笔盒里的两只红眼睛小白鼠，就是张家二球赠送的礼物。

屠小英的模范事迹在市报上连载了三天。她被市委、市政府召见，并当选为市人大代表。

屠小英与车间主任在办公室里胡搞被"女政委"发现，"女政委"昏厥了过去。我们可以在这些古怪的梦魇里展开想象的翅膀："女政委"是不是依然有强烈的性欲？年轻漂亮的车间主任是不是她的面首？根据历史的经验，充当面首比充当情妇还要可怕一百倍。有百分之八十五左右的情妇是爱着自己的情夫的，因此这种性关系建立在爱情的基础上，所以是基本美好的。但几乎所有的面首都不爱自己的情人，他们完全堕落，变成一件有生命的淫具。背叛的面首下场都十分悲惨，因为，从一般的意义上说，这样的女人是能凶残到令人发指的程度的。

屠小英卷入一件伪钞案里，被公安局逮捕了。公安局的侦查员从她家的抽屉里搜查出大量伪币。据说，这些伪币印刷精美，与真正的人民币毫无差别，连技术专家都惊叹不已。纰漏出在钞票的编码上：他们搞出几万张十元面值的人民币，编码都是12127741。市人民银行一位因失恋而无聊，便别出心裁地用人民币上的编码来预卜自己的前途的女职员发现了他们的纰漏。

屠小英嫁给了市委一位纪检书记。他五十六岁，新近丧偶，子女都在外地工作。结婚后，她带着方虎搬进了市委一号宿舍（方龙坚持独立，但他送给继父一盆名贵的君子兰，一缸美丽的金鱼），那是个环境优雅的地方，清凉的晚风吹拂着落地钢窗里悬挂着的双层真丝窗帘，也吹拂着她的绣花绸睡裙。她有一天半忧半喜地发现自己怀了孕。是打掉这个孩子呢，还是生出这个孩子呢？纪检书记决定：宁愿丢掉党籍，也要这个孩子。因为，这个具有一部分俄罗斯血统的杂交二代一定会成为掌上的钻石。

屠小英跳进了美丽的河。三天后，她的尸首搁浅在离城三十公里的沙滩上。村里的顽皮孩子到河边去钓青蛙时看到她赤裸裸地侧歪在沙滩上，耳朵里、鼻孔里灌满了泥沙。孩子们远远地看到她时，还以为是一条白色的大鱼呢！看清楚了不是大鱼是个死人时他们都吓呆啦。起初他们以为她是个活人趴在那儿晒太阳，他们感到羞耻。一个小男孩捡了一块小石头投到她的背上，她自然毫无反应。一个小男孩大声叫："哎嗨——你是谁？趴在这儿干什么？"她自然毫无动静。那时阳光照在沙滩上，反射着强烈的白光。光屁股的男孩身上结着白碱花花、脸上流着汗水。一个孩子说："她可能睡着了。"一个孩子说："不对，睡着还能不打呼噜？"一个孩子说："睡觉的女人是不打呼噜的，我妈妈睡觉从来不打呼噜。"一个孩子说："女人睡觉最喜欢打呼噜，我妈妈打呼噜可响啦！"他们争论不休。一个聪明的男孩转到她的前边去看了看，果断地说："她死啦！"孩子们都转过去看，她眼睫毛上挂着水藻，耳朵和鼻子里灌满了泥沙。孩子们都呆住啦。那个聪明的孩子说："我们回村去叫大人吧。"村里的大人来到河边，断定这是个外国人。一个好心的男人脱下裤子遮掩着她的身体。一个机灵的男人回村给公安局打了个电话。公安局听说河滩上有一个死去的外国女人，非常重视，局长带着队，赶到那里去。后来，查明了死者不过是第八中学校办工厂一名女工，他们感到很失望。

屠小英神经错乱，蓬头垢面，跑到市政府去寻找她的丈夫。市政府的工作人员把她轰出来，她就跑到"美丽世界"去找她的丈夫。"美丽世界"的人把她轰出来，她又跑到市政府去找她的丈夫……后来，有人把她送到"黄楼"里去啦。"黄楼"是我市精神病防治院的别号。

屠小英冲进烈火中抢救国家财产，不幸牺牲。她的遗体被送进"美丽世界"，为她修整遗容的，是特级整容师李玉蝉。你用特殊技术恢复了她的本来面貌，还在她的胸前安放了白色的兰花、黄色的菊花、绿色的牡丹，还有一大束散发着幽香的康乃馨……

第十一部

一

……冒着夹杂坚硬冰雹的滂沱大雨,物理教师向前走。

他的头皮早已麻木。身体几乎凉透。

在急雨和冰雹的打击下,破梳般的玉米叶片宛若被打断的鸟翅耷拉下去。地上蓄积着齐膝深的白水,急雨和冰雹打得水花四溅,溅到你失去感觉的身上和与你同样狼狈的玉米上。他的我们熟悉的绿制服紧紧地缠在身上,有的地方有粗大的皱纹,有的地方像光滑的驴皮。我们听到了隐隐约约在半天里的滚雷声、仿佛一万挺机关枪同时扫射的嘈杂雨声、雹声(雨声、雹声更多的是通过玉米茎叶表现出来)。你只听到冰雹敲打你的头盖骨时,发出的那种清脆的响声。你模模糊糊地看到一片灰白之中,那些绿色、瘦骨伶仃的玉米茎秆在颤抖。你看到在你的内脏包围之中的那一点点金黄色的余烬,我们担忧地注视着这一点点希望之光、生命之火。他对我们说:"你在苟延残喘。"我们看到你迟缓地往前蠕动。他说:"你们都要学习物理教师这种'生命不息,前进不止'的精神。"

他的左眼镜片被一颗打在坚韧玉米叶片上又反弹横飞起来的鸽蛋大的冰雹打裂了纹,右眼镜片被玉米秸秆划得毛毛糙糙。这样,他的眼前就是一片模糊。与其说他能看到外部的客观世界,不如说他能看到自己的主观精神。他虔诚地、激动万分地注视着那一点金黄、辉煌的音乐在那点金黄周围缭绕着。他的嗅觉有时失灵,有时又猛然恢复正常,失灵时所有的气味都消失——如同双眼失明一团漆黑——如同双耳失聪一片死寂——猛然恢复正常时所有的气味同时出现——不但侵入你的鼻道，而且侵入你的耳道、食道、眼睛——雨水的冷冷的淡绿色的腥气像鲤鱼的鼻梁，玉米茎叶的黏腻的深绿色腥气像青蛙的卵块，冰雹的冰凉的银灰色的腥气像悬挂在枯枝上的鱼肠。还有从天而降的鲤鱼的气味青蛙的气味。水面上浮游跳跃着一摊摊青蛙的卵和鲤鱼的鳞。汹涌的腥气的浪潮澎湃有声。他继续前进，在雨里、在水里、在雹里、在声音里、在气味里。在气味的声音里，在声音的气味里。在声音和气味的影子里。在声音和气味影子的颜色里。在颜色的重量和能量里。在梦里。在爱里。在一棵墨菊（花瓣弯曲如龙牙）的玉一样温暖的蕊里。

　　不知过去了多长时间，他看到远处有一点金黄的灯光。大雨变成沙沙的牛毛细雨，身后水声如风。兴奋的蛙鸣连绵不绝。雨的缝隙里，出现了三五颗寒冷的星斗。狗在面前的村庄里昏迷不醒地怪叫着，道路上布满深及小腿的泥泞。他踩着道路的硬底往前走。路边的大树像一个个黑色的巨头怪兽，阴森森地蹲踞着。树冠不时把承受不住的雨水抖下来，哗哗哗一阵阵响，像树的冷笑，像树的嚎叫，也像树在睡梦中遗尿。

　　那一点遥远的、明亮的金黄与他内脏中珍藏的那点微弱的金黄遥相呼应，唤起了他内脏的知觉。像电从高处往低处流动一样，像水从高处往低处流动一样，强烈的光就是高的光也在向弱的光也就是低的光流动。你的心里的光明缓慢地扩大着地盘，驱除着黑暗。你感觉到自己的心跳了。肺叶开始扇动了。空虚显示出了饱受折磨的胃袋的轮廓。绞痛宣告肠子的存在。周身的冰凉告诉你有皮肤和肌肉。运动的艰难对你说明你有腿。口腔里的声响告诉你牙齿在何方。他终于完善地重新体会到人体的基本结构。家的音乐轰鸣起来，感情出现了，他突然嗅到了一股粉笔面儿的香气，这香气是那么亲切、高贵，他的眼里湿漉漉的。你擦着被粉笔面儿染得缤纷的嘴，眼泪汪汪地望着我们。

家的音乐与远处的金黄是一致的。它成了暗夜中的灯塔，你就像一艘被狂风暴雨抽挞得帆破桅断的破船，缓慢地、咿咿呀呀地驶向了它。

周围都是稚拙的房屋的半虚半实的大影子，你仿佛进入了童话中的世界。那点金黄跳跃不定、忽远忽近。你终于逼近了它。

二

物理教师恍恍惚惚、迷迷糊糊，宛若躺在一只巨大的摇篮里。他试图睁开眼睛，但眼睑好像被黏稠的糖浆粘住了。真正的家的音乐轰响着，他沉醉在极度疲惫的幸福里，闭着眼也看到自己的身体被金黄的温暖包围着。

好像有一只弹性丰富的乳头插进了我的嘴巴，我感觉到双重的爱在抚慰着我的灵魂。甜甜的、暖洋洋的乳汁灌满我的口腔，流入我的咽喉。你像一个小狗崽子，贪婪地吮吸着，你的喉咙里发出呼噜噜的声音。他的手与脚勾挠着，像闭着眼吃奶的婴儿习惯的动作。

你看到乳汁怎样在胃里与各色的液体调和在一起，看到胃壁在揉着这些液体；看到肠道吸收这些液体，看到营养的流体进入骨骼、肌肉、皮肤、毛发……你感觉到自己在生长。

"喂！喂！邮差，邮差，你好了吗？"物理教师听到一个柔和的声音在自己耳边响。

谁是邮差呢？他迷茫地想。

一根手指、一定是根手指按在了我的鼻子上，物理教师想。那根食指按着，揿着他的鼻尖，好像一个女报务员在拍发电报。滴达滴达的信号传进他的大脑。你听到那个声音又在呼叫：

"邮差，你醒醒吧，我们给你点东西吃！"

他努力睁开眼睛，眼前飞动着五彩的烟雾，他习惯地往脑袋旁边摸索着。

"爹，他醒啦，他睁开了眼睛！"那个像一盘盛开的、旋转的葵花在说，"邮差，你摸什么呀？"

"眼镜，我的眼镜……"物理教师说。

"噢，没有眼镜你就是瞎子？"

眼镜夹住了你的脸。你的左眼看到她确实像一朵毛茸茸的向日葵，你的右眼看到她生着一张红彤彤的圆脸，睫毛乱蓬蓬的，两只细长的眼睛里，闪烁着金子一样的光芒。

物理教师清醒过来，翻身欲待爬起，那姑娘却伸手按住了你。你看到她纯朴美丽的嘴巴里有两排细小、整洁的牙齿，乱蓬蓬的睫毛和男孩子一样短促乌黑的眉毛使她的脸上显出一种动人的、睡眼蒙眬的风采。你的经过暴风雨洗涤更加敏锐的嗅觉从她的呼吸里捕捉到一股浓郁的蜂蜜气味。她说：

"你别动，躺着，我叫俺爹过来，爹，这个邮差醒了，你来呀！"

你看到从房子的另一头慢慢地走过来一位步伐坚定、目光异常犀利的、无法判断年龄的人。

趁着他向你运动但尚未运动到你面前这段时间，你发现自己躺在一个又长又宽的地铺上。地铺上铺着厚厚的打软了的、金黄色的小麦秸秆，它们散发着强烈的太阳气味，和麦粒炒焦后的苦香。这是一个温暖的大房子，足有二十米长，七八米宽，一贯到头，中间没有间壁墙，这似乎是做过仓库的房子。一根杉木房梁上悬挂着一盏马灯，马灯射出的金黄色光线十分柔和。房梁上结着白色的蛛网，两只小蜘蛛在灯光里做着你升我降或是你降我升的游戏。离草铺不远的墙边垒着一个锅灶，锅里咕噜咕噜地响着，从锅与锅盖的缝隙里，钻出一缕缕强劲的蒸汽，气味鲜美无比。灶里插着劈柴，火苗子轰轰地响着。在房子的那一头，也悬挂着一盏马灯，又一根粗大的杉木房梁上悬着五只粗大的铁钩子。墙壁上血迹斑斑。地上躺着一条捆绑住四蹄的老黄牛。牛角弯弯，牛眼蓝蓝，它呼哧呼哧地喘息着。灶边一堆细草上，趴着一只黑毛大狗。狗眼下有两块十分对称的、金黄的斑点。灶里的火苗子映照得狗毛像上等的绸缎一样放出光泽。狗硕大的头颅平放在两只前爪上，狗眼眯缝着，但依然放射出迷梦般的、使人神往而又惧怕的强烈光彩。在黄牛和黑狗之间，横着一个柳条编成的长篓子，篓沿很浅，篓上沾满发黑的血迹，篓里凌乱地摆着：一把牛耳尖刀，一把厚重的、黑脊白刃大砍刀，一把葵花叶状刀，一把柳叶长刀。一根铁棍，一柄巨大的铁锤，几条湿漉漉的黑麻绳。

你还看到灶旁的劈柴堆上，晾着你的绿制服，几根宽大的劈柴上，贴着十几张面值不等的人民币。

那男人走过来，弯下腰，探询地看着你。你以为他要问你的来历呢，却听到他问：

"喝酒吗？"

你急忙爬起来，低头看到自己穿着一身肥大的粗布衣服。衣服粗糙的纤维摩擦着皮肤，生出舒适和快乐。姑娘——她有十八九岁了吧——却举着一个给婴儿喂乳的奶瓶，调皮地问："你还吃奶吗？"她穿着一件红方格上衣，头发也乱蓬蓬的，很像一个鸦鹊的巢。

"给他倒碗酒。"那男人说。与他的女儿比较，他分明是个年过半百的老人了。

老人坐在草铺上，掏出一个磨得油亮的牛皮烟口袋，把一根黄铜烟嘴、红铜烟杆、青铜烟锅的全铜烟斗伸进皮口袋里挖出一锅金黄的烟末。他漆黑的牙齿咬住烟斗的嘴，用枯槁的大手捏起一根钢铁的长钳，伸进灶里，夹过一块噼叭细响着的灼目炭火，引燃了烟锅里的烟。这一系列动作他完成得连贯而自然，旁若无人，显示出绝对的一家之主气度。

与此同时，那姑娘赤着脚从草铺上蹦下去。物理教师没有一丝一毫邪念地注视着她那两瓣结实的屁股活泼生动地扭动着。你注视着她离去又注视着她走来。她用两条胳膊抱着两只涂釉的古老黑坛子，满脸流溢着调皮和愉快的神情。

老人用大拇指把烟锅里燃烧着的烟末往下压了压。你惊异他的手指耐烫的能力。他眯缝着眼看着抱坛而来的女儿，眼缝里射出的光辉与黑狗眼缝里射出的光辉一样：具有迷梦般的性质，使人神往又惧怕。

姑娘跪在物理教师与老人之间，笨拙地俯身放下坛子。她把扣在坛口上的两只黑碗取下，放在铺草上。因为草的不平整碗倾斜着。她拔开堵住坛口的木塞子，"嘭噔"一声响，浓烈的酒香随即四溢。终生与酒没结缘的物理教师沉醉在酒的气味里。他迷蒙地望着袅袅上升的淡蓝色酒气，突然感觉到生活无比美好。姑娘搬起坛子，往两只碗里倒酒。

她拔开另一只坛子的木塞时问：

"爹，你要加蜜吗？"

老人低沉地说："加一点吧！"他的嗓子里有一种威严的、沙沙的杂音。

姑娘用一根细劈柴，从坛子里挑出蜂蜜来。蜂蜜是金黄色，与房子里的基本色彩一致。它的光泽更金黄一些、更润泽一些。它十分黏稠，在劈柴与坛口之间拉着细长、金黄、半透明的丝。

她把蜂蜜挑到碗里，慢慢地搅拌着。蜂蜜在溶解，野菊花的药香味儿在扩散，酒浆在改变颜色。她把两只酒碗里都加了蜂蜜之后，伸出舌尖舔着粘在劈柴上的蜂蜜。她的脖子仰着，大得很美的嘴张着。她有蜂蜜一样的颜色，她有蜂蜜一样的芳香。她是个蜂蜜一样的好姑娘。物理教师幸福得想放声大哭，他感到生活无限美好。

"什么样子！"老人瞥了一眼女儿，说。

姑娘把劈柴扔给卧在灶边的狗，真诚地说：

"老黑，你舔净了它吧。"

黑狗睁了一下眼，好像不情愿似的，懒洋洋地伸出一只前爪，把那块粘着蜂蜜的细劈柴扒到嘴边，用舌头舔了两下，便不动了。好像它对劈柴上的蜂蜜并无兴趣，它的舔劈柴仅仅是为了执行姑娘的命令。

姑娘用双手捧起酒碗，递给物理教师，说：

"邮差，请喝酒。"

物理教师受宠若惊地接过酒碗。听到她说：

"你是送电报迷了路啦吧？"

她捧起另一碗酒递给老人。老人收拾起烟袋接了酒碗。他说：

"喝吧，驱驱寒气。"

物理教师轻轻呷了一口酒。金黄色的酒浆，香、甜、醇、黏。他的眼睛湿漉漉的。

老人说："捞两块肉给我们吃。"

姑娘又赤着脚蹦下草铺，蹦到灶边，揭开锅盖。蘑菇状的蒸气猛然冲起，马灯的光线被雾气笼罩，变得短促又肥厚。锅里没有大波浪，只有一些细碎的小浪花簇拥着几块金黄色的牛肉。那只黑狗伸出舌头舔了一下姑娘的脚后跟。她抬起脚点了一下黑狗的头，说：

"你也要吃吗？等等，别着急。"

姑娘从灶后拉过一块木板，放在锅台上。又摸过一柄二齿的铁钩子，抓起一块像枕头那般大的牛肉，放在木板上。她对狗说：

"拿刀去。"

黑狗站起来，伸伸懒腰，走到柳条簸前，叼着那柄葵花叶状的刀，回到灶边，昂起头举着刀，等待姑娘来拿。

她用葵叶刀切了一块拳头大的牛肉，扔到细草上。她对狗说：

"你别着急呀，当心烫掉了牙齿。"

黑狗趴回到细草上去，用两只前爪捧着那块肉，不时伸出舌头，试探肉的温度。

姑娘切下两块依然如拳头大小的肉，用两根筷子插着。递给物理教师一块，递给老人一块。她又端来一碟子细盐，放到物理教师和老人之间。她说：

"邮差，你吃吧，吃了一块再切一块。"

老人也不说话，端起酒碗往你的酒碗上一碰，仰着脖子连喝了三大口。你看到酒浆从他的喉咙里滑下去。老人说："喝吧！"

他举起肉啃了一口，你仰起脖喝了一大口酒，啃了一口金黄色的牛肉。牛肉丝丝分明，异香扑鼻。你大碗喝酒，大块吃肉，再一次感觉到生活无限美好。

物理教师喝了半碗酒，吃了三块拳头大的牛肉，酒足饭饱。他感到连日来的劳累烟消云散，精神奋发得要命。老人喝了一碗酒，吃了一块肉，抽了一锅烟，说：

"您随便，要睡就睡，想走就走。妞儿，穿好鞋，跟爹干活去。"

老人装好烟袋，从草铺上站起来，走到墙边，摘下挂在墙上的油布遮裙，上边的襻儿挂在脖子上，下边的襻儿系在腰里。姑娘穿上一双粉红色的高腰水鞋，扎上了一条金黄色的油布遮裙。她说："邮差，别听俺爹的，你还是等天亮了再走。"她指指劈柴上的绿衣服和钞票，说："你的东西还没干呢。"

父女俩向房子的西头走去，躺在地上的黄牛低沉地鸣叫起来。

你看到姑娘从不知哪个墙角上拖过一张大红的方桌，方桌上摆上了一对大红蜡烛，蜡烛上写着金字。两座蜡烛之间摆着一尊黄泥烧制的香炉，炉里盛着小麦。姑娘取火点燃蜡烛，又在蜡烛上引燃了三支香，一一插在香炉里。这时烛火渐渐明亮，火苗神秘不安地跳动着，照耀得房子里的一切都在神秘不安地跳动。牛眼在跳动，狗眼在跳动，房梁上的蜘蛛在跳动。

老人跪在香案前磕了三个头。姑娘献到香案上一束金黄的茅草。在烛火里，在缭绕的香烟里，在涂满墙壁的金黄里，老人笨手笨脚地走到柳条篓那里，拖起那柄大铁锤把子，退后一步，直逼牛的眼睛看。

你看到牛的眼宛如一块蓝色的宝石在闪闪发光。牛眼里的蓝光比烛火的光芒、灶火的光芒、马灯的光芒都要强烈很多倍。老人叹了一口气，然后以出其不意的、令你难以置信的迅猛动作抢起大铁锤，打在牛的脑门上。你听到一声响，很沉闷，很黏腻。老人扔掉铁锤，蹲到了一边。牛眼里的光芒电一般消逝了。只是在明亮烛火的映射下，它才能反射出一些短促而细弱的淡蓝色的光芒。

姑娘抄起那把牛耳尖刀，迅速地挑断捆绑牛腿的细绳。牛腿像被压缩的弹簧撤掉了压力，"叭叭叭叭"地弹射起来。她把一根粗大的圆木踢到牛体的这侧。现在，牛肚皮朝天，四条绷得笔直的腿像四根炮管，倾斜地向上指着，牛腿还在索索地抖动。姑娘用牛耳尖刀挑断了牛腿上的筋，换了把大柳叶刀，挑开牛胸脯正中的皮肤，又换上大砍刀，啪啪啪几下，劈开牛的胸骨，暴露出那个金红色的、像一个椭圆形大香瓜的牛心。牛胸腔里热气腾腾，牛心还在跳动。她用牛耳尖刀往跳动的牛心上一戳，牛血四溅，索索有声。牛血嘟嘟地流着，但他们不去管。姑娘从不知哪个墙角上推过一台给果树喷药使用的高压喷雾器，推到房梁下。高压喷雾器上有两根红色的胶皮管子，一根插在一个能盛六桶水的大缸里，另一根被老人攥在手里。姑娘站在高压喷雾器后，一脚踩住踏板，双手攥住推拉进气杆的横把手，紧张地等待着。

你看到牛心上的血流变小了。老人把连接着红色胶皮管末端的空心尖嘴铁管插到牛心上的大动脉里。

姑娘的身体随着推拉杆前仰后合起来。她往后拉杆时，缸里的水通过红色胶皮管进入高压喷雾器的唧筒；她的身体前俯时，唧筒里的水进入牛的心脏。你看到她的肩胛骨上渗出的汗水把红格布褂子洇湿了两块。

在高压喷雾气咕唧咕唧的响声里，物理教师连连打着饱嗝，牛肉和蜜酒的混合物不断上冲咽喉。好像那缸里的水不是压入牛的心脏而是压入了你的心脏。

你一直呆呆地看着她把那一缸水通通压入牛的心脏，通过心脏进入大血管小血管毛细血管，通过毛微血管渗入肌肉渗入骨头渗入每一个细胞。

老人从牛心脏上拔出铁管，用一块破布把牛心上的伤口堵起来。

她走到水缸边，把红胶皮管子抽出来卷起来。老人把他手里的红胶皮管子也卷起来。她把高压喷雾器推到不知哪个角落里。烛光明亮，火焰里有发黑的两点，那是蜡烛的芯儿结成的烛花，据说可根据烛花的形状预卜年成的好坏、预测女儿的婚姻幸福与否。

他们干上述一切时聚精会神，旁若无人。

"行了，歇歇吧！"老人说，"天亮前半个时辰再开剥牛皮，剥早了少出肉分量。"

父女二人回到草铺边，脱鞋子摘围裙。姑娘惊奇地说：

"邮差，你怎么不睡觉呢？"

物理教师有偷窥别人隐私被抓获的尴尬。他支支吾吾地说：

"我……我不想睡……"

"不想睡？"她分明是狡猾地笑着，赤着脚蹦上草铺，把我方才剩下的半碗酒咕嘟咕嘟灌下去。她的嘴唇滋润极了，那上边一定有蜂蜜的气味，也有酒的气味。她还用舌尖抿着滋润的嘴唇，鲜红从滋润里显出来，光洁无比，湿润无比，宛若涂抹了一层牛的血迹。

老人警惕地看我一眼，擦擦烟袋锅，挖出了一锅烟，又擦擦烟袋嘴，递给我，请我抽烟。

我战战兢兢地接过烟袋，就着他用火钳夹过来的炭火抽着烟。一股呛肺的辣味使我想起了我的四条高级烟，拘留室里尼古丁中毒的感觉使我头晕恶心。这时，我听到稀疏的雨点敲打房瓦的声音和瓦檐上的水滴坠落到水桶里的声音。狭窄的门缝里，扑进来户外清冷的空气和泥土的腥味。

老人脱掉鞋子，半躺在折叠起的油亮被子上，垂着眼皮不吭气。姑娘对我说：

"邮差，你从城里来吗？"

"是的，我从城里来。"

"城里好还是乡下好？你说。"

我回答不了这个问题。

"天一亮那会儿，就是我的生日啦。"她很忧虑地说，"你猜我多大啦？十九岁啦！"

老人斜了她一眼。这时，响起了敲门声。

姑娘跳起来去开门。

一股冷气袭进来。一个身腰瘦削、薄嘴唇、瘦鼻梁、黑眼睛的年轻人出现在光明里，他背上驮着一个鼓鼓囊囊的大包裹。

"是你这个夜游神！"她插了门，背靠在门板上说。

"四老爹！"年轻人朝着老人弓弓腰，双手抱在胸前，作了一个揖。

"唔，铁牛！"老人说，"坐吧，妞儿，给你铁牛哥倒碗酒。"

"他自己不也长着手吗？凭什么要我给他倒酒？"她生气地说。

"这孩子，越大越没有样子啦！"老人说。

铁牛淡淡地笑着，卸下包裹，自己倒了一碗酒，咕咚咕咚喝了。

"近来买卖怎么样啊？"老人问。

铁牛瞥了一眼物理教师。

"他是遇难的邮差。"老人说。

"不，我是市第八中学的物理教师。"

"噢，是个先生。"老人道，"教书先生都是好人。"

"四老爹，今年我的事儿不遂心，去江南访了几个旧朋友，想同他们一起上两广闯闯，谁知他们有的正倒霉，有的吃飞帖，有的娶妻生子，往日的志气都被风雨剥蚀净尽了。"他又倒了一碗酒，叹息道，"想当年大家一路春风，横扫天下时的风光如今都成了梦境。"

老人满眼凄凉，沉重地说：

"天下没有不散的宴席，就是这个道理。多少盖世的英雄，最终都身首异处。我的心早灰啦。你也不必撑硬啦，赶明儿跟妞儿成了亲，就与我们一起杀牛度日吧。"

"我不跟他成亲！"妞儿满脸红云，嘟哝着说，"他许我的东西还没给我呢！"

小伙子从怀里掏出一个红布包，十层八层地揭开，露出一对灿灿金镯。双手捧了，递给姑娘，说：

"明日是妹妹的好日子，这对金镯就算大哥送你的生日礼物。"

她接了金镯，戴在手腕上，举给老人看：

"爹，好看吗？"

年轻人解下包裹——解到一半时，物理教师就嗅到一股令人发指的气味。他看到那条黑狗毛儿直立，站起来，呜呜的低鸣着——抖出一张巨大的虎皮。那条黑狗浑身哆嗦，像牙痛一样哼哼着，身体缩在劈柴堆上，淅淅沥沥地撒尿。

年轻人把虎皮舒展在草铺上，说：

"四老爹，铁牛蒙您多次照应，无以为报，弄来这张皮子，让您铺着睡觉，也算我的一点孝心。"

物理教师木呆呆地看着这张锦绣灿烂的虎皮，疑心自己在做噩梦。

老人抚弄着粗大的虎尾，问：

"你从哪里弄来的？"

打虎英雄没有说话。

老人说："只怕要引火烧身啊！"

年轻人说："老爹不必担忧，那些家伙，都是些酒桶肉袋——"

打虎英雄一语未了，就听到门板一声巨响。门闩断裂，门板两分，冷风吹进屋来。四个手举"六九"式连发手枪的警察跳进来。

他们威严地说："不许动！举起手来！"

又有四个警察跳进来，每个人提着一副进口不绣钢手铐，麻利地给他们戴上。

物理教师也不例外。他本欲分说，但刚一张嘴，腮帮子上就挨了一拳。这一拳打得他满嘴喷血，跌在虎皮上。他感到虎皮并不柔软。一个警察说：

"滚起来，你这个杀害老虎、剥走虎皮、害得我们日夜受苦的反革命！"

三

经过反复审问，物理教师被无罪释放。

他走在秋天的大街上，看到一片片的金黄树叶在艳丽的秋阳下打着旋下落，落在街道上，落在河流里。

他的身体很痒，第一个可能是生了虱子，第二个可能是生了疥疮。

他出现在臭水沟畔的小卖部里，发现铁门上贴着盖有工商管理所大印的封条。转身欲走时，从柳林里转出两个穿便衣的人。

"你要干什么？"便衣严肃地问。

物理教师从他们腰间的鼓鼓囊囊上明白了他们是什么人。

他回答道："我是第八中学的物理教师……想来买包烟……"

"教师？"便衣狐疑地打量着他。

一位便衣一把拉住了他的双手，指着他手脖子上的铐痕，笑着说："好一个中学教师！说，你是什么时候跑出来的！"

物理教师有嘴难辩，便跟了两个便衣往前走。走进派出所，他一眼看到不久前认识的那位威武警察。他也认出了你。便对两个便衣说：

"这是个神经病，放了他吧！"

物理教师暗暗庆幸自己的好运气，走出派出所，一心一意想回家。他想回家后的第一件事就是：请方富贵把脸还给我，要死要活随他的便，我的位置是第八中学高三班的砖头讲台。

他沿着街道边缘走着，在一块摆着出卖的穿衣大镜子上，不幸发现了自己的容貌。他穿着一身又肥又大、沾满血迹的屠户服，头发雪白纷乱，面孔上全是青红皂白。他连自己都不认识啦。

他找到过去的学生马鸿星，想借几个钱拾掇拾掇自己。马鸿星反复盘问他，还是不敢肯定。他说："怎么说呢？听您说话的声音、听您介绍的情况，您好像是张老师。可看您的外貌，跟张老师又不太像。"

"我的好学生！"他哭着说，"老师遭了大难，不然也不会求你。你就权当施舍一个叫花子吧！帮帮老师度过这一关！"

他说着说着，竟不由自主地跪下去。马鸿星慌忙把他架起来。

马说："老师，学生不便问您的个人生活问题。但看您的情景，确实非同一般。我送您二百元，您先去买身衣服、理理发、洗洗澡、换换眼镜片，以后的事，咱们慢慢想办法。"

物理教师把那二百元钱紧紧地攥在手里，像攥着通向幸福大门的钥匙。他越过了一家商店又一家商店。并没有什么人胆敢把他拒之于店门之外，但他感到每一座富丽堂皇的商店大门，都像一座敞口的坟墓，他不愿意进坟墓，于是他在大街上徘徊。在某个行人稀少的时刻，他听到那些金黄色的白杨落叶在飘落过程中与空气摩擦、在落地时与地面碰撞、在地面上散发残存的水分时发出的音响。这又是一首缭绕不绝的金黄色音乐。他并不是矫揉造作地玩弄"自由联想"，而是情真意切地、想回避又回避不了地联想到了白杨树开花季节，那几乎决定了他一生命运的辛辣气味。

他不忍心践踏那些静静地躺在水泥路面上的金黄落叶，但又必须践踏那些金黄落叶，因为他不可能搬着脚行走，也无法选择道路。

在河边的白杨林里，金黄色的音乐像埃及的金字塔一样辉煌壮丽。金黄色的阳光从枝叶稀疏的树冠里直射下来，照耀着遍地的金黄。

一群脖子上系着红领巾的小学生把他拦截住了。

你看到他们高举着一面面纸糊的大旗，那些旗子一面上用彩笔画着一个戴着大眼镜、高鼻梁上有一道伤疤的男人头像（头像被一个黑圆圈包围着），一面上写着：

为在死亡线上挣扎的中年中学教师募捐。

一个领头的孩子递给你一张粉红色的油印传单，传单上印着黑体仿宋大字：

公民：

你有同情心吗？

你有怜悯心吗？

你知道我市中年中学教师的困境吗？

他们累死在讲台上！

他们吊死在教室里！

你有准备考大学的子女吗？

你有读中学的经历吗？

请为他们解开您的钱包——

一万元不嫌多；

一分钱不嫌少。

你抬起头来看着这些在金黄阳光照耀下的、像盛开的葵花一样可爱的孩了脸，眼睛里突然涌出了泪水。你听到他们在齐声喊叫：

"老爷爷，请解开钱包！"

　　你张开了紧紧攥着的手，把那卷被汗水浸湿的人民币，投进了红纸扎成的募捐箱的黑洞洞的大口。

　　少先队员们齐声欢呼起来。

　　一个小姑娘把一朵纸扎的大红花挂在你的胸前。纸花上贴着纸飘带，飘带上用白粉笔写着：捐款光荣。

第十二部

一

　　胳膊上佩戴着黑纱的市委、市府领导人围绕着王副市长的遗体绕圈子。有关方面头面人物尾随着市委、市府领导人绕圈子。那位枯瘦的黑女人被她的儿子和女儿挟持着，注视着一群人围着安放丈夫遗体的灵床绕圈子。市电视台的记者们高举着强光灯和摄像机绕着更大的圈子。整容师站在圈子外。

　　她看到当强光灯打到死者亲属们脸上时，那个已成了骨头架子的老女人闭上了眼睛。他的儿子个头很高，满脸粉刺，头发披到肩头，像五十年代的中学物理课本上印着的大物理学家牛顿或罗蒙诺索夫。他用下牙咬住上嘴唇，双眼瞪圆，直逼强光灯，好像要与光明对抗。他用下牙咬住上唇的一瞬间，整容师想起了人民公园里猴山上那些手扶栅栏逼视人类的智慧动物。他的女儿挺着大肚子，脸上布满黄豆大的斑点。

　　王副市长被鲜花簇拥着，毛料中山装遮掩着平坦如砥的腹部，清癯的脸上遗留着生前操劳过度的痕迹。

　　与遗体告别完毕后，殡仪馆大厅里空空荡荡，整容师与几位勤杂工推着遗体往化人炉走——这是超出她职权范围的事，但她神圣地感觉到，自己有责任陪同他走完最后一段道路，这是神圣的责任——本来，死者的家属是应该把死尸护送到化人炉边的，这是不可推卸的责任。可是他的儿子和女儿一俟仪式结束，就架起母亲，迫不及待地向大门跑去，好像殡仪馆随时都会坍塌一样。

如前所述，整容床可以顺利地把死尸倾吐到化人炉前那块平滑的、装置着弹射机关的钢板上。

他狼狈不堪地躺到钢板上去了，鲜花和绿草统统被扔进了化人炉旁的垃圾桶。一位把全身遮掩得只露出两只耳朵的烧尸工人用铁抓钩毫不客气地把他劈开的双腿抓拢。然后，一按电钮。王副市长呼啸着蹿进蓝色的炉膛。炉门自动关闭。就在缓缓关闭的时间里，整容师看到千百条蓝色的火舌扑到了他的身上。他的坦然自若的脸突然痉挛起来，身体也像弓一样弯曲了。

这最后的情景给整容师留下了终生难以磨灭的印象。而这印象的每一次重现，都使她双乳紧张，好像被他的两只无形的大手紧紧地抓住。

二

大雨过后是小雨。屋子里摆满了盆盆罐罐、锅碗瓢勺，一切可以盛水的容器都在迎接着房顶上漏下来的雨水。整容师没有回来，蜡美人破例没有满屋游走。她蜷缩在门后的煤球堆上颤抖。物理教师摆完了容器，便无聊地聆听着水滴与容器演奏的音乐。天还没到黑的时候，屋子里已经十分昏暗。蚊虫在雨滴之间嗡嗡着，老鼠在梁上厮打。他听到了隔壁的哭声。

他分明看到大球小球钻进了墙洞。他掀开遮掩洞口的帘子时，没发现两个球的踪影，那只盛着两只小白耗子的粉笔盒摆在乱糟糟的海绵上，一只猫蹲在纸盒边舔着舌头上的血迹。洞里透进隔壁的光明，他看到了那两条熟悉的腿。

在钻洞不钻洞的问题上，他犹豫不决。

他刚刚把上半截身体伸到隔壁，后脑勺上就挨了重重一棒。

当他清醒过来时，发现自己的上半截身体趴在屠小英的家里。脸的周围，凌乱地散放着一些破烂的粉笔头儿和一个打裂了的粉笔盒儿。而下半截身体留在整容师家的洞穴里。那被拆穿的墙壁仿佛一柄掀起的大铡刀，随时都会落下来，把他拦腰切断。

他听到屠小英低声咒骂着：

"畜生！恶狗！你冒充我丈夫欺骗了我还不算……又唆使你的儿子……勾引跑了我女儿……富贵啊！你睁开眼睛，看看你朋友干的好事吧……"

他不顾一切爬到这边来。屠小英挥舞着擀面杖，捍卫着自己的阵地。为了保护脑袋，他不得不举起双手在面前挥舞。挥舞的双手与挥舞的棍子相碰，发出啪啪的清脆响声。

她一边打一边喊叫：

"你还我的女儿！你还我的女儿！"

物理教师吃打不过，分拨开棍棒冲上去，拦腰抱住她，把她按到床上。她的手在床边上摸索着，那里有一把锋利的王麻子剪刀在闪光。

求生的本能使他在看到屠小英的手握住剪刀之后蹦了起来。她的亚麻色头发像亚麻色的火焰——如果是黑色的头发就是黑色的火焰——她的有牛奶味道的嘴巴喷吐着严肃的痛骂——物理教师抬头看到那帧挂在床头上的结婚照。年轻的物理教师微笑着，在照片上。屠小英一手持着剪刀，一手掩着胸膛，杀气腾腾地逼过来，在照片下。

物理教师缓缓地举起双手，喃喃地说：

"小英，我的爱人……我不是张赤球……我是你的丈夫……"

他跪在了屠小英脚下，神使鬼差一般，他抓起一把粉笔头儿塞进嘴里，响亮地嚼着。

他感到一只手在抚摸着自己的头皮。

他听到她说："张大哥……求求你，别纠缠我啦……我不愿意干这种偷鸡摸狗的事……难道你不知道'寡妇门前是非多'吗？求求你，求求你，教育教育你那两个儿子，不要勾引我的女儿……"

"女儿呢？"他喷吐着粉笔末，困难地说。

"被你那两个儿子领着跑啦……富贵啊，你一死，就家破人亡了啊！"

他匆匆忙忙地向外走去。

屠小英从背后拽住了他，说：

"求求你，别从门口走，到处都是眼睛，你，还是从墙洞里钻回去吧！"

三

整容师局促不安地站在市人民银行高高的柜台外边，把那三颗从老情人嘴里拔出来、又用铁器砸成三个扁扁金饼的金牙递进去。

粗大的铁丝网里，端坐着一个穿西服扎领带的年轻职员。他接过金牙时往外瞥了一眼，整容师手把着柜台的边沿，身体却好像腾了空。她战战兢兢、故作镇静地等待着。

年轻职员拿出一块试金石试探着金饼。他歪着嘴笑啦，头还轻轻地摆动了几下。

"老王！"你听到年轻职员在喊叫。

"什么事？"隔座的老王站起来。

"你过来。"年轻职员说。

整容师感到自己随时都会晕倒。

老王接过金饼，用手掂量了几下。

"你认为这是黄金吗？"老王说，"不是黄金是黄铜。"

年轻职员把王副市长的牙扔到柜台上。

"记住，出卖这种金属不要来银行，"年轻职员说，"应该去废品回收公司！"

四

从墙洞里钻出来，正碰上整容师沮丧的目光。物理教师没有理她，拉开房门，蹿进了缠绵的雨网里。他在城市里的大街小巷上匆匆忙忙地跑一阵、走一阵。汽车把大道上的积水溅到他的绿衣服上；他的脚踩在小巷里坑坑洼洼的积水里。经过暴雨洗涤的空气没有杂质。经过暴雨洗涤的城市美丽无比。他的腿在奔走着，他的心在呼唤着：回来吧，孩子！回去吧，回去和你们的妈妈做伴。你们回去，我就死！

城市里的灯在雨中亮了。稀疏不定，描绘出风的力量和风的方向的银亮雨丝在五彩虹光中闪烁。街上举起了千万把五颜六色的伞，好像运动着的满城彩色蘑菇，好像彩色的蘑菇在街上流淌。

你怀疑着那一对对在伞里拥抱着的男女，你感到接吻的声音唤起你难以说清的复杂感情。

只要男女一接吻，你的耳朵里就轰鸣。

"干什么？找死啊！"伞里伸出一个浓妆艳抹的女人脸。你的脸上沾了一口有烟油子气味的男人痰。

他知道这是自找没趣。揩去黏痰，面前出现了雨中的白杨林。一簇簇花苞状的朝天灯，开放在用鹅卵石砌成美丽图案的、林边甜蜜爱情路边的白色灯杆上。河水流淌金银，白杨树皮又白又亮。雨里散发着白杨树枝苦涩的气味、林中草地甜腥的气味。红脊的鲤鱼从河的波浪中踊跃跳起，宛如半道彩虹，划破水气氤氲的河上空，水面泼刺刺地响。

你无心欣赏美景，你的心在呼唤。你在观察那些撑着油纸伞、撑着尼龙伞，在河边欣赏美景的人。这是一个缠绵悱恻的忧悒爱情之夜，情侣们徘徊着，好像在寻找被雨水冲出来的钻石或是古老的金币。蜗牛探出头上的触角，在树皮上蠕动。它们柔软的唇吻着冰凉的树皮。接吻的声音毫不掩饰，像烟一样，像弥漫的灯光。你勾着我的脖子我搂着你的腰，她扯着你的耳朵你抓着她的乳。狂风暴雨都不怕，还怕小雨刷刷下？一头头美丽的长发都湿漉漉的。一件件湿漉漉的衣服都紧贴在身上。

物理教师猛然发现一个臂上刺着黑龙的青年把手探进一个姑娘的怀抱里。这个青年如果没有臂上的黑龙就是儿子方龙，而那个姑娘，正是那位扒掉紧绷牛仔裤对着杨树干撒尿的夜游神。

他不由自主地走到他们坐着的石凳前，心里恼怒而羞愧。他感觉到真理残酷之极。我们是父母性交的产物，但我们不敢想象这场面，如果看到这场面，我们要上吊。我们知道儿女长大要性交，我们照样不敢想象这场面。这场面出现在你面前：他把她的裙子掀起来啦，雨珠在她的大腿上流淌着。他们旁若无人。

你冲上去，怒吼着：

"畜生！无耻啊无耻！"

他抬起脑袋，冷冷地看着你，鬈曲的头发说明他的血统。

"噢，张叔叔！"他点着脑袋说。

"畜生！我不允许你这样胡搞！街上流行艾滋病！你给我回家！"

"你是谁呀！"他说，"滚开。"

"我是你爸爸！"

他放下女青年，站起来，对准物理教师的肚子就是一拳。

"让你冒充我爸爸！"

他弯下腰，屁股坐在水洼里。

物理教师爬起来，捂着胸口，默默无语地走啦。

他心中的呼唤停息了。

走到路拐弯的地方，他看到大球搂着方虎在雨中跳舞。他们跳的是裸体舞，小球抱着他们的衣服，在一边呆呆地看。

他惭愧地闭上了眼睛。两只手在衣兜里胡乱摸索着。他摸到了一个绿色的粉笔头，便急忙塞到嘴里去。嚼着它，他眼里流出了苦辣的黄水。他想起了自己早已是死人。死人应该回到自己的位置上去，不要给活人添乱。

五

"你认识我吗？"他摇晃着牛顿式的头颅说。

整容师惊愕地看着闯进家来的、老情人的儿子。她第一次感觉到，即使在自己家里，只穿一条裤衩也是不太美好的行为。她想去床边披衣服时，满脸粉刺的小伙子堵住了她的路。

他像王副市长一样高大。

"你把那三颗金牙交出来吧!"他说。

整容师用胳膊护着双乳——她怕他的目光——几十年前她就感到它们的可怕。

"那不是金牙……是铜牙……"

"给我!"

她转身就跑,听到年轻职员在大笑、大叫:

"喂,拜金狂,回来拿着你的金子!"

"丢了,我把它们丢了!"

"那怎么办?白丢了?"他说,"我知道你不但拔死人的牙齿,还卖死人的脂肪。"

整容师后退着。

"十几年前,你在河边投水自尽时,我就偷偷地爱上了你……"

"啊……你不知道……你还是一个孩子……"

他脱掉衣服躺到床上,轻轻地说:

"刷刷牙,快点来,我等你,我想你……"

六

物理教师办公室的门紧闭着。

双胞胎每人拧住你一只胳膊，让你的脑袋连连撞击地面。

"畜生！要是再敢去欺负我师母——"双胞胎说，"我们就劁了你！"

孟老夫子痛心疾首地说："禽兽所不为啊！禽兽所不为！"

"这家伙蔫坏！扒寡妇门，挖绝户坟，奸哑女人。吊死算啦！"小郭说。

"应该罚他吃十盒粉笔！"

七

他愤怒地对整容师说："给我动手术，还我的脸！"

整容师痴痴呆呆地坐着，一言不发。

物理教师哀求着："给我动手术，还我的脸。"

整容师痴痴呆呆地坐着，一言不发。

物理教师泪流满面地说：

"求求你……给我动手术……还我的……脸……"

整容师痴痴呆呆地坐着，一言不发。

第十三部

一

你对我们说：这一切都是可能发生的——他坐在办公桌后，埋头批改着学生的作业簿，"水房之花"的啼哭声伴随着笔尖的沙沙声。以往只要一进教室，只要一批改作业，他基本上能排除杂念。但今天他无法排除杂念，因为，教师们正在议论着屠小英与罐头厂车间主任在办公室里做爱被抓的事。

"女人真是靠不住。就像那《红楼梦》里写的，'世人都晓神仙好，只有娇妻忘不了，君生日日说恩情，君死又随人去了'。"孟老夫子说。

小郭反驳道："孟老夫子，睁开眼睛看看世界吧！屠小英有什么可指责的？方老师死了，她就应该去寻找幸福！活人没必要为死人受苦，死人不能抓住活人不放！"

一滴红墨水滴在学生的作业上，洇开了，很大很大。

"张老师，听说你每天去屠小英家，看出点迹象来了吗？"秃头顶的李老师低着头问。

他从桌子后站起来，嘴张了张，又闭上了。

"听说屠小英很早之前就与那小伙子勾勾搭搭的，只是瞒着方老师这个书呆子。"

"行啦行啦，没准你老婆现在正与她的情人亲嘴呢！"小郭说，"中国人的精力大部分浪费在刺探别人的隐私上，实际上，谁的心里也不干净！你们，哪一位见了漂亮女人不动心？哪一位能做到'坐怀不乱'？尤其是有些干部，好像生来就是道德检察官。就说'女政委'，她老人家究竟跟多少男人搞过？"

他慢慢地站起来，拉开房门进入走廊，冲出粪便的臭气，飞奔回家。

我必须对你讲清事情的真相。我没死，我活着。我要她还我的脸。我不要你改嫁他人。我不能忍受你与他人做爱。当然我也有罪过。

他奔跑着，听着学生们在体育教师的哨音指挥下嚓嚓嚓地跑步，听着混凝土搅拌机在轰轰地转动，转动着教师们的新居。

你跑到自己的家。家里没有屠小英。只有那帧照片在墙上注视着大球搂着方虎在床上。他吐了一口血。抬起手扇了方虎一巴掌。大球抓住他的手腕，方虎捂着脸骂：

"老混蛋！你有什么资格打我？我爸爸生前都没打过我……"

她打着滚哭起来。

大球把你一把搡到门上，说：

"爸爸，你算什么狗屁爸爸！"

你对我们说：如果屠小英嫁给了市纪委书记——物理教师听到孟老夫子愤愤地说："这女人，丈夫尸骨未寒，她就攀上高枝啦！"

他无法聚起精神批改学生作业。窗户洞开，对着操场。操场上停着十几辆披红挂彩的高级轿车，鞭炮挂在杨树枝上，噼噼啪啪爆响。两位女傧相穿着红绸衣服，把按照俄罗斯传统装扮起来的新娘屠小英架出来。穿一身笔挺毛料中山装的新郎伸出生着寿斑的手，挽住了新娘的臂膊……她身着一袭轻飘飘的白纱裙，胸前缀着一朵大红花……

他口吐鲜血，伏在办公桌上，鲜血污染了学生的作业本……

你对我们转述小郭的话："听说了吗？方老师的妻子投河自

尽啦！"

"好一个节烈女子！"孟老夫子感叹地说。

"她可是名牌大学的毕业生啊！"李老师说。

"死了也好，强似活着受苦。"宋老师说。

"说是这么说，可真要死临了头，又想活下去。"李老师说。

"这就是人类的弱点。"小郭说，"大家都不彻底。我也一样。譬如：明知道当中学教师是他妈的天底下最倒霉的事，可我们还是教，骂着娘教，发着牢骚教。明知道现在干什么——哪怕去收破烂也比当教师实惠，可我们还是舍不得离开，舍不得这每月连毛带屎的九十元零五毛臭钱！"

"刘书记来啦！"宋老师低声说。

"孟老师，您说我们有没有必要向学生简单介绍一下爱因斯坦的相对论？"小郭高声说。

你站在离城三十里的河边沙滩上，看着屠小英被沙土掩埋了一半的尸体。你想起了那条被河底淤泥活埋了一半的鱼。公安局调查清楚这不是个外国女人而是个死去的中学教师的老婆后，就失望地开车回去啦。她孤零零地躺在这儿，全身散发着臭气，吸引来成亿的大蚂蚁覆盖她白色的肉体，吸引来成百的乌鸦在她尸体上空盘旋，吸引来数十只野狗围着她绕圈子。你轰赶着野狗，它们瞪着血红的眼睛蹲在你不远处咆哮着；乌鸦哇哇地叫着，把一摊摊黑白间杂的屎屙到你身上，乌鸦粪便的气味与燕子粪便的气味几乎没有差异；蚂蚁在死人身上挤不到位置便向活人进攻。你的身上、脚上开始出现蚂蚁爬动的瘙痒。你没有逃跑。你缓缓地跪在沙滩上，跪在屠小英的尸体面前，等待着野狗咬断你的喉咙，等待着乌鸦牵拉你的肚肠，等待着蚂蚁把你啃成一架白骨。

你对我们说——他看到一个蹒跚学步的孩子从白杨树缝隙里摇摇摆摆地走过来。这是个漂亮的小男孩,穿着牛仔小背带裤和毛巾衫,赤着小脚丫。他生着柔软的亚麻色头发和碧蓝的眼睛。一个身体高大丰腴的、衣着华丽、高髻云鬓的贵妇人从白杨林追出来。她跑着,沉甸甸的俄式乳房跃动着……他会不会想起那头撞乳房的奇遇呢?还有,一匹黑色的大洋马啃着白皮青苹果的情景?你举着一束火红的美人蕉迎着她走去。那个美丽的混血小儿成了你们之间的障碍……

你对我们说,有一个人被关进铁笼里吃粉笔……他举着一支粉笔到嘴边,我们都闻到了它的香气,看到了它的光彩。你说他感到这粉笔有皮、有馅,气味鲜美,好像一根精心灌制的小香肠……

我们听你说有一个人在铁笼里吃粉笔……

在你与我们周围,除了长颈鹿,所有的飞禽走兽都竭尽全力发出了它们的吼叫。

二

假如——为什么不可能呢——他穿着那身油渍麻花的屠户服,出现在都以为是张赤球其实是方富贵的追悼会上。

追悼会在学校操场上举行，几千名学生站成黑压压的一片。没有轿车——是什么原因？校长站在临时搭起的讲台上，阳光照耀着他眯缝着的眼。在讲台的一侧，站着李玉蝉，她像一根黑木头。还站着大球小球，他们前后左右地转动着头颅。

校长沉痛地说："同学们，今天我们在这里开大会，追悼我们敬爱的张赤球老师……"

张赤球分拨着学生们往前挤。层层叠叠的学生肉体，像一棵棵光滑的白杨树，散发着辛辣的气味，散发着石榴花的气味。

校长说："张赤球老师是中国人，早年毕业于师范大学物理系，是该系的高材生，毕业后分配到我校任教，至今已二十多年了。"

蓝天上的白云在游走，把一团团缓缓爬行的巨大阴影投到第八中学操场上，压在追悼会场上，压在老师们和学生们的头上。学生们的身体犹如一株株白杨树，树皮光滑，散发着辛辣的气味。学生们的头颅犹如一球球火红的石榴花，散发着石榴花的气味。

校长说："二十多年来，张赤球老师努力工作，艰苦奋斗，团结同志，平易近人，任劳任怨，不发牢骚，认真学习马克思主义，刻苦改造世界观，思想上红上加红，业务上精益求精，一直战斗到生命的最后一息……"

张赤球分拨着学生们层层叠叠的肉体，往讲台上挤，学生们都穿着虎皮外套，色彩斑斓，威风堂堂。你好像在猛虎的树林里穿行……

校长说："张赤球同志的不幸去世，就像不久前方富贵同志的去世一样，是我们第八中学的重大损失。毛泽东同志曾说，中国古时候有个文学家叫做司马迁的说过：'人固有一死，或重于泰山，或轻于鸿毛'，为人民利益而死，就比泰山还重，替法西斯卖力，替剥削人民和压迫人民的人去死，就比鸿毛还轻。张赤球是为人民利益而死的，他的死比泰山还重！"

张赤球分拨着学生们光滑的肉体往讲台上走，学生们重重叠叠，层出不穷，宛若蜂拥而来的群羊。航天飞机贴着树梢滑过，战斗在城外进行，一个醉酒的军官揿住了发射原子弹的电钮……

校长说："张赤球老师虽然死了，但他永远活着！"

张赤球分拨着学生们的身体向追悼大会的讲台上行走。是的，我没有死，我活着！学生们的身体层层叠叠，弯弯曲曲，犹如江河中滚滚而下的音乐。雄壮的音乐、柔软的音乐、革命的音乐、嘈杂的音乐在他的耳畔缭绕着……

校长说："同学们，让我们化悲痛为力量，不放松每一秒时间，努力背书做习题，钻研考试技巧，用最优异的高考成绩，安慰张赤球老师的活魂灵……"

张赤球已经看清了校长的鼻涕和汗水，听清了他嘶哑的吼叫。

校长坚定地举起拳头带领学生发誓："誓死拼搏——！"

学生们在你周围齐声吼叫："誓——死——拼——搏——"

校长领喊："考上大学——"

"考——上——大——学——"

校长领喊："高考失败虽生犹死——"

"高考失败——虽生犹死——"

宣誓的拳头密如层林，口号声犹如山呼海啸。

张赤球挤到讲台边上时，早已被巨大的声浪震昏了头。他说："校长……我要教书……"

只说了一句话他就晕倒了。

工会主席说："同学们，大概是张老师的父亲来了，他要继承儿子的遗志，与我们一起拼搏……"

三

　　吞下最后一把粉笔面儿，你对我们说：最后一节物理课上，物理教师又一次讲到原子弹原理和如何制造原子弹的事。他失去了抑扬顿挫和慷慨激昂，得到了有气无力和半死不活。学生们有的低头打盹，有的茫然四顾；教室里一片凄凉的秋天般的景象。

　　下课铃响了，但是他不发布下课的命令。学生们起初有些焦虑，因为下课后要排队抢饭吃，食堂那边已传来锅碗瓢盆的交响乐，后来都疑惑起来，他们发现讲台上的老师有些奇形怪状。他好像留恋一样，注视着学生们。一张张的学生脸从他眼前滑过，从他心上滑过去。一个胆大的学生小心翼翼地站起来，弓着腰向门口溜去。他毫无反应。几个学生尾随着那大胆学生向门口溜去。他毫无反应。学生们小心翼翼地，一个接一个向门口溜去。

　　送走了最后一个学生的背影，教室里一片寂静。他挪到门口，关住了门。

　　他打开了一扇靠近讲台的窗户玻璃。窗扇贴到黑色的墙壁上，使窗户玻璃具有了镜子的功能。他看到了玻璃里的脸。额头上一大片青紫，鼻子上一道疤痕。

　　你对我们说：他从一位女生的铅笔盒里找出一把铅笔刀，对着窗户玻璃切削自己的脸皮。他动作笨拙，像一位俄罗斯老厨娘刮削腐烂的土豆皮。有时因为镜子造成的方向迷乱使铅笔刀可笑地落空。

　　他的脸变得血肉模糊，很不好看。

8

你告诉我们刮削掉脸皮之后他对着沉沉西下的落日发呆。窗户外是一大片空地，白杨树在那里生长。窗口与树冠在同一水平线上，树上有一群麻雀在唧唧喳喳叫。

他解下裤腰带悬挂在黑板上方一只坚固的铁钉上。他脱掉污脏的绿色制服，摆在讲台上。他只穿一件背心，一条裤头。他低头看到，讲台上、黑板槽里，到处都飞舞着香肠般的粉笔和粉笔般的香肠。它们蹦跳着，唱着歌跳着舞，是一群可爱的小精灵。它们唱歌：

我们有皮

我们有瓤

我们美丽

我们芬芳

你吃我们

我们吃你

唱歌跳舞

跳舞唱歌

芬芳我们

我们芬芳

美丽我们

我们美丽

辉煌前程

前程辉煌

……

他的眼睛里突然饱满了感激的泪水。后来，他慢慢地扬起脸来，看到窗外每一片杨树叶上都镀着金，麻雀们也变成了金色。

你对我们说：他正欲把脖子伸进腰带挽成的圈套时，听到杨树叶间一声脆响。他再次走向窗口，看到一只麻雀垂直落地。他把血迹斑斑的脸探出窗户，往下看那被千万只学生脚踩得白白净净的地。在树的紫色阴影里，那只受了打击的麻雀翅膀上流着血。它挣扎着站起来，它站起来了，两只小眼睛像两颗晶亮的小星星。

你对我们说过，他曾在梦里听另一个人说过：我躺在草地上睡着了，一个生着亚麻色头发、挺着俄罗斯大乳房、身上焕发着新鲜牛奶气味的女人对我说：

"有一个古老的美丽传说，说人只要看到麻雀单步行走，就会有好运气降临。它走一步你交财运。走两步你交官运。走三步你交桃花运。走四步你身体健康。走五步你精神愉快。走六步你工作顺利。走七步你智慧倍增。走八步你妻子忠诚。走九步你名满天下。走十步你容貌变美。走十一步你妻子美丽。走十二步你妻子和情人亲如姐妹。但决不能看到它走十三步。如果它走了十三步，所有的好运气都会变成它们的反面，降临到你头上。"

它拖着流血的翅膀站起来了。血在你的眼上蒙了一层虹膜。阳光血红，麻雀像黄金。

一只流血的、金色的、像鸽子一样大的麻雀对着你单步走来，它摇摇摆摆，好像一个蹒跚学步的小男孩。

它对着你走来。

对着我们也对着你们走来。

对着我们走来，我们不敢不承认。

我们不敢不承认，除了长颈鹿之外，所有的在我们周围的飞禽走兽都竭力叫起来。我们都产生了吃粉笔的强烈愿望。我们理解了你，羡慕了你，忌恨着你。你早觉悟了，多吃了多少粉笔。这时你诡笑着，在铁笼里召唤我们……我们终于，到底是与你共居一笼中，这时，美丽的西天彩霞使我们辉煌，我们吃着多姿多彩的粉笔，看着它对我们走来。

我们默默地点着它的步数：

1——2——3

4——5——6

7——8——9

10——11——12

13——

一九八七年十二月——一九八八年三月初稿于高密

二〇〇〇年十月修订于北京

图书在版编目（CIP）数据

十三步 / 莫言 著. -- 北京 ： 作家出版社，2012. 11
（2016.5重印）
（莫言文集）
ISBN 978-7-5063-6671-7

Ⅰ. ①十… Ⅱ. ①莫… Ⅲ. ①长篇小说 – 中国 – 当代
Ⅳ. ① I247. 5

中国版本图书馆CIP数据核字（2012）第242659号

十三步

作　　者：	莫　言
出版统筹：	第二编辑中心
出版策划：	精典博维
责任编辑：	懿　翎
特约编辑：	红　雪　罗静文
装帧设计：	雅工坊·肖　杰 TEL:010-82061212
出版发行：	作家出版社

社　　址：北京农展馆南里10号　　　　邮　　编：100125

电话传真：86-10-65930756（出版发行部）
　　　　　86-10-65004079（总编室）
　　　　　86-10-65015116（邮购部）

E-mail:zuojia@zuojia.net.cn

http://www.haozuojia.com（作家在线）

印　　刷：北京明月印务有限责任公司

成品尺寸：152 × 230

字　　数：270千

印　　张：23.75

版　　次：2012年11月第1版

印　　次：2016年5月第6次印刷

ISBN 978-7-5063-6671-7

定　　价：32.00元